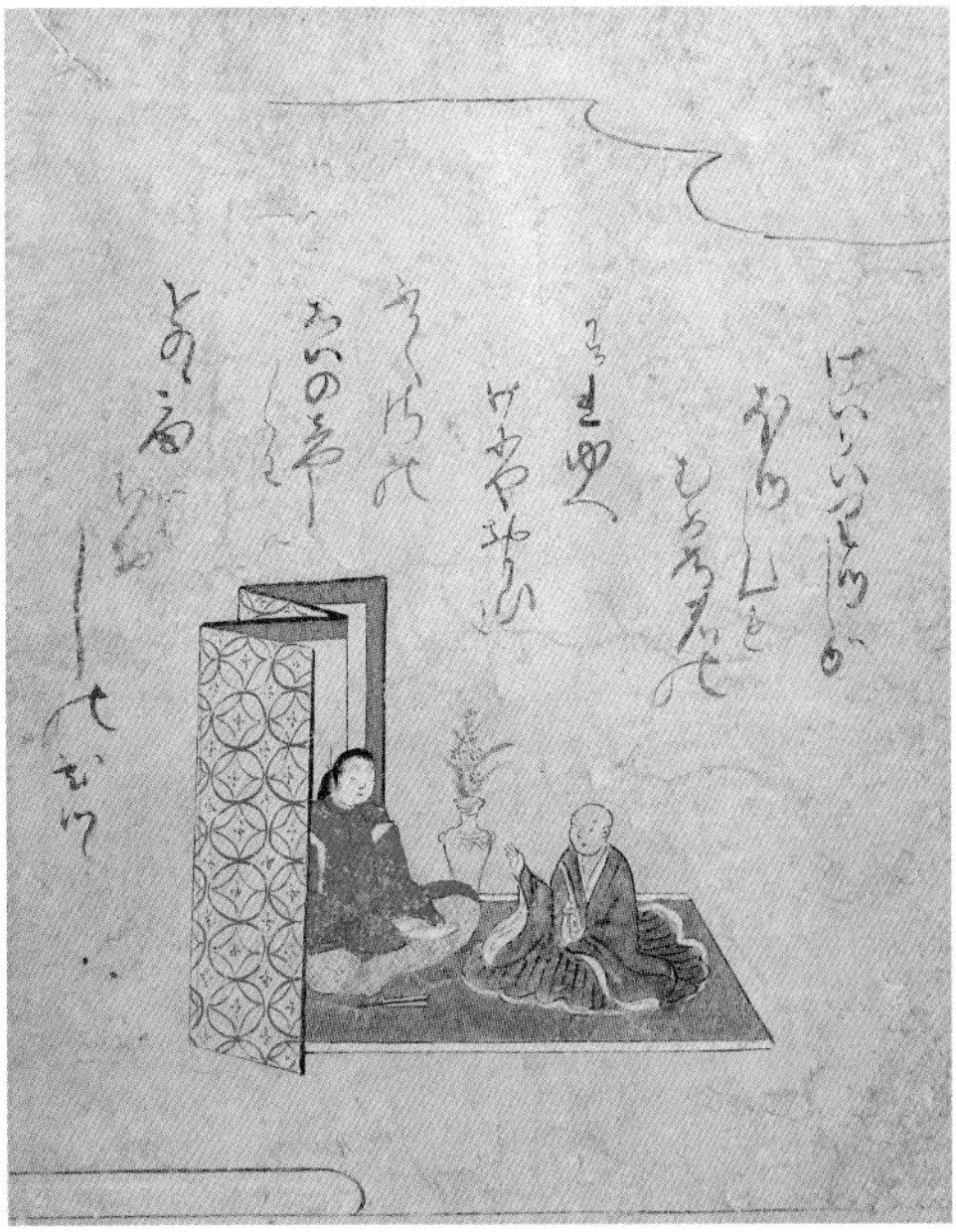

『恋路草子絵巻《こいじのそうし》』――16世紀

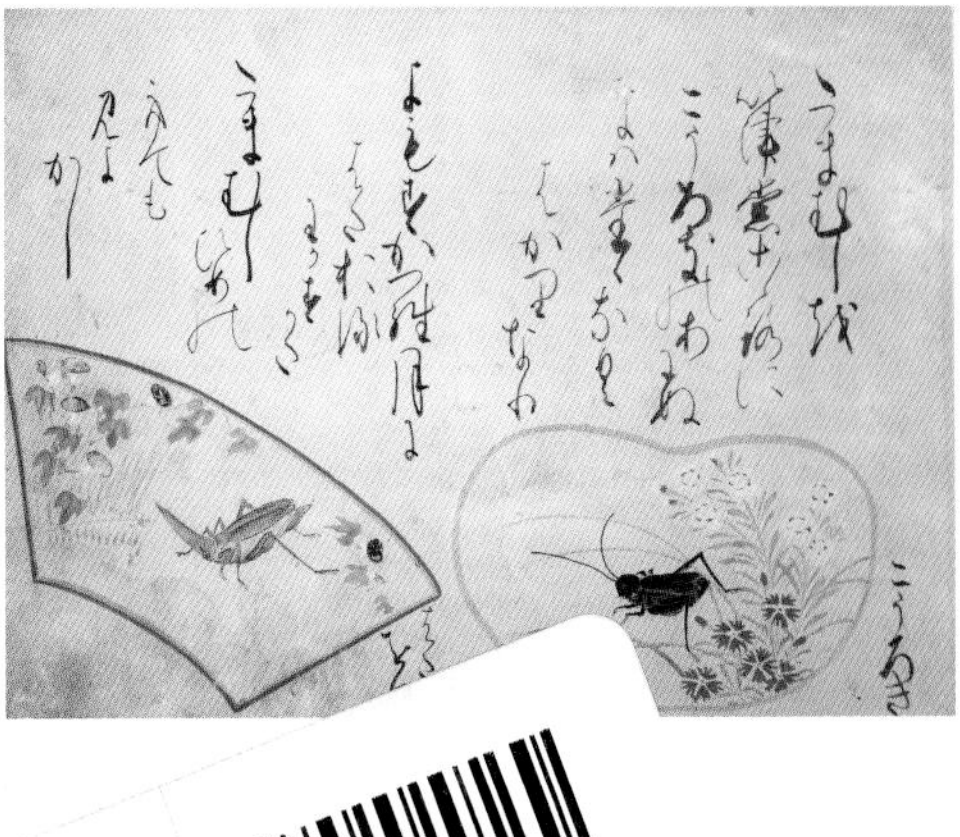

『玉虫の草子絵巻』――16世紀

『鉢かづき』絵巻

——17世紀初期

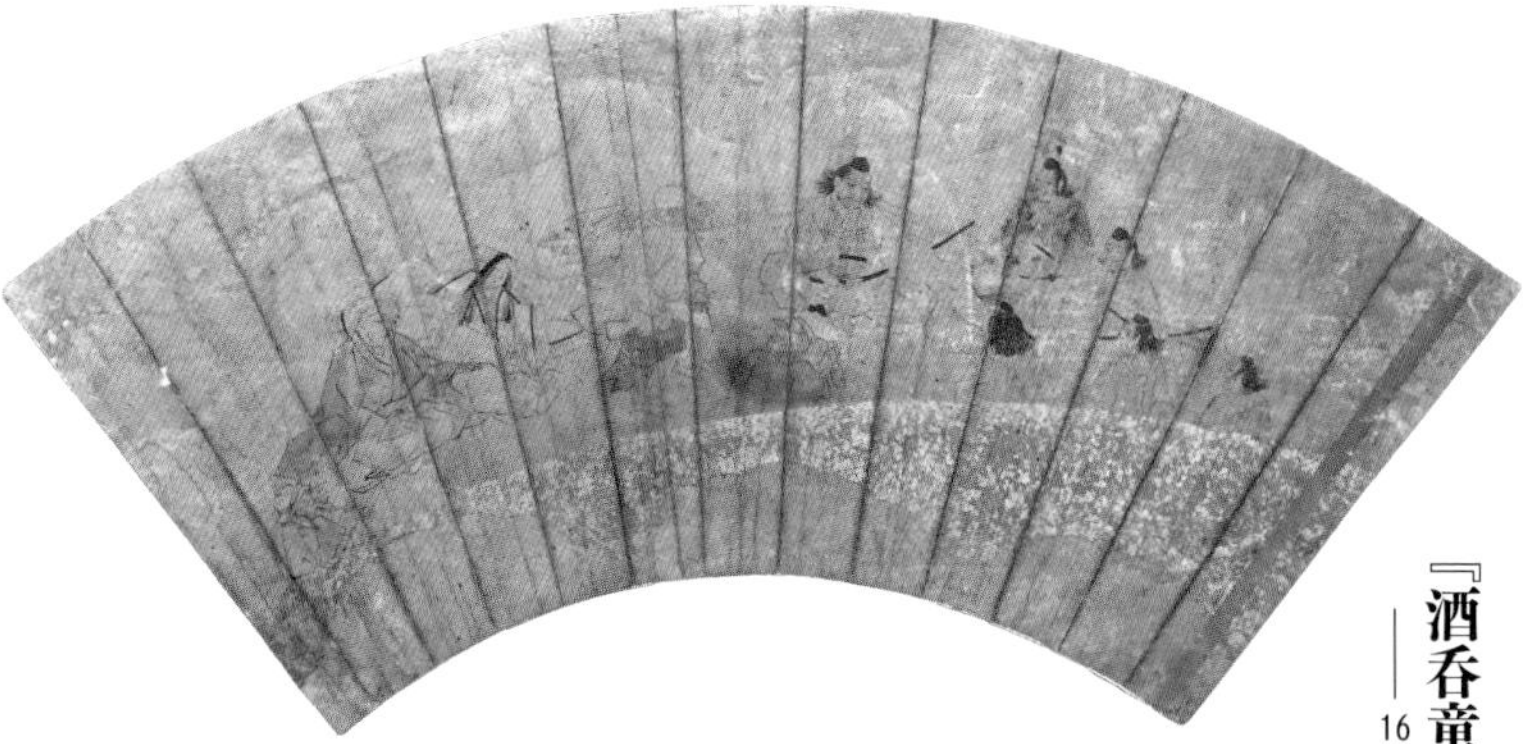

『酒呑童子』扇絵
——16世紀

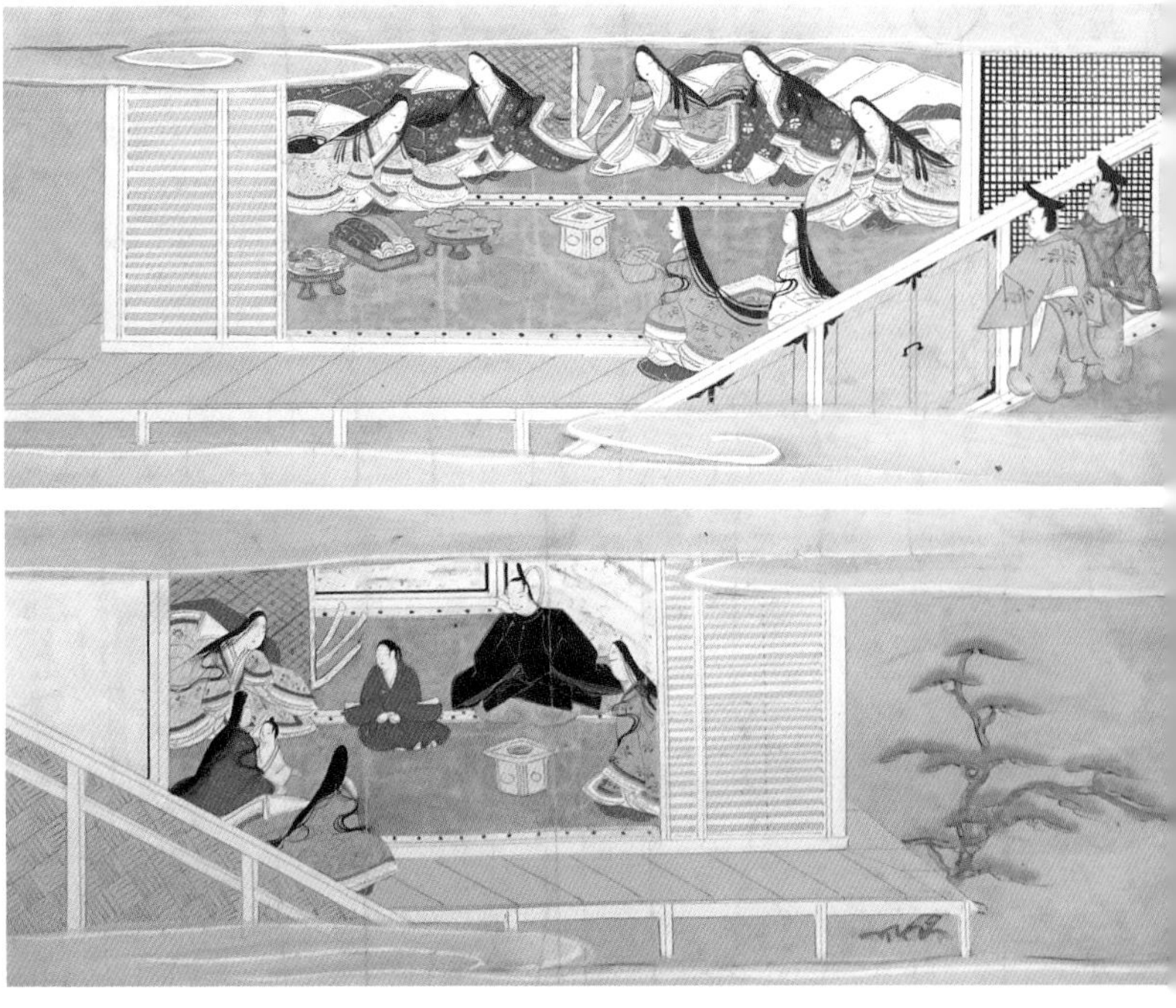

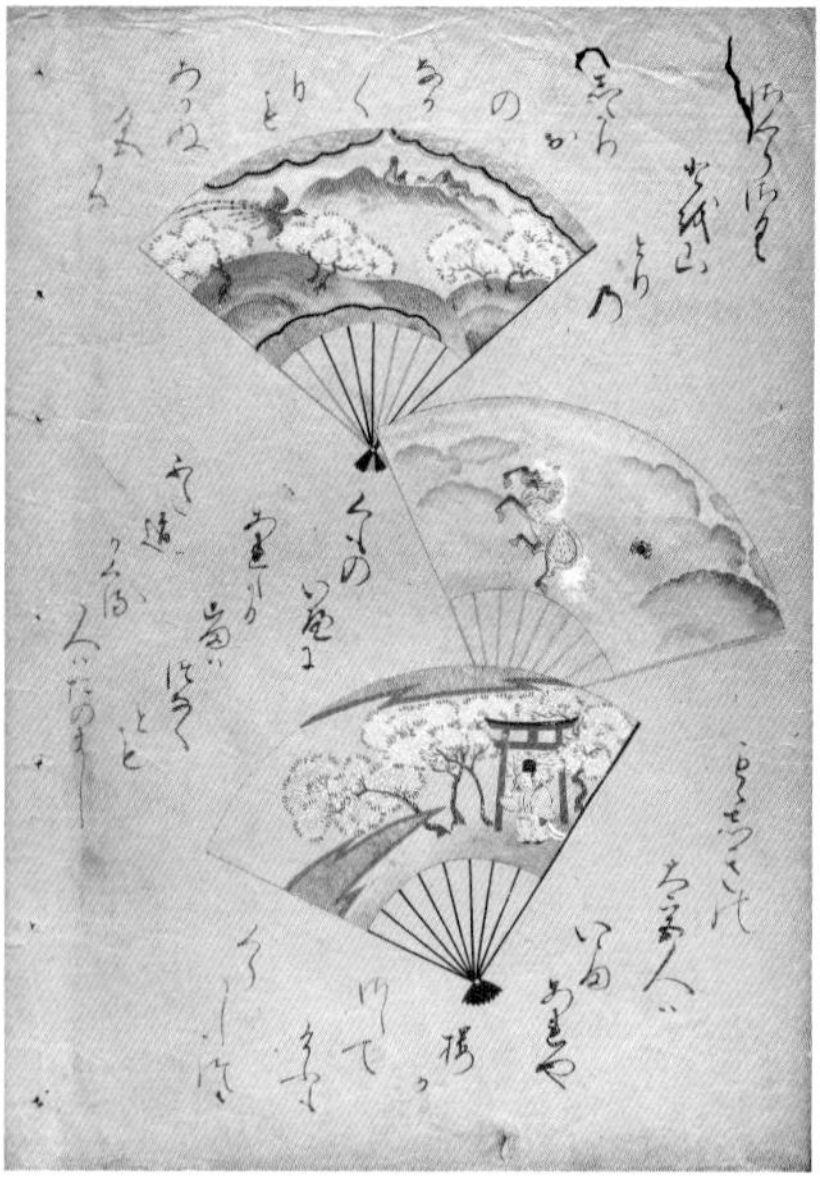

〈右〉『住吉物語』絵——16世紀
〈左〉『扇の草子』絵——16世紀

①

『四十二の物あらそひ』絵巻——16世紀

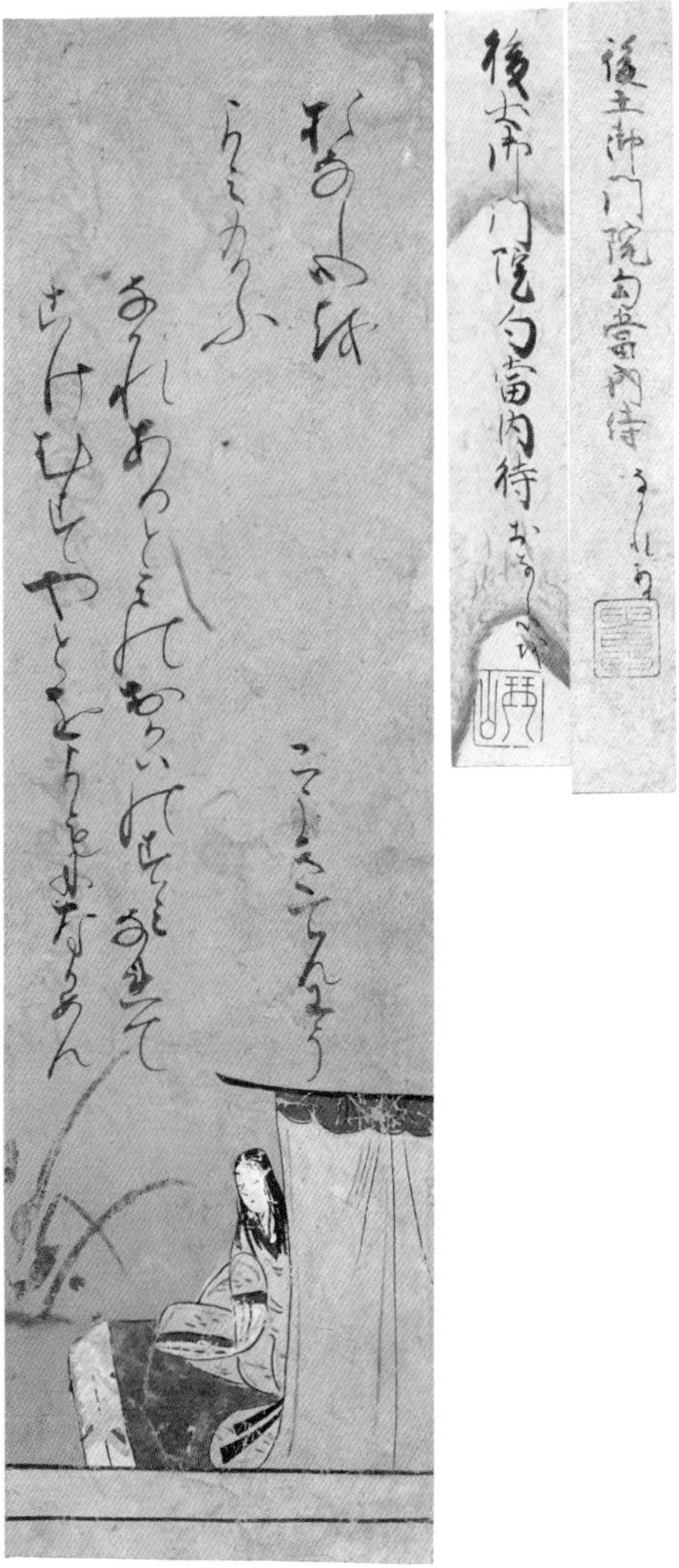

『岩屋の草紙』絵巻——16世紀

『ねずみ物語』——17世紀

『文正草子』——17世紀

『厳島の本地』絵巻――17世紀

・解説文は三三二頁に配した
・所蔵・撮影すべて徳田和夫

お伽草子超入門

伊藤慎吾〈編〉

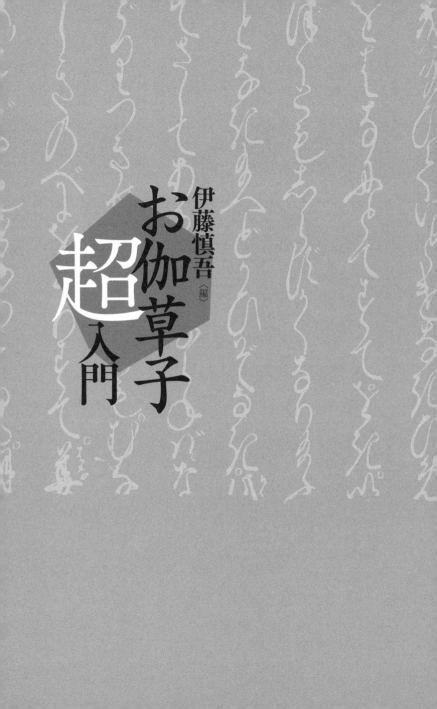

はじめに

お伽草子の作品数はどれくらいあるでしょう。たぶん、皆さんの想像するよりもたくさんあります。だいたい三〇〇編あまりあるのですが、思ったより多いんじゃないですか。

いや少ないよと言う人もいるかもしれません。でもご安心ください。現在確認されているのが、そのくらいの数だというだけで、今日伝わらずに散逸してしまったものも相当あるはずです。公家が手慰みに書き綴り、身近な人々に読んで聞かせてそのまま消えてしまったもの、どこかの寺の坊さんが法話のために書いたあと、書類の山に埋もれてしまったものもあるでしょう。持ち主にも気付かれずにずっと蔵の中に眠っているものもあれば、古書マニアが秘蔵して門外不出にしているなんてものもあり得ます。惜しいことに火事や洪水で失われてしまったものも少なくないはずです。

ともかく、こんなに多くの作品が作られたというのに、今ではごくわずかな作品——たとえば『物くさ太郎』『浦島太郎』『一寸法師』『鉢かづき』『文正草子』『酒呑童子』等々——しか顧みられません。とても残念なことです。

率直に言って、今日有名なこれらの作品は必ずしも突出した傑作というわけではありません。江戸時代に子ども向けの絵本の題材として浸透し、また酒呑童子や源義経といった著名なキャラクターの活躍を描いたものということで注目されてきた面が強いのです。つまり外的な要因から読み継がれてきた結果、認知度が高いというだけで、それが作品の素晴らしさを意味しているとは必ずしも言えません。

ですから、その他多数の作品は駄作、凡作だから消えてしまったんだろという判断を下すのは、ちょっと待ってください！　多種多様な内容や文体を持った作品群であり、一環した評価基準で総括できないからこそ、他人の評価はどうであれ、自分好みの作品を発掘する面白さがあるのです。

ところで僕はネット小説が好きで、暇さえあれば拾い読みをしています。必ずしも書籍化して、さらにアニメ化するという、商業的に成功するものばかりが面白いわけではありません。色々な理由で商業的には無理だろうけれども純粋に面白いものはいくらでもあります。ましてや、お伽草子の作者たちはプロやプロを目指す人たちではありません。色々な動機で執筆していたのです。その成果が幸運にもこれだけの数、伝世したわけです。現代的な表現を交えて言えば、純愛あり、ラブコメあり、異世界バトルあり、異能バトルあり、チート能力全開あり、擬人化あり、そして美少年ありと、ほんとに様々あります。コンテンツ産業に関わるクリエイター必読ではないかと思うんですが、どうなんでしょう。漫画家の近藤ようこ先生が以前「お伽草子はけっこう宝の山だと思うんですけど、やはり、ほとんど使われていない。それは難しいということもありますが、そもそも知られていないいんだと思います」とお話しをされたことがありました。「そもそも知られていない」という現状はとても悲しい…。まずは研究者のほうで資料性をアピールするところから始める必要があるかもしれません。

かつて日本文学研究の偉い先生方は『源氏物語』を至上の古典とし、お伽草子を零落した文学だと評価しました。今でもその意識は根強く残っております。学校教育で残念な扱われ方をされているのもそうした流れを受けてのことでしょう。今後、『源氏物語』は世界文学の中で相応な評価をされ、読み継がれていくでしょう。しかし、世界文学から零れ落ちていく数多くの作品はどうなってしまうのでしょう。淘汰され、消えて行く運命なのでしょうか。もしそうなら、とても残念なことです。お伽草子の研究に携わる者の一人として、文学的な評価はともあれ、今後もたくさんのお伽草子が読み継がれる環境ができればいいなと思います。本書はそうした思いを抱いて企画したものです。

本書ではお伽草子の代表的なテーマである妖怪、異類婚姻、恋愛、歌人伝説、高僧伝説を一つずつ取り上げ、現代語訳と自由な読み方を提示しました。個々の訳文や論考を読んで面白いと思ったら、原文に挑戦してください。原文の探し方は附録に簡単にまとめておきましたので、そちらをご覧ください。

また、物語の部分的なテーマ（モティーフ）、あるいは歴史上の人物や出来事、また妖怪から、それに関連する作品を探せるように工夫をしています。

本篇と附録篇の間に本格的な論考を載せました。執筆者の徳田和夫先生は戦後から今日に至るまで、お伽草子研究を牽引して来られました。本論考は専門的で難解なところもありますが、じっくり読めば専門的な知識がなくても理解できるはずのものです。そして、これを十分吸収できたなら、あなたもお伽草子の研究を始められることでしょう。

令和二年七月吉日

伊藤慎吾しるす

◉附録篇

お伽草子超入門

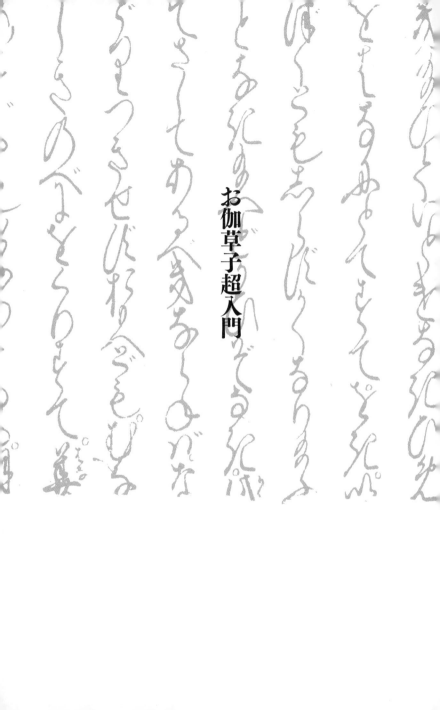

妖怪物語

『是害坊絵』

〈ぜがいぼうえ〉

●現代語訳

――中国から天狗の是害坊《ぜがいぼう》が愛宕山の日羅坊《にちらぼう》のもとにやって来た。

「失礼、どなたか案内をお願いしたい」

「はい、どなたですかな」

「私は中国の天狗の首領、是害と申すものです」

「さてさて、はるばる遠いところから。このたびはどのようなご用件でお出ででしょうか」

「はい。我が国では、いかに貴い僧であろうが徳の高い僧であろうが、思いのままに魔道（仏道から外れた道。ここでは天狗道）に引き入れることができましたので、気に掛けることもなくなりました。

聞くところによると、日本ではまだ仏法が盛んだと承りましたので、しかるべきお寺がございましたらご案内くださいませんか」

「はあ。おっしゃるように、日本は世界のはずれのちっぽけな国ではありますが、今に仏法が盛んです。そのため、我々天狗が付け入る隙がありません。それに中国とは違い、日本は神国です。私も現状を憂いておりますが、手を出せるほどの力もありませんから、今回はどうぞ思い返していただければと思います」

これを聴いた是害坊は、

「さすがに中国からはるばるやって来て、むざむざ帰ることは無念です。どこの寺へなりともご案内ください。いかに日本の僧どもが仏道修行に専念していても、計略を練り、秘術を尽くすならば、一手も取らせることはございません」

「わかりました。本当にそのようにお考えならば、比叡山にお連れしましょう。ただし負けることがあっても我らを決してお怨みなさらぬように。並々ならぬ力をもった修行僧が数知れずおりますが、ともかくお供しましょう」

——是害坊は日羅坊の案内を得て比叡山に上った。そして山を下りてくる僧たちを襲おうとした。しかし彼らは優れた法力を持つ者ばかりだったので日羅坊の不安が的中し、是害坊はことごとく返り討ちに遇ってしまう。それにも関わらず、是害坊は聞是坊《もんぜぼう》ら日本の天狗たちの忠告を聞き入れず、下山する天台座主《てんだいざす》慈恵《じえ》大師を襲うことにした。やはり大師の法力と護法童子たち（大師の使役する童《どう》形《ぎょう》の使い）の加護によって打ちのめされてしまう。天狗たちは状況が掴《つか》めないでいる。

日羅坊「おお、火界の呪文で羽が焦げてしまいます」

是害坊「この火はどこから来るのでしょう。ああ難儀な」

「日羅がほのかに恐れていたことが起きてしまった。そら見たことか。興ざめだ…」

と、日羅が愚痴を言い、

「このままやられっぱなしでは口惜しい。もう一度、この場で邪魔をしようと思い、邪魔をしたのだが…」

と、是害が悔しがった。

そこへ一人の童子がやってきて、天狗たちを捕縛した。

「お前たちを八大金剛童子に引き渡したら最後、不動明王様はお前たちに手に掛けようとされるぞ」

と言うと、もう一人が
「ああ、我々がお招きした行者がやってくるぞ。必ず命を取るに違いない」

と山を下りてくる僧を見て言った。

是害が
「私を斬るというのか。そんなまさか」

と言っても、かまわずに童子の一人が
「しっかりと縛れ」

と言うばかり。

「お助けくださいっ」

「頭を打ち割ってしまえ」

などと、是害・日羅と護法童子たちの言い合いが続いた。

「そんなこと、やめてください。この日羅がお詫びします」

「そんなこと言っても、こいつは日本を侮って邪魔をするんだからなあ。ともかく痛めつけてやれ」

日羅坊はさらに弁明する。

「私は仲間ではありません。日本の名をも上げたいと思っているんです。なんで一味になりましょうか。どうかお許しください」

童子は日羅坊の言葉を聞き、少し考えてから答えた。

「いや、お前も是害と一味同心に違いない。ともかく不動明王に申し上げ、ただではおくまい。是害は命がないと思え。とはいえ慈悲は上から下に下るものだ。日羅、お前が是害の保証人になり、さらに仏法を育むのであれば、命ばかりは助けてやろう。おい是害、二度と日本に来るな。分かったか」

是害坊は捕縛され、散々になぶられて声も出ない。その姿を見た日羅坊は、

「是害は今後日本に来ないと申しております。我が請け負いますので、命ばかりはお助けになり、本国にお返しください」

と改めてお願いした。

――かくして助命嘆願が叶い、是害坊は命拾いしたのだった。

とはいえ、是害坊は護法童子たちに散々にぶたれたので足腰が立たず、青あざをこしらえたので、賀茂川のあたりで薬湯に入れてやろうということになった。

動けない是害坊を輿《こし》に乗せて賀茂の河原に運び、そのまわりを小天狗どもがいろいろと面白いことを言って囃し立てた。

「いや、是害坊の振る舞いは身の程をわきまえぬことじゃないか。なんとも可笑しなことだ、是害坊」

「いや、首に縄を付けられるのは瓢箪《ひょうたん》か、是害坊」

「いや、はりごとしたか、一手も取らずに帰るは似非《えせ》弓かな、是害坊」

「いや、似非歌か、是害坊。腰が折れて見えるのは短冊か、是害坊」

「いや、薬湯の中に是害坊を入れて、にょれ、ひょれひょれひょれと吹くよ」

「いや、バチが当たったのは、太鼓か、是害坊」

「いや、姫の前の守り刀、大したこともなくて悲惨だな、是害坊」

「いや、時間ではないが、ホラ貝を吹いてみなよ、是害坊」

「いや、注連縄《しめなわ》を掛けて、ちょうちょうと打たれるのは鼓《つづみ》か、是害坊」

「いや、腰のあたりに結い付けて、神楽を舞うのは八撥《やっぱち》かな、是害坊」

「いや、天下に知れた是害坊、小骨が折れて見える是害坊」

「いや、神仏に嫌われて何の用にも立たない仏の花か、是害坊」

「いや、一《ひと》むら雨《さめ》の折節、林に連れて渡るのはホトトギス、是害坊」

「いや、火界の呪文に焦がされて、羽の色も紅葉だな、是害坊」

「いや、仏たちに踏まれれば蓮華かな、是害坊」

「いや、しおしおと散り行けば、花の雨かな、是害坊」

「いや、枝ばかり動いて、力なさげに見える青柳《あおやぎ》かな、是害坊」

「いや、追いまわして蹴られるのは庭の鞠かな、是害坊」

「呻《おめ》いてすかしてするのは、連歌をするか、是害坊」

「いや、嗤われてするのは欠伸《あくび》かな、是害坊」

意識も定かならぬ是害の耳には、小天狗たちの囃す言葉も入ってこない。

「もうちょっとゆっくり運んでください。ゆれて目が回るので…。ああ中国を出て、このようなひどい目に遇う日が来ようとは。恨めしいことだ」

――河原に運ばれる是害坊を見ながら、ふと日羅坊が愚痴を言う。

「なんて面倒なことか。我らまで叱られて面目がつぶれた。人の教訓を聴かないで、まったく困ったものだ」

――天狗一行は賀茂の河原に到着した。輿から降ろされ体を休める是害坊に、日羅坊は薬を与えることにした。

「煎じ薬をお渡ししましょう。少し冷まして召しあがりください」

「ありがとう、代金は払います」

「いえ、今回は差し上げます。眩暈《めまい》はしませんか、どうですか」

――是害坊は薬をもらって静養中。そこへ日羅坊が顔を出した。

「今少し待っていてください。お風呂を沸かしましょう」

すぐに湯の様子を見に行って、

「ああ、湯加減がいいようだね」

と言うと、湯を立てている天狗が、

「こんなに熱くては毒です。湯加減を調整してあげてください」

と答えた。

「『名にし負う、賀茂の川風、心せよ、妻木に添うる花の一枝』――どうだい、水汲み担当さんに申し入れましょう」

と水汲みの天狗に水を加えさせて丁度いい湯加減にして、是害坊を湯に入れた。

「この竈《かまど》の中に様々な薬を入れましたので、一段と良いはずです。仏たちに叩かれて筋や骨が痛んでいるのにも効果があるでしょう」

こうして是害坊は薬湯につかり、一息ついた。

「燃えつきの悪い薪だなあ」

そばでは湯立て役の天狗がフーフーと火吹き竹を吹きながら文句を言い、歌を歌う。

「『木は燃えずー、煙ばかりの竈《かまど》をばー、賑わう民と人や言うらん』」

しばらくして是害が湯から上がったので、河原で大天狗たちが酒を飲みながら話し合いを始めた。

「日本の僧どもはこのように魔道に引き入れる方法もありませんので、ぜひとも中国に渡って尋ねてみたいものです。私は年老いておりますが、一度くらいは中国に行く望みがあります」

と日羅坊が話を始めた。

是害坊はこれを聴き、

「中国はさすがに大国ですから、よくよく心を引き締めて決断なさい。私はそれなりに力がありますから、お尋ねになるのに決して逃げも隠れもしません。十分に注意してお出でください」

と答えた。それに乗じて隣の天狗も、

「考えてみれば、私の弟子の名も上げたいと思っています。そうであれば、日羅坊も決心してください。お供しましょう」

と同調するが、聞是坊はこれに対して、

「是害のやつは我々をたばかって恥を与えて嗤おうと、このように申すものを。ああ軽率な」

と難癖をつけた。

やりとりを聞いていた天狗たちは、

「どちらにせよ、我らはただ愛宕《あたご》や比良《ひら》といった国内の霊山を物見遊山しようと思います。気ままにね。それが一番いい」

「おっしゃる通り、我々程度の力では中国まで行くことなんて思いもよりません。ただ辻風やら辻相撲やらが出てくるほうが、面白いと思いますね」

そんな四方山話を聞きながら、日羅坊は是害坊に一献《いっこん》すすめる。

「酒のお燗《かん》がよろしいようです。もう一杯お召し上がりください」

——酒に酔って盛り上がってきたところで天狗の一人が舞を始めた。

「『やれことんとん、鳶《とび》の齢《よわい》を思うにやー、今日ぞ千歳《ちとせ》の初めなりー』」

天狗たちの歌舞が続き、大いに慰められた是害は、

「なんともこれは、まったく面白いことだ。狂言綺語《きょうげんきぎょ》（真理から外れ、飾り立てた言葉）の芸能も三《さん》世《ぜ》諸仏《しょぶつ》（過去・現在・未来の一切の仏たち）の縁に違いない。ああ、素晴らしい、なんて素晴らしいんだ」

と絶賛する。

——こうして無事、是害坊の送別会はお開きとなり、別れの時がやって来た。

日羅坊、

「ああ、お名残り惜しいことです。又いつお目に掛かることができますことやら。何としましょう。ええ、あまりにお名残惜しいので、最後に一首、腰折れ（下手な和歌）を詠みたいと思います。『うちすてて—、帰るは惜しき花の波—、かかる別れに萎るとぞ思う—』」

これに対して是害坊は、

「『花の波ー、末の松山越しかねてー、月にやすらう秋津島かなー』」

と歌を返した。

――こうして日本の天狗たちと一通り別れの挨拶を交わした是害坊は、空に舞い上がり、中国に去っていったのだった。

※徳江本に基づき、慶應本で補った。文意が通じない箇所が多いため、基本的に意訳で処理し、会話の順序を変え、また一部省略した。さらに著しく展開の飛躍した箇所は補足した。

伊藤慎吾……………ITO Shingo

◉是害坊絵

アンチヒーローとしての天狗

昭和を代表する漫画家に永井豪がいる。ロボット・アニメ『マジンガーZ』の原作者と言えば多くの人が分かるだろう。他にも『グレートマジンガー』『ゴッドマジンガー』『ゲッターロボ』『キューティーハニー』『ハレンチ学園』などの数多くのヒット作を世に出した。お伽草子に関連する作品としては酒呑童子《しゅてんどうじ》ならぬ『手天童子《しゅてんどうじ》』（一九七六〜一九七八）という作品がある。人間によって育てられた少年手天童子郎《ジロー》は十五歳になって角が生え、自分が鬼であることに気付く。子郎は鬼でありながら全宇宙を暗黒世界に導こうとする暗黒邪神教と戦うヒーローとして描かれているのだ。

これまた、よく知られた作品に『デビルマン』（一九七二〜一九七三）がある。悪魔と合体した少年不動明《あきら》がデビルマンに変身して人間のために悪魔と戦う物語である。デーモン族からすればデビルマンは人間に味方する裏切り者であるが、反対に人間から見ればヒーローという一面を持っている。

ところで中世に中国から日本に渡ってきた是害坊《ぜがいぼう》という大天狗を描いたお伽草子が作られた。『是害坊絵』と呼ばれるもので、十五世紀初頭には成立しており、お伽草子作品の中では初期を代表するものだ。この物語に登場する日本の天狗がちょっとデビルマンの立ち位置に似ている。まず是害坊来日の顛末を簡単に説明しておこう。

『是害坊絵』のあらすじ

平安時代の康保《こうほう》三年（九六六）のことだった。中国の大天狗是害坊が日本にやってきた。目的は何かというと、仏教の邪魔をしてやろうというのだ。そこで日本の天狗の筆頭である愛宕山《あたごやま》の日羅《にちら》坊《ぼう》のもとを訪れた。日羅坊は是害坊に案内役を買って出たものの、一方で日本の名を汚すことになるのではないかという気持ちもあった。ともあれ、約束通り、まず比叡山に案内した。

是害坊は山を登ると千光院の余慶律師《よけいりっし》にばったり出くわした。これ幸いと律師を襲おうとするが、律師に火界《かかい》の呪《じゅ》という呪文を唱えられ、羽を鉄火輪《てっかりん》で焼かれそうになり、逃亡する。ついで飯室《いいむろ》の権僧正尋禅《ごんのそうじょうじんぜん》という高徳の僧を狙うものの、今度は不動の慈救《じぐ》の呪《じゅ》という呪文を唱えられた結果、

【図1】負傷して運ばれる是害坊　工藤早弓『奈良絵本　上』（京都書院アーツコレクション）

矜羯羅《こんから》・制多迦《せいたか》の二童子が現れて追われる羽目になった。

この後、日羅坊と同様に名高い日本の大天狗、比良山《ひらさん》の大天狗聞是房《もんぜぼう》がやってきて、日本には智證《ちしょう》大師円や恵亮《ちりょう》のような優れた僧が出たのだから、仏教の邪魔をするような企てはしないほうがよいと諭した。しかし、是害坊はムキになってどうしても続けると言って聞かなかった。

一休みした是害坊は、比叡山を下りてくる天台座主慈恵《ざすじえ》大師を狙うことにした。ところが大師には、護法童子たちが前後になびき護衛している。そればかりか、是害坊に気付いた童子らが追ってきて、縛りあげ、踏んだり蹴ったり、散々になぶったのだった。これによってひどく傷付いた是害坊は（図1）、もはやこれまでと中国に戻ることに決めた。

負傷した是害坊はそのまま帰国することが難しいので、日羅坊に頼んで湯治《とうじ》させてもらうことにした。対面した日羅坊は日本を小国と侮った結果がこれだと非難し、日本が神国であることを教えた。日本は古くから仏菩薩が神として垂迹《すいじゃく》（仏や菩薩が神の姿で顕現すること）して仏教を守護し、人々を導いている国である。なればこそ、神功皇后や聖徳太子は異国の魔賊を平らげることができたのだ。それに日本各地に霊地と呼ばれるところが数多くある。中でも比叡山は日本を鎮護している場所だ。そこに行って仏教の邪魔をしようとすれば、こんな目に会うのは当然ではないかと説教した。これを聴いた是害坊は身に染みて仏法東漸の理《ことわり》を理解した。

かくして是害坊は賀茂川のほとりに設けられた温室に案内され、そこで体を癒し、七日後に帰国したのだった（以上、曼殊院《まんしゅいん》本による）。

天狗の性格

さて、『是害坊絵』に登場する天狗は、このように仏法障碍《しょうげ》（仏教の妨げとなるもの）の象徴のような是害坊と、それに協力はするものの積極的に障碍となろうとはしない日本の天狗たちであった。少なくとも単一の性格をもつ妖怪というわけではない。天狗にもいろいろな個性があるのだ。

そもそも天狗は古くから様々な顔を持っている。姿かたちもそうだ。『是害坊絵』に見える是害坊はどのように描かれているか確認してみよう。

まず、日本に来た動機であるが、次のように述べている。

日本ハ小国辺卑ノ境ナレドモ、仏法東漸ノ国ナレバ、日本、定メテ有智有行《ウチウカウ》ノ僧モアルラン。且ツハ行徳ヲモ推シ計リ、且ツハ出離ヲモサマタゲントテ来タレル也。

つまり、中国に対して日本は小国で、田舎であるが、仏法が伝来して興隆する国であるから、きっと優れた僧侶がいるだろう。そこで彼らの修行を妨げるべくやってきたのだと言う。

二人の高僧に敗れて負傷した是害坊のもとに、日羅坊と同じく日本を代表する比良山の聞是坊がやってきた。聞是坊は、聖徳太子の時代、物部守屋《もののべのもりや》が廃仏を推し進めて戦った時に、その罪に引かれて天狗になったものだった。長く日本の仏教界を見てきただけに、真済《しんぜい》や恵亮など魔道に堕ちた高僧のエピソードを語って聞かせた。これに対して是害坊は次のように述べている。

マコトニ仰セハ存知ノタメニヨロコビ入リテ候ヘドモ、且ツハ本国ノ徒党ノ帰リ聞キ候ハム事モ恥ヅカシク存ジ候フ。又、各々ノ御覧ゼラレム所モクチオシクオボヘ候ヘバ、三百余歳ノ老イノ恥ヲキヨメ候ハデハ、本国ニ返リテ、ナニニカハシ候フベキ。

是害坊はプライドの高い老人であった。このまま負け続けて帰ったら、本国の天狗たちに顔見せできないし、このような無様な姿を日本の天狗たちに晒したままなのも口惜しい。だから一矢報いてくれようと決心するのだった。しかし、結局、慈恵大師やそれを取りまく天の童子たちに敗れた。「三百余歳ノ老イノ恥、日本ニ渡リテカキ極メ候ヒヌ」と後悔する羽目になってしまったわけだ。

一言に集約するならば、是害坊は仏法障碍を目的として行動しているということができるだろう。この天狗像は、中世における、ごく一般的なイメージを反映している。中世には天狗に関して言及した文献が多く作られたが、その中でも比較的よくまとまったものに『源平盛衰記《げんぺいじょうすいき》』の記事が挙げられる。その第一八巻の「法皇三井灌頂の事」は、治承二年（一一七八）、後白河法皇が三井寺での灌頂《かんじょう》（天台密教の奥義が伝授される儀式）を計画し、それに延暦寺が反発して焼き討ちも辞さずと憤った結果、三井寺への行幸を中止した直後の出来事が描かれている。

三月三日、法皇が屋敷の庭前の花を眺めていると、住吉明神が現れた。そこで明神は今回の騒動は「日本国の天魔集つて山の大衆に入れ替つて、君の御灌頂を打ち止めまゐらせ候ふ処也（日本の天魔たちが集まって比叡山の僧たちに入れ替って、法皇の御灌頂の儀式を中止させようとしているのです）」と真相を告げた。国家と仏教との関係に混乱をもたらしたのが天魔の仕業であることが知れたことで、ひとまずは世間も鎮まることになるのだが、物語はここで、そもそも天魔とは何ぞやという問答に発展する。そこで住吉明神は天魔についてまとまった見解を示す。ここでは天魔とは天狗の上位概念と捉えられている。

今回の是害坊の行動のように、天魔は仏法を妨げることを目的とした行動をとる。つまり天魔は仏敵という立ち位置にいるわけだ。言い換えると、天魔は「いささか通力を得たる畜類」なのである。さらにこれは三種類に分けられる。第一が最もポピュラーなもので、すなわち天狗である。仏の教えを信じない驕慢《きょうまん》な僧侶が死んだ後になったものである。死後の姿がどうなるかというと、頭は天狗、体は人で背中に羽が生えてハヤブサのように空を飛ぶことができる。僧侶であったために地獄には堕ちないが、しかし信心がないから極楽往生することもできず、結果、天魔となるのだ。この他、波旬《はじゅん》といって天狗としての業《ごう》が尽きてのち、人間に転生せずに一万歳生きるものや、魔縁といってたくさんの天狗を招き寄せる僧侶の驕慢な心がある。

要するに天狗とは仏教に対する信仰心がないくせに無暗に仏教に関する知識をもち、他人よりも自分が優れていると増長している僧侶の成れの果てということになるだろう。是害坊も慈恵大師に完敗したのち、日羅坊を相手に驚くべきほどの仏教思想的な蘊蓄《うんちく》を披露している。信心はないが、仏教知識だけは抜群なのだ。

大国からやってきた天狗の首領是害坊は小国日本をはじめから侮っている。人間であった時の驕慢な性格が天狗になったあとに増長したのだろう。日羅坊をはじめ、日本の天狗たちはそのような是害を鼻持ちならない奴だとは思いながらも、天狗仲間であるから手伝った。しかし最終的には、自分にまさる僧侶などいないという慢心が高僧たちの法力に負けることになる。仏法障碍の野望は潰《つい》えたのである。

一方、日羅坊らはどのような言動をとっていたか。まず、是害坊が日本に来た動機を述べ、助力

【図 2】是害坊（左）と日羅坊（右）
工藤早弓『奈良絵本　上』（京都書院アーツコレクション）

を乞うてきたときに、次のように心に思った。

> 此《コ》ノ道ノヨシミヲ憑《タノ》ミテ遥カノ境ヨリ来タレルヲカナハジト云ハンモ无興《ブキョウ》ナレバ、左右《サウ》無ク具《グ》シテ登レドモ、他州《タシウ》ニ望ム時ハサスガニ我ガ国ノ我執《ガシュウ》ナカルベキニアラズ。

天狗道を歩む者として頼まれたので断ることができずに案内役を引き受けたが、祖国が外国の天狗に侮られ、蹂躙されるのはちょっと面白くないといった心境にある。

そして、高僧たちに完敗した是害坊に対して次のように非難する。

> 凡《オヨ》ソ晨旦《シンダン》ノ名ヲ折ルノミニ非《アラ》ズ。本朝モ此ノ道ノ名ハ失ヒハテテコソ候《サフラ》へ。日本ヲ小国ナリトテアナヅリ給フガ愚カニ覚エ候フゾ。

是害坊が日本に来て行ったことは、中国の名誉を傷つける行為であった。そして天狗道の身を置くものからすれば、日本の天狗の名誉を失墜させる行為でもあった。いずれにしても是害坊が日本を小国と侮り、軽率な行動をとった結果であるというのである。

このように、日羅坊ら日本の天狗たちは、仏敵ではないが、さればとて味方でもないという距離を保っていることが読み取れるだろう。しかし、その後に展開する是害坊と日羅坊の対話を通して、前者が仏教障碍、後者が仏教守護の立場にあることが明確になってくる。この点は後述しよう。

古代からの流れ

ところで筆者は中国北京の大学で天狗について講義したことがある(二〇一八年)。その時、約五十人の受講生に天狗を知っているかと訊くと、知らない人はいなかった。ただ、天狗とは流星のことだという答えが返ってきた。そのうちの数名が「天狗食月」という故事を教えてくれた。これは要するに月食のことだが、道教の神である二郎神楊戩《ようせん》が哮天犬《こうてんけん》という犬を飼っており、それは黒くて細身の犬で目つきが悪く、いつも吠えている。これが月を食べることで月食が起こるそうだが、この犬を天の狗《いぬ》、つまり天狗というわけである。

このように天狗という語は中国にもあるが、かといって、日本人のイメージする天狗とは相当な隔たりがある。日本の天狗の画像を示したら、楊戩と同じく『封神演義《ほうしんえんぎ》』などの作品にも登場する雷震子がこれに似ているという意見が多かった。ただ雷震子は天狗ではない。たしかに関係があるのではないかと目を疑わせるほど似ているが、単に背中に翼があって空を飛び、嘴《くちばし》をもっている外見が日本の天狗を連想させるというだけである。

古代日本での「天狗」という語の初出例が『日本書紀』舒明《じょめい》天皇九年（六三九）二月の条に記されている流星の目撃記事であることは良く知られている。この時に目撃された流星を、僧旻《みん》なる中国からの修行帰りの僧が「流星にあらず、天狗なり」と述べたという。

さて、『是害坊絵』は中世半ばの作品であるに違いないが、是害坊のような天狗はすでに古代末期、あるいは中世初頭には生まれていた。『今昔物語集』巻二〇に「震旦ノ天狗智羅永寿、此ノ朝ニ渡レル語《こと》」という説話がある。

この天狗は日本の僧たちと力比べをすべく来朝した。日本の天狗はこれを歓迎し、比叡山に案内した。智羅永寿は日本の天狗の言われるままに老僧に姿を変えて相手を待ち構えた。しばらくして余慶律師が輿《こし》に乗って下山してきた。律師に恥を掻かせようと思ったが、律師の姿が見えず、輿の上には炎が高く燃え上がっているだけだった。律師が火界の呪を使ったことで焼かれる危険が生じたのだ。これを恐れた智羅永寿は尻を出して隠れるばかりだった。中国から渡来して、このザマはなんだと日本の天狗は嘲笑した。

智羅永寿は、今度こそと思い、輿に乗って下山する飯室の深禅《じんぜん》権僧正を狙った。すると前駆の童（実は制多迦童子《せいたかどうじ》）が近づいてきて杖で追い立ててきた。そのために輿には近づくことさえできなかったので、また日本の天狗に馬鹿にされ、中国の面目のためにも次こそは成功させるよう叱咤された。

三度目の正直。次に輿に乗って下山してきたのは天台座主、横川《よかわ》の慈恵大僧正であった。天台宗の頂点に立つ人物だけに従える者たちも三十人ほどに及ぶ。智羅永寿は隠れていたが、従者の童子に気配を察知されて搦め取られてしまった。その上で十名ばかりの童子たちにぶたれたり踏まれたりして散々な目に遭った。かくして悪だくみのすべてを白状した。

最後に童子たち一人ずつから腰を踏まれて解放された智羅永寿は、日本の天狗に介抱されて湯屋で養生した上で帰国したのだった。

物語の展開や登場する三人の僧侶が『是害坊絵』とほぼ同じである。ちなみにこれに類する説話は僧侶の伝記を集めた『真言伝《しんごんでん》』巻五「慈仁伝」にも見られる。

『是害坊絵』はその後、能「善界《ぜがい》」として舞台芸能にもなった。本文的には『是害坊絵』諸本の系統のうち、甲類三種に分類されるものが近い。内容は基本的に冒頭に示したあらすじと変わらないが、文章は簡略になり、会話文を中心に構成されている。日本に来た動機は甲類三種本と同じく中国の僧たちは「少しも慢心の輩をば、みな、我が道に誘引せずと云ふ事なし」。つまり、中国中の僧を天狗道に引き入れたので、このたび日本にやってきたというのだ。その後の比叡山でのやりとりは極めて簡略な叙述で終わる。そして不動明王が現れ、矜迦羅童子・制多伽童子らを前駆として撃退した。敗れた善界は「かほどに妙なる仏力・神力、今よりのちは来たるまじ」と言って日本を退去した。この作品は『是害坊絵』という絵と詞から成る作品を舞台芸能として創作したもので、いわば是害坊というコンテンツの中世的なメディア展開を示すものということができるだろう。

また近世にはスピンオフ作品ともいうべき『破仏物語絵巻』が作られた。中国で唐の武宗皇帝が治めていた頃（在位・八四二〜八四六）、かの地の仏教を滅ぼした天狗たちが集会を開いた。是害坊も参加しており、その場で仏法障碍の企てを推し進めるべく、小国ながら仏教の興隆する日本国に渡ることに決めた。かくして日本に向かう是害坊のために仲間の天狗たちが送別の宴を開くという内容だ。これはすなわち『是害坊絵』の前日譚ということになる。『是害坊絵』を見て創作意欲を惹起した何某が、是害坊が日本にやってくるまでのエピソードを作り、絵巻に仕立てたようである。ちなみに唐の武宗皇帝の時代に設定したのは、武宗皇帝が会昌五年（八四五）に仏教の排除を行った、いわゆる会昌の法難を天狗の仕業として描こうとしたからである。

天狗は神か妖怪か

天狗は日本を代表する妖怪であるが、しかし、妖怪と割り切ってしまうことが難しい面も持っている。『是害坊絵』の日本の天狗は妖怪と言い切ってしまっていいのだろうか。たしかに、プロトタイプというべき『今昔物語集』に登場する日本の天狗は仏敵として智羅永寿に協力した。慈恵大僧正の取りまきの童子たちにボコボコにされた智羅永寿に対し、「大国の天狗にましましければ、小国の人をば心に任せて凌じ給ひてんと思ひて教へ申しつる」に、智羅永寿の無様な体たらくを見てがっかりする。つまり、日本の天狗たちは中国の大天狗に期待し、利用して、日本の僧たちを従えようと企んでいたようだ。

しかし『是害坊絵』の天狗はそうではなかった。中世の天狗には、仏法障碍の仏敵という顔ばかりでなく、人間に智恵を授ける顔も持っていたのだ。好例は鞍馬《くらま》山で修行する牛若丸に対する天狗たちだ。

また、鎌倉時代の仏教説話集『沙石集《しゃせきしゅう》』には「善天狗」という言葉が見られる。その巻七に「天狗ノ人ニ真言教ヘタル事」という説話がある。

ある修行者が奥州の山里にある古い堂に宿泊した。しかし、そこには天狗が住むという里人の話にあった。その晩、人が山の上から下る音が聞こえてきたので、怖くなって隠形《おんぎょう》の印《いん》を結んで姿を消し、息を殺して様子を見てみると、輿に乗った色白の太った法師が二、三十人の小僧を従えて堂に入ってきた。僧は小僧たちを庭で遊ばせ、自分は修験者《しゅげんじゃ》に近づいて行った。

隠形の印が役に立たないことを知った修験者は印を解き、僧に対峙した。僧は、その印の結び方は間違っているからと言って、正しい方法を教えてくれた。教わった通りに印を結ぶと、僧も今度は見えなくなった。すると、僧は小僧たちを堂内に呼び入れ、中で遊ばせた上で再び山に帰っていった。

このエピソードのあとに、天狗に関する解説が記されている。それによると、天狗は善天狗と悪天狗に大別される。悪天狗は驕慢偏執ばかりあって、信心のないものなので、仏教を妨げるものだという。智羅永寿や是害坊がまさにこれだろう。これに対して善天狗には仏道に志す者もいるし、知恵や行徳がありながらも慢心せずに、また人間の仏道修行を妨げることもないという。さらに悪天狗の障碍を制して仏教を守護することもあるという。右に挙げた奥州の古い堂に現れた僧形の天狗はまさに善天狗であった。

中世の天狗の中には、このように仏道を守護する性格のものもいたことが分かる。さらには鞍馬の天狗のように兵法も授けるものや、時代が下って剣術の秘法を伝授するものも現れた。

本作に描かれる日羅坊や小天狗どもにこのような性格は読み取ることはできない。しかし、必ずしも仏教を障碍したり、人間を害したりするばかりではなかったということはできるだろう。十七世紀初頭に作られた『謡抄《うたいしょう》』という謡曲の注釈書に謡曲「善界」の注釈があるのだが、そこで延徳四年（一四九二）に相国寺の横川恵三《おうせんけいさん》の執筆した勧進帳（「愛宕護山修造幹縁疏并序《しゅぞうかんえんそ》」『補庵京華外集』）を引用し、修験道の祖である役行者《えんのぎょうじゃ》と雲遍上人の愛宕山《あたご》での出来事を次のように記す。

役行者と雲遍上人が愛宕山に向かっていると、大きな杉があった。その上にインドの日良坊《にちらぼう》と中国の善界坊、日本の太郎坊といった大天狗たちをはじめとして、家来の天狗たちが現れた。そして二人に、我々が二千年前に釈迦から任されて大魔王になって愛宕山を領しているものである。これは人間たち生きとし生けるものの利益のために行っていることだと告げた。

又、大ナル杉アリ。其《そ》ノ上ニ天竺ノ日良《にちら》、唐土ノ善界、日本ノ太郎房、其ノ外《ほか》ノ眷属《けんぞく》ノ天狗ドモ、其ノ杉ノ上ニ現ジテ二人ニ告ゲテ曰ク、

「我等ヲバ誰《たれ》トカ思フゾ。二千年已前、霊山会上ニテ仏ノ付属《ふしょく》ヲウケ、大魔王ト成リテ此ノ山

ヲ領ス。衆生利益《しゆじやうりやく》ノタメ也」ト云ヒヲハツテ、各《おのおの》ミエズ成リタルト、記《しる》サレタリ。善界ト太郎房ト会合《ゑがふ》シタルトハ、此ノ事ナルベシ。仏法ヲサマタゲン為ニ日本へ来タルトハ、謡ノ作者ノコトヲ加ヘタルナルベシ。

日良（日羅）をインドの大天狗とするのは『是害坊絵』とは違う設定だ。太郎房（太郎坊）は愛宕山に住む大天狗であり、日本の天狗界の首領でもある。謡曲「善界」はお伽草子の『是害坊絵』とかなり違う設定になっているが、これを読むと、中国から渡来した是害坊の言動も衆生救済の方便に見えてくる。

『是害坊絵』には「悪ヲ現ジテ善ヲ助クル」という教えが基にある。天台宗では「魔仏一如《まぶついちにょ》」、「魔界即仏界」あるいは「邪正一如《じゃしょういちにょ》」の語が用いられることがある。悪や魔、魔界、邪といった負の極限に位置付けられる存在が、対極にある善や仏、仏界、正《せい》という正の極致に反転することがあるわけだ。悪しき存在である是害坊の反面教師的な言動が結果として善を助けることになった。これに対して日本の天狗たちは、いうなれば清濁併《あわ》せ呑む大きさを持っているとも評せるのではないだろうか。

ともあれ、こうした寛容な天狗像からは人間を救済する天狗像が生み出されていく。つまり神格化された天狗である。次に具体的に見ていくが、ここでもやはり是害坊は迷惑な来訪者として登場する。

【図 3】八天狗の祠（八天神社）　撮影・筆者

【図 4】善界坊が飛来した唐泉山　撮影・筆者

そして神になる

佐賀県嬉野市《うれしのし》に唐泉山八天神社という神社が鎮座する。近世には八天狗社と呼ばれていた。その名から知られる通り、八人の天狗を祀る社であった。今でもその名残があり、本殿の近くに天狗の祠が八つ存在する（図3）。当社は唐泉山の麓《ふもと》に鎮座し、また山頂には上宮が祀られている。近世には牛尾山《うしのお》に連なる霊山として在地の信仰を集めた。開祖は田村良真と伝えられ、その子孫が本光坊を継いで宮司として活動してきた。

近世後期に記された「山口十二所権現 并《ならびに》 八天狗神鎮坐縁記」（佐賀県立図書館所蔵『東西伽藍記』所収）には次のように記されている。

往古、大唐の天狗の首領の善界坊《ぜがいぼう》有りて本朝を窺はんと欲す。雲霧の船に駕《の》り、大虚の濤《なみ》を凌ぎ、山頂の巌に繫纜《けいらん》す。時に本朝の八天狗、各、斯《そ》の嶽に飛来し、不可思議の秘法を修《しゅ》す。善界、其の修法に抗《あらが》ふ能《あた》はず。逡巡《しゅんじゅん》倒退す。山号の大唐船は此の因《いは》れ也。（原・漢文）

昔、唐の天狗の首領の善界坊が日本を侵そうと企て、雲の船に乗って空を飛んで来て、唐泉山（図4）の山頂に船を繫いだ。これを知った日本の八天狗が飛来して秘法に行った。すると善界坊は抵抗できず、日本から撤退したという。唐の船が飛んで来た山だから「唐船山」と名付けた。これを後に「唐泉山」に改めたということである。八天狗社本光坊の末坊《まつぼう》本勝坊に伝わった慶応四年

（一八六八）の『当院支配三社由緒』（個人蔵）によると、その後、「そを和らげて唐泉山といふ」とのことである。

この縁起でも善界坊は外国からの侵攻者という役どころとなっている。それに対する日本の天狗はどうかといえば、完全に外敵を退治する働きを見せている。この縁起では『先代旧事本紀大成経《せんだいくじほんぎたいせいきょう》』を引用しながら八天狗を神代の記紀神話に結び付け、八つの山祇《やまつみ》、すなわち八柱《やはしら》の山の神としている。天狗を神として祀るのはそれゆえということなのだろう。神としての天狗であるから、人間を利する存在として捉えられているわけだ。

『今昔物語集』の智羅永寿説話では仏敵智羅永寿の味方をして登場した日本の天狗であるが、『是害坊絵』では仏法障碍の是害坊に対してあまり好意的ではなかった。小天狗どもに至っては、日本を小国と侮る大国の大天狗が法力に完敗したことを嘲笑さえしている。ただ、だからといって人間の味方というわけでもなかった。それが八天狗社縁起になると、善界坊を日本から追い出し、神として祀られるのであった。

このように、天狗には様々な顔があるわけだが、是害坊をめぐる説話・物語に登場する天狗たちからは、その多様性が見て取ることができるだろう。

アンチヒーローとしての天狗

『是害坊絵』では、大天狗是害坊が圧倒的にキャラ立ちしているが、引き立て役のサブキャラクターである日羅坊のほうが、地味にヒーローしているのだった。日羅坊は、表向きは是害坊の仲間のように振る舞っている。けれどもその案内した先は比叡山であった。この山はいうなれば日本仏教界の最高峰である。言い換えれば、攻略上の最難関ダンジョンである。

日羅坊は、自分たちの力では敵わぬ僧が数多くいるからと口では言いながら「他州ニ望ム時ハサスガニ我ガ国ノ我執《ガシユウ》ナカルベキニアラズ」と考える。つまり外国に対しては日本への愛着がある。だから凡庸な僧は出て来てもらいたくない。昔の義真和尚や法性坊のような優れた僧が対処してくれればいいがなあと不安に思いながら、優れた僧を輩出する比叡山に登ったのだった。『是害坊絵』の別系統の本文では登山の前に、日羅坊が、比叡山は優れた行者がたくさんいるが、「かまいて、かまいて我らを御怨み給ふな」と断っているのは（甲類三種・徳江本）、是害坊に待ち受ける悲惨な結末を予知しているようだ。

その結果、千光院の余慶律師、飯室の権僧正尋禅、天台座主慈恵僧正と、段々にレベルの高い僧と戦い、是害坊は次々に敗れてしまった。「サスガニ我ガ国ノ我執《ガシユウ》ナカルベキニアラズ」という日羅坊の思惑通り、是害坊は心身ともに打ち砕かれたわけだ。仲間の振りをして、結果的に是害坊に強敵を差し向け、撃退する。それでいて、ボロボロになった是害坊の傷を癒し、労り、懐柔した上で次のように諭す。

早ク邪見ノ妄執ヲ改メテ、速ヤカニ菩提ノ直路ニ趣キ給へ。

是害坊の仏教を障碍しようという考えは邪見であると断言している。天狗は仏教の妨げになることをするのではないかという通念に反し、日羅坊は仏教を守護する側に立っていたのである。それでいて、是害坊にはそのような素振りを見せずに自分の思い通りに事を運ぶ日羅坊はフィクサーと呼ぶに相応しい。そして、フィクサーでさえも一目置くのが、ラスボス天台座主慈恵大師であった。それは是害坊自身も認識していることであった。慈恵大師に完敗したあと、日羅坊に対して次のように述べている。

今ノ慈恵大師ハ十一面ノ化身《ケシン》ニシテ、慈悲、眼《マナコ》ニ満ツレドモ、円宗ノ仏法ヲ護《マモ》ラムガタメニ大天狗ニ成ラムト誓ヒ給ヘリ。サレバ遂ニハ我等ガ種類ナルベシ。是レ、方便ノ甚ダシキナリ。凡ソ悪ヲ現ジテ善ヲ助クル。是ニ思ハルベカラズ。

【図5】角大師（慈恵大師）
『元三大師御鬮判断諸抄』

「悪ヲ現ジテ善ヲ助クル」という考えがここに明言されている。日羅坊が言うならまだしも、是害坊よ、

【図6】 湯治をする是害坊
工藤早弓『奈良絵本　上』（京都書院アーツコレクション）

お前が言うなと言いたくなるセリフである。今の慈恵大師は十一面観音の化身であり、目には慈悲を湛えているが、仏法守護のために大天狗になると誓った。だから我々の同類だ。悪の身として現れることで、かえって善の助けとなるというのは、人々を仏道に導く方法として最たるものだ。軽々に考えてはいけないと、是害坊は言っているのだ。テレビ版『デビルマン』主題歌では「悪魔の力、身につけた、正義のヒーロー、デビルマン」と歌われているが、筆者の脳内ではここでこの歌が流れてくるのであった。

しかし、天狗にカテゴライズしながらも、本質的なところで同調できなかった。慈恵大師が大天狗という悪になろうと誓ったのは、ひとえに仏法守護のためであった。是害坊のように単純に悪であろうとしたわけでは断じてない。日羅坊が諭した点も、この是害坊の心得違いであった。傷付いた是害坊を癒すべく賀茂川で湯治させた（図6）。これは王城鎮守の賀茂の明神の御手洗《みたらし》から流れくる清浄な水がその罪障を消してくれるからという思惑からであった。かくして単純な悪から、悪を現じて善を助ける是害坊育成計画は完遂された。

『是害坊絵』は仏法障碍、言い換えれば悪の権化というべき大天狗是害坊を、仏法守護の立場をとる日羅坊ら日本の天狗たちが追い返すばかりか、改心させようとする物語であった。天狗という、一見人間の敵のようでありながら、仏教国日本を守るヒーローを描いたものということができるだろう。

主な翻刻
『新修日本絵巻物全集』二七
『室町時代物語大成』八
『斯道文庫論集』二八

主な画像
工藤早弓『奈良絵本　上』（京都書院アーツコレクション、一九九七年）
慶応義塾大学デジタルコレクション「是害坊絵巻」 http://dcollections.lib.keio.ac.jp/ja/naraehon/132x-57-1

参考文献

伊井春樹「是害坊飛来の背景――『是害坊絵』から『武宗皇帝破仏物語』へ」(『国語国文』六四―四、一九九五年)

梅津次郎「是害坊絵について」(『新修日本絵巻物全集』二七、角川書店、一九七八年)

五来重「修験道と天狗」(『新修日本絵巻物全集』二七、角川書店、一九七八年)

友久武文「『是害坊絵』の諸本」(『広島女子大学文学部紀要』一六、一九八一年)

伊藤慎吾「説話文学の中の妖怪」(小松和彦編『妖怪学の基礎知識』角川書店、二〇一一年)

久留島元「天狗説話の展開――「愛宕」と「是害坊」」(小松和彦編『怪異・妖怪文化の伝統と創造――ウチとソトの視点から』国際日本文化研究センター、二〇一五年)

久留島元「「天狗」誕生」(『動態としての「日本」大衆文化史　キャラクターと世界』国際日本文化研究センタープロジェクト推進室、二〇一八年)

徳田和夫「寺社縁起と文化表象――愛宕山縁起をめぐって・もう一つの是害房説話」(同編『中世文学と隣接諸学　中世の寺社縁起と参詣』竹林舎、二〇一三年)

異類婚姻物語

『藤袋の草子』

〈ふじぶくろのそうし〉

●現代語訳

◉猿との約束

昔、近江国《おうみのくに》（今の滋賀県）の山里に住んでいたお爺さんが、京都での仕事を済ませて故郷に帰ることになった。その途中、辻に捨てられている赤ちゃんを見つけた。よく見ると、その子はとても可愛らしい女の子だった。

どうしてこんな子がと思ったが、お爺さんは、この年になるまで子どもがいない。年寄夫婦二人で育てようと思って抱き上げて、しっかり抱いて帰路を急いだ。

故郷に無事辿り着き、我が家の戸を明け、「おい、婆さんや」と、長旅の帰りだというのに挨拶もそこそこ、赤子を拾った事情を話し出した。

お婆さんも「こんな可愛い子が捨てられるなんて」と哀れに思い、二人で育てることに同意した。

そして数年の年月が経ち、娘は十二、三歳に成長した。山里での生活は侘しく、貧しいものだったが、それに似合わず、年よりも大人びて美しく、気品のある面立ちになった。

その頃、お爺さんがいつものように一人で畑仕事に精を出していたが、さすがに年には勝てない。畑を耕す手を休め、腰に手を当ててふと呟いた。

「山の猿でもいいから、オラの畑を耕してくれないかなあ…。手伝ってくれれば娘の婿にしてやるんだが」

この何となく発した言葉を聴き逃さなかった者がいた。大きな猿がやってきて、

「俺が畑を耕してやったぞ。明日は申《さる》の日（十二支の九番目の日。猿にかける）で縁起がいい。娘を嫁にもらいに来るからな。約束だぞ」

そういって、猿は山に去っていった。

「何てことを言ってしまったんだ」

お爺さんはまずいことを口にしてしまい、しきりに後悔したが、後の祭りである。

家に帰ると、お婆さんは急いで食事の用意をした。畑仕事で疲れ切った様子なので、

「さあ、召しあがれ」

と食事を勧めた。しかし、お爺さんは無言で箸に手も付けずに俯いたままだ。

はて、どうしたのかしら。お婆さんは不思議に思い、

「どうしたの」

と訊いてみた。

お爺さんは、隠していられることでもないから、ありのままに畑での猿とのやりとりを打ち明けた。

「何てことを言ってくれたんですかっ」

お婆さんは頭に血が上《のぼ》って大声で叱りつけた。しかし、明日になれば猿が迎えに来るはずだから、ともかく対策を講じなければならない。気を取り直して二人で話し合うことにした。

「娘を都など遠くに連れて行っても、途中で猿に奪われるに違いない。可哀そうじゃが、大きな唐櫃《からびつ》（服などを入れる大きな収納ケース）に入れて、そこの裏山の藪を掘って、埋めてしまうのはどうかの」

とお爺さんが提案した。お婆さんも「仕方ないけど、それしかないですかねえ」と頷いた。

二人は娘を気遣いながらも、訳を話して唐櫃に入ってもらい、食べ物も入れて蓋を閉じ、裏山に掘った穴に入れ、土をかけて埋めた。

二人は向かいの山の陰に隠れ、猿が来るのを待ち構えた。

夕方、申の刻（午後四時頃）になり、輿に乗ったボス猿が家来たちを引き連れて山から下りてきた。

しかし、いるはずの娘がいないものだから、家来たちに命じて屋根の上から縁の下まで隈なく探さ

せた。だが、一向に見当たらない。すると、ボス猿が家来をどこかに行かせた。

二人は向いの山からその様子を眺めていたが、何をしようとしているのかまでは分からない。程なく別の猿がやって来て、占いを始めた。どうやら陰陽師のようである。これはまずいと思ったが、二人にはどうしようもない。占いの結果、猿たちは藪を掘り始めた。二人には泣こうが喚こうが、救えるわけがない。せめてものことに、清水《きよみず》観音（昔から庶民の信仰対象だった京都の寺院）の方角に向かい、心を込めて娘を助けてくれるように祈った。

ボス猿は娘の入った唐櫃を掘り起こし、歓喜して掻き上げて輿に乗せ、さっさと山の奥に去って行った。

あっと言う間のことに、二人はしばし呆然としていたが、気を取り直し、涙ながらに後を追うことにした。

◉花嫁行列と娘の奪還

娘は訳も分からず輿に乗せられ、道なき険しい山の奥へ奥へと運ばれていった。これからどうなるのか、恐怖と不安でいっぱいである。

しばらくすると、一軒の草葺きの小屋が建っており、猿たちはそこに娘を押し込めた。軟禁状態ではあったものの、ボス猿の扱いは丁寧だった。不安な顔をする娘を元気付けようと宥めすかしもした。そこまでしても、娘は顔も上げることさえしない。それではと、酒盛りをして歌い舞い、盛り上げてみた。しかし娘にとって、猿たちが酒宴をする様子は、なお一層怖ろしく思われ、着ていた着物を頭にかぶって震えるばかりであった。

ボス猿はどうしてよいか分からず、

「それならば珍しい木の実を採ってきてあげるか」

と言って山に入ることにした。

「だがその前に、逃げ出さないとも限らないからな」

藤の蔓《つる》で編んだ袋に娘を入れて、さらには大木の梢に吊り下げて、一匹、見張りに命じてから山に入って行った。

その様子を隠れて見ていた老夫婦は、この隙にどうにかして娘を助け出したい、しかし自分たちではどうすることもできないと歯ぎしりをするところへ、清水観音に祈りが通じたのか、狩人がたくさんやってきた。

お爺さんは彼らを見て大喜び。馬に乗った立派な身なりの狩人のもとに走り寄って跪《ひざまず》き、娘が猿に攫われた事情を一から説明した。

この狩人は情け深い人で、話を聴いて放っておけず、供の者たちと相談を始めた。

「さてどうしたものか」

「高い梢に吊り下げられているから、樹を上って助けることはできまい」

同行者の中に弓の名手の平次という若者がいた。狩人は平次に目を付け、

「縄を急いで射って切れ」

と命じた。

「もしも外したら、娘に当たります。できません」

と固辞したが、お爺さんが前に出て、

「娘が猿に順うことはありえんから、後々食い殺されるじゃろう。今すぐ射てくだされ」

と強く訴えてきた。周りの狩人もとにかく射ろと言うものだから、平次もやむを得ないとあきらめ、覚悟を決めた。

壇ノ浦の合戦の時に那須与一が船上の扇の的を射た故事を思わせる緊迫の瞬間。老夫婦をはじめ、狩人たちもみな成功を一心に祈っている。その中で平次は鏃《やじり》が二股に分かれている雁股《かりまた》の矢を放った。すると、見事に藤袋を吊り下げていた縄を射切ったのだった。

「やったっ」

老夫婦は歓喜の声を上げた。

縄を切られて藤袋は落下し、下で待ち構えていた狩人たちに無事受け取られ、娘は無事に救い出された。

袋の口を開いてみれば、涙に化粧はくずれ、髪も乱れに乱れているものの、もともとの美しさは

失われるものではなかった。

狩人は、すぐに連れ帰ろうと思ったが、猿どもが戻ってきたら後を追って来て面倒だ。連れてきた猟犬を何匹か藤袋に入れておこうと考えた。見張り役の猿に、

「おい、お前。元通りにこの袋を吊るしておけ。命令を聞けなければ射殺すぞ」

と脅した。猿は元より反抗するつもりもなく、樹に上って言いつけ通りに袋を吊り下げた。

「絶対このことを猿どもに教えるなよ。もし教えたらお前の命はないと思え」

と言い含め、狩人たちは谷向かいの山に進んで行った。そして見張りの猿は何事もなかったようにその場にとどまることになった。

程なくして、猿たちは色々さまざまの木の実を箱に入れて帰ってきた。ボス猿は藤袋を前にして、

「よおし、帰ってきたぞ。もし人間がこの娘を見付けて奪いに来ても、皆殺しにしてやれ」

と言い、谷向かいの山を睨みつけた。

◉猿の退治

猿たちは藤袋を樹から下ろしたものの、袋を開けることはせずに、小屋の中に置いた。そして歌会を始めた。娘を慰めようという計らいである。猿たちは短冊代わりの木の葉に、思い思いに和歌

を書き、詠み上げた。というか、うなった。

例の見張り役の猿が歌を披露する番になった。狩人たちの作戦を告げ口すると殺されるから、歌に事付けて示そうとした。苦労して作った歌だが、しかし、その意思は伝わらず、却って「ひどい歌を詠みやがって」と、ボス猿の不興を買い、座敷を追い出されてしまった。

木の葉の短冊を一つにまとめ、

「早く歌を御覧になれ」

と袋の口を開いた途端、中から犬が飛び出してきて、ボス猿の喉に喰らい付いた。ボス猿は訳も分からぬまま死亡。驚いた残りの猿たちは慌てふためき、犬たちに噛み殺されてしまった。唯一生き残ったのは見張り役の猿だけだった。

「お前は俺の言い付けをよく守った。忠義の者である」

と、連れ帰ることにした。

さて、一件落着して、狩人は言った。

「唐の周の文王は、狩の最中に太公望を得て、中国を統一した。俺は美しい女を得た。本当に夢のようだ」

喜び勇む狩人は娘を輿に乗せ、老夫婦ともども連れ立って下山し、家路を急いだ。

そののち、狩人はこの娘を嫁に迎え入れ、大切にし、老夫婦には屋敷近くに家を建て孝行した。

平次の功績は大きく、その功名を讃え、褒美を与えた。そして見張り役の猿も家来に加え、厩の番とした。
こうして狩人の家は日々富み栄え、ますます繁栄することとなった。これは、観音様を一心に信仰したからだということだ。

（島津久基校訂『お伽草子』収録本による）

木村慧子……………KIMURA Keiko

◉藤袋の草子

人間は異類と結婚できるのか——西欧の昔話と比べてみる

異類婚姻譚とはなにか

異類婚姻譚は、「いるいこんいんたん」、と読むが、これは私たちは日常あまり耳にしない言葉である。異類婚姻譚とは、人間と異類、つまり人間と人間以外の者との結婚もしくは恋愛をめぐる話群である。この説話類型は世界中に見られる。

それでは人間以外の者とは具体的にいえば、どういったものを指すのだろうか。これは、動物、精霊、幽霊、妖怪といったものである。

相手が神の場合は、神入婚姻譚《かみいり》という呼び方がされることが多いが、蛇の例にも見られるように、神が動物に変化《へんげ》する場合もあるので異類婚姻譚の型に分類されることもある。

日本における異類婚姻譚

日本ですぐ思い浮かぶものといえば、「動物報恩譚《ほういんたん》」と呼ばれるものであろう。有名なのは、「鶴の恩返し」と言われる「鶴女房」の話である。命を助けてもらい恩を受けた鶴は、男の元へ行き、嫁となる。鶴は、恩返しのために夫となった男のために布を自らの羽を使って織り、その布は都で高く売れる。夫は欲が出て嫁にもう一反織ってもらうことにするが、彼女から機織りの場を見てはいけないと告げられたにもかかわらず、男は見てしまい、嫁が本当は人間ではなく、鶴であったことがわかる。鶴はそれが原因で家を去ってしまい、男は落胆する。同じパターンの話として「狐女房」がある。

動物が人間に変化《へんげ》した場合、多くの話ではずっとその状態を保つことはできない(これはずっと人間に化けることのできない狐や狸と似ている)。

異類婚姻譚では、男女のどちらかが異類であるわけだが、今言及した「鶴女房」のような異類が女性で人間が男性の異類嫁型、異類が男性で人間が女性の異類婿型とふたつに分かれる。日本では、異類嫁型が比較的多い。一方、異類婿型の特色としては、難題求婚譚の系統をもつことがあげられよう。

この章では男性が異類である異類婿譚の話を、日本と西欧から取り上げ、考え、比べる。日本のお伽草子「藤袋《ふじぶくろ》の草子」では婿は猿であり、西欧の「美女と野獣」では婿は野獣である。

「藤袋の草子」とは

お伽草子「藤袋の草子」は、広域に渡って日本で伝承されてきた〈猿婿入《さるむこいり》〉群の物語に属する。

この話を描いた室町時代末の作品「藤袋草子絵巻」(サントリー美術館蔵)がある。あらすじとしては、昔、近江の国(現在の滋賀県)の山里に住むお爺さんが、祭の行事で都に行った帰路、女の子が捨てられているのを発見し、その赤子を持ち帰る。子供のなかった老夫婦はその子を育て、やがて美しい娘に成長する。

ある日、お爺さんが、畑仕事をしているとき、その辛さから猿でもいいから、仕事を手伝ってくれたら、娘の婿にするのにと独《ひと》り言を言うと、それを聞きつけた猿がやってきて畑を耕してくれる。そして、次の日に娘をもらいにくると言って去る。

お爺さんは自分がつい口にしてしまったことを後悔し、娘を隠そうと、裏藪に穴を掘って彼女を櫃の中に入れ、埋めて隠してしまう。翌日、猿が輿《こし》に乗り、家来を伴い、人間の衣装をまとって申の刻にやって来る。だが、娘がいないと気づき、家の中をいろいろ探す。そして最後には連れてきた猿陰陽師《おんみょうじ》に彼女がいるところを占わせ、裏藪を掘らせると娘がいることがわかる。そして彼女をすぐさま山に連れ帰ってしまう。

山では、娘は怖くて泣いてばかりである。猿は、嫁のために他の猿とともに盛大な宴を開くが、功を奏さない。猿は、嫁のため、菓物《くだもの》をとりに出かけることにする。そして、嫁が逃げないように藤蔓で作った藤袋（カゴ）に彼女を入れて木の枝にかけ、みはりの猿をつける。

猿たちのあとを追いかけ、この様子を見ていた老夫婦は、猿たちが出かけたあと、狩人たちの一群がやってきたのを目にする。その馬に乗っている首領らしき狩人に事情を話すと、彼は弓の上手な者に藤袋の吊り縄に矢を放つよう命じる。そしてうまく縄が切れて娘を無事藤袋の中から解放できる。その時、狩人の首領は娘の美しさに魅了される。そして猿が戻ってきたときのために、娘の代わりに犬を藤袋の中に入れ、みはりをしている猿を脅して藤袋を再び木に吊り下げさせる。

帰宅した猿婿たちは、まずは藤袋の下で和歌を詠み、そして藤袋を木からおろす。そして中を開けると、突然犬が飛び出してきて、婿猿に襲いかかる。陰から見ていた狩人たちはさらに犬を放ち、ほかの猿たちもかみつかれる。猿たちを退治した人間たちは、村へと戻る。狩人の首領が娘と結婚し、家を建て、老夫婦も養うこととなりハッピーエンディングとなる。

最後に、このような幸福はすべて清水寺の観音さまのおかげ、とつけ添えられてある。

「猿婿入」とは

この「藤袋の草子」は室町時代に作られた物語であるが、先に述べたように、日本各所にそれより前の時代に分布する口承の昔話として伝えられてきた〈猿婿入〉話群とのつながりのあるものである。これはもともとは、異類の嫁にならなければならなくなった娘が、自分の知恵、というよりも悪知恵ともいえる策略で異類を殺してしまうというところにこの物語の特色がある。さきほどみた「藤袋の草子」と違い、たったひとりきりで女性が逆境を乗り越える話である。

モチーフとしては、「藤袋の草子」のような畑打ち型とともに、水乞《みずこい》型がある。水乞型では、お爺さんが、日照りで干上がった田に水を入れてくれるものがあれば、娘を嫁にやってもいい、とひとりごちる。するとそれを耳にした猿が出現し、たちまち田に水を引いてくれる。約束を果たさなければならなくなったお爺さんは、三人の娘に対し、誰か嫁になってくれないかと頼むが長女と次女はそれを拒絶する。だが、末の娘だけが承諾する。

次の日の朝、猿は、その末娘を連れて山へと帰って行く。末娘は父親に用意してもらった餅をつくための重い臼（水がめのバージョンもある）を猿に背負わせ、道中の谷川岸で、猿に自分のために桜の枝を折って渡してほしいと頼む（藤の花のバージョンもある）。猿は娘のたくらみも知らずに嫁を喜ばすために桜の枝を折ろうと木の上に登る。臼は娘が下に降ろすと土のにおいがつくからと背負ったままである。そしてそのため、猿は、臼の重みで谷川に落ち、流され、溺れ死んでしまう。こうして娘は猿から解放され、家に帰ることができるのである（この西日本に多いバージョンに対し、東日本に多い里帰りの際に殺害を実行する、というバージョンもある）。娘自身が、相手が異類であるがゆえ罪の意識なく殺してしまうのである。殺してしまうのは、もう二度と村に足を踏み入れてほしくないことも理由のひとつである。異類は異類で分をわきまえよ、ということなのか。そこには人間である自分との結婚を望むなんて、という怒りにも似た感情が入っているのかもしれない。

末娘は、こうして以前と同じお爺さんとの生活へと戻っていく。お爺さんは実の娘が殺害を犯したことも知ることになるだろうが、その罪の意識を人間であるがゆえに背負うとは思われない。また、お爺さんには三人の娘がおり、一人欠けたとて痛手がないため、「藤袋の草子」での一人娘の場合と違って助けようともしなかったのである。

「猿婿入」より前に広まっていたのは似た構造をもつ「蛇婿入」や「河童婿入」の昔話だということであるが、蛇や河童の川との関係からそれらが水の神だと考えられていたという指摘もされている。

「猿婿入」から「藤袋の草子」へ

それでは「猿婿入」から「藤袋の草子」へとどの部分が変わっていったのだろうか？

「猿婿入」も地域によって多くのバージョンがあるが、そこに見られるのは、娘が嫁入り当日にせよ、里帰りの際にせよ、自力で猿を殺害し、戻ってくることである。両親やまわりの人々の助けはない。娘は機転が利き、頭の良い娘なのだろう。世界の民話やおとぎ話でも三の法則なるものがあり、末っ子が不利な状況におかれるものの、そうした困難を乗り越え、幸せになる展開の話が多く見られる。「美女と野獣」の物語でも野獣の元に行くのは末娘である。

〈猿婿入〉話群のひとつの流れに属するお伽草子「藤袋の草子」では、娘自身の力というより、白馬の王子的な人物の登場で彼女が救われる、というふうに結末部分が変わっている。これは中世に入って武士の力が増してきたことと関係があるものと思われる。「猿婿入」では、娘が自らの策と行動でもって、逆境を乗り越える姿は、清々しささえ感じさせるものであるが、同時に娘の残虐性をも強く印象づける。おまけに娘は嫁入り前から用意周到に殺害を計画しているのである。

室町時代に入ってそういう娘の行動に対して、それをやわらげる意味もあり、娘の美しさに魅かれた狩人に猿を退治させるようになったことは時代に沿った展開ともいえるだろう。また「藤袋の草子」の娘は都からお爺さんが拾ってきて、姫のように大切に育てた子供である。「猿婿入」のお爺さんの娘のように親とともに農業に携わり、辛酸をなめてきた強い女ではない。このお伽草子の方の娘は自ら困難から脱却するのではなく、力強い頼れる男性の力により助けられ、守られる存在なのである。

実際にお伽草子を絵巻で読む層は、武士階級、貴族階級や裕福な商人であったと思われるが、その社会においては、平安時代までの入り婿のしきたり――、つまり、男性が女性の家への通い婚という形から、女性が男性の家に嫁ぐ、という形に変わりつつある過程にある。こうした家父長制の台頭との重なり合いも話に反映されているのである。猿が婿入りする「猿婿入」というタイトルから「藤袋の草子」へとタイトルが変化していることからもそれはいえる。藤袋はカゴのことを意味するが、娘が都で発見されたおりカゴの中に入っていたときと同様、大人になってからは狩人の首領によって見出され、守られる存在となるだけで、「猿婿入」の娘のように相手に立ち向かおうとする勢いはかけらもみられない。グリム童話の「赤ずきん」も狼の腹の中という閉じ込められた空間に入れられる（食べられる）が、そこから解放してくれるのは、狼を退治してくれる頼りになる狩人である。

昔話も時代によって変化をしていく。多くの批評家も指摘しているように、「藤袋の草子」の後半、男の力で助けてもらうのは、『今昔物語集』の「猿神退治」譚が取り入れられていることによることもあるかもしれない。これは狩人が犬を仕込んで猿神を退治する話である。ただし、「猿神退治」は前半の展開が違う。娘は生贄として猿神に差し出されることを要求される。狩人は娘の身代わりで猿神のところに向かい、殺害し、これは正義の闘いとなる。

動物の立ち位置

昔の日本人にとって動物とはどのような立ち位置にいたのであろうか。仏教における六道《ろくどう》（生存中の行いの善悪の結果として人がおもむくあの世の「天道」「人間道」「修羅道」「畜生道」「餓鬼道」「地獄道」の六つを指す）の考え方の中においては動物は畜生道にいる存在である。

「猿婿入」や「藤袋の草子」では、猿は村の周辺の山に住んでいる存在である。いつも村の様子を山の上から観察しているようである。お爺さんは、猿との約束は守らなければならない、と考えているが、現代の私たちから見れば、相手は猿である、相手をする必要などない、ともいえよう。ここで考えられるのは、異類とされた人間が猿の形をとってあらわされているのではないか、ということである。相手は動物なのにお互い言葉でコミュニケーションも取れるのである。またお爺さんは猿相手に約束も守ろうとする律儀な性格の持ち主である。これは猿の代わりに鬼が登場するバージョンもあることを考えれば、その可能性も否定できまい。鬼も言葉が話せるし、人間とコミュニケーションが取れる。「蛇婿入」の蛇も「河童婿入」の河童も人間と普通に会話をしている。

こうした状況を鑑みると、この猿は新興勢力により、差別を受け、山に追いやられてしまった人間でもあると考えられる。勝者と敗者との違いをつけるために、敗者は動物の姿にさせられているのかもしれない。敗者が勝者の娘を嫁にもらうなどとんでもないことと考えられたのだろう。

また猿という異類は、当時非人と呼ばれた人々のことを指すことも考えられる。これらの人たちも山奥や沼地にしか住むことを許されなかった（都においても都の外れに住むことを強要された）。村から離れた場所に住む彼らは、ふだん相手にされず、都合のいいときしか頼られなかった。民の嫌がる仕事を生活のためにやらざるをえなかったのである。

猿は、困っているお爺さんの願いを進んで受け入れ、仕事をし、その代償として娘をもらい受ける。猿に落ち度はない。だが、猿は、末娘の悪知恵により殺害されたり、狩人により嫁を奪われ、さらに犬に追いかけられるはめに陥り、命を落とす。こうしたかなり残酷な結末が待ち受けている。そこには猿という異類に対する同情はひとかけらもない。猿に和歌を詠ませたりもし、笑いをもさそっている。そこには下位の者に対する差別意識が悪意を含んだものとして見られる。物語としてしまえば、猿ごときがなんという高望みをしているのだ、ということにできる。猿が人間の衣服を着たりもし、滑稽であると見る者には思わせる。

これは別のお伽草子である「鼠の草子」にも言えることである。あらすじは、鼠の権頭《ごんのかみ》という鼠がおり、彼は畜生道から抜け出し、人間の女と結婚したいと清水寺へ祈願に参詣する。幸い観音さまのご加護により、好みの女が現れる。女は鼠と言葉を交わし、嫁に行くことを承諾する。そしてめでたく結婚にいたる。だが「藤袋の草子」のように夫が留守の間に、嫁は鼠の世界が自分の属する世界と違うことを感じ取り、そこから逃げ出してしまう。そして鼠はただ悲しくひとり残され、最後には高野山に出家してしまうのである。

中心から周縁へと追いやられた人間たちが、敗者ゆえに異類とされ、また動物の姿を取らされることで、話を聞く者や読む者に与える影響も少ない。これが村に住む人間が山に住む者を殺害したり、怪我を負わすとなるとどうだろう？　読者には嫌な思いが残るだけである。それが畜生とされた動物となると、とらえ方は全く変わる。現代の私たちから見れば、犬や猫といった動物が身近におり、動物園に行けば興味深い動物がさまざまいる。だが、当時の人たちにとっては畜生である動物は所詮畜生であるのだからどのように扱ってもよいものなのである。殺害しても笑いの対象にしても咎は受けない。

村人は周縁へと追いやられた人間を蔑んでいるということがいえると同時に、山という近くではあるが、森に隠れ見えないところに住んでいるがために、いつ反撃されるとも限らないという思いも強かったのだろう。こうした猿婿入譚の話を子供たちに聞かせてきた、ということは、一種の教

【図1】藤袋草子絵巻（部分、伝土佐千代女筆、サントリー美術館所蔵）

訓めいたエッセンスが含まれているともいえる。子供たちは、常に注意をしなければならないし、もし異人とかかわることになったら、それと対峙する心構えをもたなければならないのだ。

娘の行動の変化

お伽草子のかたちにまとめられていく過程で、異類とされる猿に対する扱いは同じであるものの、「猿婿入」のように最後に娘の悪知恵でもって猿を殺害するのではなく、「藤袋の草子」という作品へと書き換えられることで、別の人物である狩人によって猿が退治されるように話の後半部分が変わっている。こうすることで、娘がお爺さんの命令に忠実に従っていることは守られているわけであるし、娘が猿を殺害するという残虐な場面が読者に示されることはない。娘は猿に藤袋（カゴ）に入れられ、なすすべがない状態に置かれているのである。読者は狩人という猿と利害関係のない新たな登場人物の出現によって物語の展開を楽しむことができ、女子というのは、勇者ともいえる男に守られるものなのだ、という教訓をお伽草子絵を見る良家の子女に与えることもできたであろう。

この物語は最初は口承であった昔話が書承となり、絵巻となっていった。土佐光信が描いたとされている国立国会図書館所蔵の『藤袋の草子』絵巻や、土佐千代女が描いたと言われているサントリー美術館蔵の『藤袋の草子』絵巻（**図1**）を見ると、猿が生き生きと描かれており、娯楽の対象としてこの絵巻が読まれ、見られたことがわかる。

西欧では

西欧では異類婚姻譚は、最初は日本と同様、口承文芸として伝承されてきた昔話である。魔法にかけられて、動物になってしまうが、愛情によって、魔法がとけて人間に戻って結婚をするというパターンが多い。ということで異類婚というよりむしろ同類婚ともいえよう。物語の中では、動物であることが否定的な状態とみなされている。他に、「蛙の王様」の蛙や「鳴いて跳ねるひばり」のライオン等の異類婿譚が思い出されよう。

王子が魔女や魔法使いにより動物に姿を変えられ、獣となることでそれが呪いとなるが、その呪いを解くのは、醜い獣の姿をした者を真に愛する女性である。その外見ではなく、相手の心を愛するのである。最悪の醜い獣の状態から美しき王子への変貌が物語を聞く者、読む者の心を揺さぶるのである。

「美女と野獣」とは

その異類婚姻譚の例として最も有名なものとして、長く愛されてきたものとしては「美女と野獣」(*La Belle et la Bête*)があげられよう。ディズニープロダクションの映画で同タイトルの『美女と野獣』(*Beauty and the Beast*)としてアニメーション化、実写化されたことで、いまや知らない者は誰もいないほどである。

この物語もはじめは口承文芸として広まったと思われるが、書承文学として形をなしたものとしては、一七四〇年にガブリエル＝シュザンヌ・ド・ヴィルヌーヴ(Gabrielle-Suzanne de Villeneuve)によって書かれたものがある。現在広く知られているのはそれを短縮して一七五六年に出版された、ジャンヌ＝マリー・ルプランス・ド・ボーモン(Jeanne-Marie Leprince de Beaumont)のものである。

話の展開は、こうである。父親が出張のおりに娘たち三人の土産として何がよいかと尋ねる。長女と次女は値の張る物品をねだるが、末娘は、バラの花を一枝つんできてほしいとお願いする。それはできるだけ父親の負担を減らすためでもある。

帰路、父親は道に迷い、森の中である屋敷に光がともっていることに気づいて近づき、紛れ込む。そこで末娘のためにいくら探してもなかったバラが咲いているのを見つけるのである。そしてバラ一枝くらいならいいだろう、ということでその庭のバラを一枝盗んでしまう。それがその屋敷の主人である野獣の怒りにふれることとなり、父親は娘のひとりを野獣に差し出さなければならなくなる。上のふたりは拒絶し、末娘が自分がお願いしたバラのせいということもあり、進んでその試練を受け入れる。ここは「猿婿入」と同じ末娘である。

娘は、最初は野獣と一緒にいることに恐怖をいだき、おびえて暮らす。だが、一緒に生活をともにしているうちに野獣の外面は怖いものの、その内面の高潔さを見抜き、やがて彼女の気持ちは愛情へと変化していく。父親の病気を契機に実家に帰る許しを野獣から得ることができるが、その間、野獣の力がだんだん尽きていって、死にかける。すんでのところで間に合った娘が野獣に結婚を誓うとともに、彼にかけられた魔法も解け、人間に戻り、ふたりは豪華な屋敷でその後は幸せに暮らすハッピーエンディングとなる。

グリム童話の中では、タイトルは違うが内容が同じ「夏の庭と冬の庭」(Von den Sommer- und Wintergarten)(初版〈一八一二〜一八一五年〉から六版〈一八五〇年〉までで、決定版の第七版には入っていない)というものがある。

あらすじはボーモン夫人フランス版とほぼ同様であるが、商人が森の中で迷い込んで偶然入り込んだ城の庭は、半分側が夏で、半分側が冬だった。夏の側の垣根にはバラがたくさん咲いていたため、商人は一本くらい折ってもかまわないだろうと思って、末娘のために折って家路に向かおうとする。

父親が帰ろうとすると、後ろから黒い獣が追いかけてきて、バラを盗んだ相手に対し、その代償として娘を寄越すよう言う。父親はその言葉を無視したがために、彼が留守中に獣が娘をさらいに家まで来る。

【図 2】ウォルター・クレイン「美女と野獣」(「ラウトリッジ社のシリング・トイ・ブックス」No.72)木口木版、多色刷/版刻・刷り:エドマンド・エヴァンズ、一八七六年(初版一八七四年)、ロンドン&ニューヨーク:ジョージ・ラウトリッジ&サンズ　27.0 × 23.5cm 町田市立国際版画美術館(個人蔵)

【図 3】ウォルター・クレイン
「美女と野獣」 27.0 × 22.6cm

バラを父親にお願いした末娘は泣く泣く獣の城に行くことになるが、獣の紳士的な行動に驚き、一緒に暮らしていくうちに愛情を抱くようになる。ある日、父親たちはどうなっただろうと不安になった娘は、獣から差し出された魔法の鏡で家の様子を知る。それで父親の体が思わしくないことを知り、獣に二、三日帰らせてほしいと頼む。獣は一週間だけ、と言って許す。帰ると父親が本当に病気で、すぐに亡くなってしまう。悲しみに沈んでいるうちに獣との約束の一週間は過ぎ、娘は急いで城に戻る。するとそれまでは夏の庭と冬の庭が両方あったのに、冬の庭だけになっていた。獣の姿が見当たらず、探しているうちに庭のキャベツの山の下に獣が死にかけているのが見つかる。娘はその体に水をかける（水に魂の浄化が象徴されている）。すると、獣は美しい王子に変身し、それは彼の呪いがとけたことを意味していた。ふたりはその後幸せに暮らす。

十八世紀末から十九世紀始めにかけて活躍したイギリスの挿絵画家、ウォルター・クレイン（Walter Crane）の「美女と野獣」の挿絵（図2と図3）を見ると、野獣は衣服を着ているのがみてとれる。これは「藤袋の草子」と同じである。衣服を着せることで言葉の通じないただの動物ではない超動物であることが読者にはわかる。読者はこの野獣と娘のあいだに何が起こるのだろうと興味がわいてくる。

異類の領域は

日本においては村と山との間には境界があり、村は人間の領域、山は動物や鬼といった異類の領域であった（「猿婿入」で村の外れの谷川で娘が猿を殺害したのはそこが人間界と異界との境界だったからでもあろう）。それに対し、ヨーロッパでは村と森との間に境界があり、村は人間の領域、森は動物や怪物の領域であった。

それは同時に人間の世界には規律があり、法がある一方で、森は混とんとした決まり事のない異界であった。その異界には何が出没するのか、何が起こるのかわからない。人間はそこに足を踏み入れるのを躊躇するのである。

キリスト教の影響

西欧のキリスト教の現実世界では、人間以外の者は人間より下等とみなされてきた。神の姿に似せられて作られた人間ほど崇高なものは他にはないのである。

西欧では初めからキリスト教の信仰があったわけではない。日本と同様、自然から発生した原始宗教なるものもあった。キリスト教等の体系化された宗教により、そうした自然に敬意をおく、自然崇拝なる考えは打ち消されていったのである。ただそうした自然の中から生まれた神話は、ギリシャ神話や北欧神話等の中に残ってはいる。動物の寓話であるイソップ童話もキリスト教が広まる前のものである。ギリシャ神話のゼウスが白鳥や雄牛になって、女性を陵辱する型は、異類婚姻譚の一種ともいえよう。ただ、ゼウスは神であるので神入婚姻譚の型に入るといえる。

キリスト教においては人間が中心であり、動物は排除してもよいものであった。人間が動物へと変身させられる、ということは罰や試練を意味することとなる。キリスト教においていちばん崇高な立ち位置にいるのは人間であり、それ以外は敬意を払わなくてもいいものとされた。

さいごに

これまで見てきたように、日本における異類婚姻譚は異類にとっては哀しい結末を迎える。動物は、人間の真似をしても、人間に変化《へんげ》しても、結局は動物に戻る。これが異類の宿命である。日本では、周縁に追いやられた異類は最後まで異類のままである。

お伽草子の異類との婚姻の解消のあとに訪れる、「藤袋の草子」のような人間同士の婚姻で終わるハッピーエンドの話もあるが、異類である動物の末路は哀しい。ただ、お伽草子の世界における人間のように衣服を着たり、人間の真似をする動物たちは人の笑いを誘うものである。お伽草子が主として絵巻の中で展開されて広まったのもその絵の魅力も外せないと思われる。

西欧においては、もともと人間であった者が魔法使いの手により、異類になるのであり、人間の方は、最初から相手が異類であることを理解している。そして「美女と野獣」の物語のように真の愛を通して魔法がとけることにより、最後には結婚し、幸せを迎える。

ただ、キリスト教においていちばん崇高な立ち位置にいるのは、人間であり、人々は魔法にかけられた動物でない普通の動物はたんなるけだもの、と考えていた。これは日本と同じである。動物は最後まで動物である。昔話の場合、動物に敬意が払われることはない。こうした物語の傾向は近世まで続いたのである。

参考資料

文献資料

市古貞次監修／宮次男解説『吉行淳之介の鼠の草子』（集英社、一九八二年）
岩瀬博「民話における現世中心思想の繁栄」（『国文学　解釈と観賞』一一月号、一九七五年）
ウォーナー、マリーナ／安達まみ訳『野獣から美女へ』（河出書房新社、二〇〇四年）
小沢俊夫「日本の昔話の『残酷さ』の構造」（『昔話伝説研究』五号、一九七五年）
小沢俊夫『昔話のコスモロジー――ひとと動物との婚姻譚』（講談社、一九九四年）
川森博司「異類婚姻譚の類型分析――日韓比較の視点から」（『国立歴史民俗博物館研究報告』五〇巻、一九九三年）三八五―四〇六頁
グリム兄弟／吉原高志、吉原素子訳『ベストセレクション初版グリム童話集』（白水社、一九九八年）
小松和彦「昔話と社会――蛇婿入・水乞型の構造から」（野村純一編『日本昔話研究集成』三巻、名著出版、一九八四年）
小松和彦『説話の宇宙』（人文書院、一九八七年）
小松和彦『異人論』（筑摩書房、一九九五年）
小松和彦『異界と日本人』（角川書店、二〇〇三年）

高橋康雄「美女と野獣――異類婚譚の起源」（『札幌大学総合論叢』七号、一九九九年）
武田正『昔話の伝承世界――その歴史的展開と伝播』（岩田書店、一九九六年）
滋賀県立近代美術館、千葉市美術館監修『ウォルター・クレインの本の仕事――絵本はここから始まった』（青幻舍、二〇一七年）
千野美和子「日本昔話『猿婿入』にみる女性の意志」（『京都光華女子大学研究紀要』四九巻、二〇一一年）一―一一頁
関敬吾『関敬吾著作集』五巻（角川書店、一九八一年）
ザイプス、ジャック／吉田純子・阿部美春訳『おとぎ話が神話になるとき』（紀伊國屋書店、一九九九年）
ザイプス、ジャック／赤尾通子訳『「美女と野獣」ほかフランス傑作お伽噺集』（近代文藝社、二〇一〇年）
武笠俊一「猿婿はなぜ殺されたのか――水乞い型婿入り譚の再考察」（『人文論叢』二五号、二〇〇八年）二九―四〇頁
ド・ヴィルヌーヴ、ガブリエル＝シュザンヌ／藤原真実訳『美女と野獣』（泉社、二〇一六年）
徳田和夫編『お伽草子事典』（東京堂出版、二〇〇二年）
野村純一編『日本昔話研究集成3　昔話と民俗』（名著出版、一九八四年）
福田晃「昔話と御伽草子――「藤袋の草子」をめぐって」（『お伽草子』有精堂、一九八五年）
ボーモン夫人／村松潔訳『美女と野獣』（新潮社、二〇一七年）
柳田国男『伝説』（岩波書店、一九四〇年）

ウェブ資料
『藤袋の草子』
サントリー美術館コレクションデータベース
〈https://www.suntory.co.jp/sma/collection/data/detail?id=664〉（最終閲覧二〇一八年九月二十二日）
土佐光信画／住吉如慶写『藤袋の草子』一六四九年
NDLONLINE〈http://id.ndl.go.jp/bib/000007315007〉（最終閲覧二〇一八年九月二二日）

映像資料
コクトー、ジャン監督『美女と野獣』（*La Belle et la Bête*）フランス、一九四六年
コンドン、ビル監督『美女と野獣』（*Beauty and the Beast*）アメリカ、二〇一七年（ウォルト・ディズニー・プロダクションによる劇場アニメ『美女と野獣』の実写映画版）
トゥルースデイル、ゲーリー／ワイズ、カーク監督『美女と野獣』（*Beauty and the Beast*）アメリカ、一九九一年（ウォルト・ディズニー・プロダクションによる劇場アニメーション）
ガンズ、クリストフ監督『美女と野獣』（*La Belle et la Bête*）フランス、二〇一四年

ねずみの草子

近藤ようこ

近ごろ「ねずみの草子」という御伽草子があり　それは面白おかしい物語だそうです

わたしのお仕えしている
姫はとてもかわいらしい
お方です
なに婚期は人並には遅れ
ましたが　それは箱入り
娘のせいでした
けして姫に魅力がないという
わけではありません
けれど姫があたら若さを過ご
していくのは口惜しいことです
わたしは清水《きよみず》へ姫をお連れし
ました
姫
この観音様は
霊験あらたか
特に縁結び
にはと聞きます
地主の櫻

そこで姫は　はじめて恋をなさいました
なんとかの権《ごん》の頭《かみ》とかいう方で　まあわたしどもにはさほどの好男子とも……
けれど姫には光源氏か在五中将かとも思われたのでしょう
とうとう恋のやまいとやらに
わが恋は水に燃えたつ螢ほたるもの言わで笑止《かわいそうな》の螢

あれは何の唱
まあ台所の女どもはかしましい
近ごろ流行の小唄でございましょ
つまらない唱でございますよ
局さま局さま
……
まあ
姫　お文です　いつぞや清水でいきあったお方から
あれ！

権の頭さまも姫の美しさを忘れかねて
いらしたのでしょう
とんとん拍子に縁談は進み　婚礼とな
りました

姫にとっては初めての恋がみのり　遅ればせの春でしたから
しばらくは有頂天の日々でした

しかし男の心のなさけないことは今にはじまったことでもありません
殿はまだ？今日もお帰りが遅いことね
もう今夜はお帰りにならないのでしょうね
色好みの殿は今は六条わたりの女とねんごろになっているという話です
わたしは姫がおかわいそうでたまりません
あの方はわたしの実家の財が目当てだったんじゃないかしら
わたしなんかうっちゃっていいのかしら

ちちっ
かたかたた…
なに？
ねずみでございましょ
ああいやだいらいらする！
ちっちゅう
ごろごろごろ
来ぬも可なり
夢の間の露の身の
逢うとも宵のいなづま

姫 お寝みになりませ
うるさくて眠られやしない……
え 何がです
ねずみ……
ねずみ？
ほらほら いつもいつも鳴きさわいでわたしを眠らせないの
わたしには何も聞こえません少しおそろしくなりました
……
姫 ねずみは寄せつけませんからお寝みに
ああ！ だめだめだめ ねずみがうるさくて！
おかわいそうに姫は疲れていらっしゃるのでした

局！きて！
あらあらのぞき見などして
しっそらやっと正体をみつけたわ
え？だまされていたのよああここがねずみの館だったなんて
いつもと変わらぬ光景です
なんてあさましい！わたし畜生道へおちてしまったんだわ！
姫の目には何が見えているのでしょう

そうとわかれば長居は無用さあ早く家へ帰りましょう！
ばたばたばた
姫さまっ少し落ち着きなすったら？
姫！
ひっ
がしゃん
いやいや！わたしはもういや!!
ああ　ほんとうに
権の頭さまがねずみであろうとなかろうと　もう姫には同じではありませんか
わたしたちはお里へ帰りました

しばらくすると姫はお元気に
なりました
いつからか　通っていらっしゃる
殿方もおありで　姫はようやく
おしあわせになったのです
姫さまも安売りをなすったもんだ
新しい殿の貧相なこと……ふふふ
ま姫も若くはないししかたなかろう
それにしてもあのまばらひげといい　まるでねずみ
おまえたち！

なんてことを言ってるんです！もし 姫のお耳に入ったら この館にはおれないよ
……
申しわけございません 局さま どうか……
ねえ局 男のかたはやっぱり嘘のない誠実なかたが一番だと思うの
そりゃあ 権の頭さまは器良はよかったけれどわたしは愛してくださるかたの心を大切に思います
姫はねずみの幻覚のことなどすっかり忘れてらっしゃるようなので わたしは安心しました
ほんとうにおっしゃるとおりでございます
馬
早く 馬を ひけ

あら　夜も明けないのにお帰りですか
姫の様子がおかしい
わたしは嫌われているようです
まさか！姫にはあなたさましか頼る方は……
姫　姫　どうしたのです
つれなのふりばかりでは可愛がってもらえませんことよ
ねずみが来たのです
ねずみが追いかけて来たのです
わっわたしに復縁をせまって——
夢でもごらんになったんでしょう

局あの方に捨てられたらどうしよう！わたしこわいわ！
そんなことあるものですか
でもわたしは一度は畜生の妻だったのよ
あの方に知られたら……心細いわ　わたしがこんなにかよわい女だってこと　あの方はご存じかしら………
あたりまえですとも！殿はそれは姫を大事にしてくだすってるではありませんか
その頃から
部屋でたびたびねずみが死んでいるのがみつかるようになり　わたしは胸さわぎが……

ぴしっ
ちっちっ
姫！何をしてらっしゃるの
あっ
ちっちっ
わたしつかまえるのとても上手になったでしょ
ああっ

え？ご病気？
残念です 近々あの人を北の方にすえようと思っていたのです
局……わたし出家しようと思います
姫
殿方を頼りにする暮らしってなんて不安なんでしょう 何もかもふっ切って仏に仕えようと思います
姫 それがよろしゅうございます！わたしもお供いたします

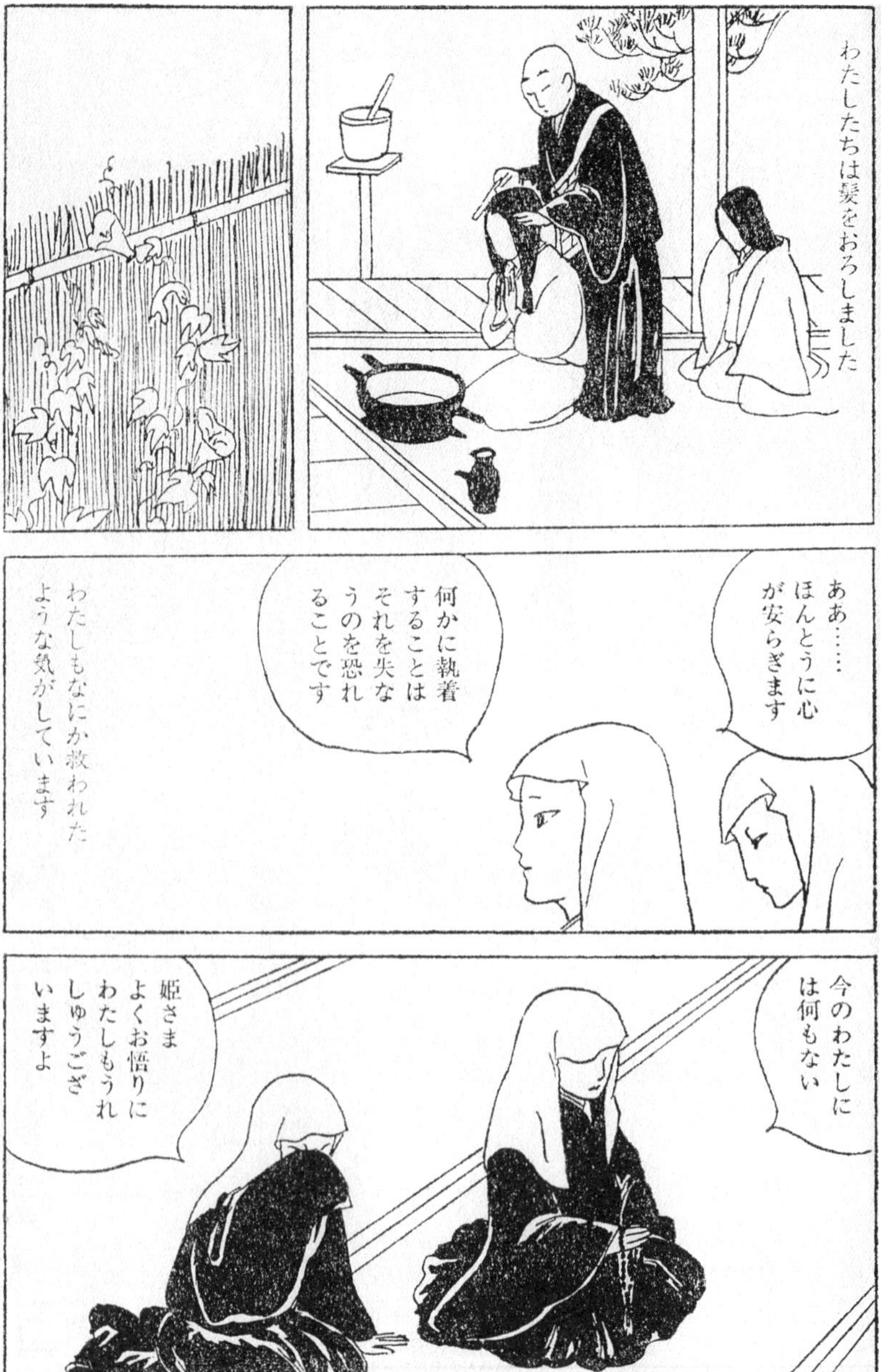
わたしたちは髪をおろしました
ああ……
ほんとうに心
が安らぎます
何かに執着
することは
それを失な
うのを恐れ
ることです
わたしもなにか救われた
ような気がしています
今のわたしに
は何もない
姫さま
よくお悟りに
わたしもうれ
しゅうござ
いますよ

それでもときどきは……
姫は何かを打ちすえておいで
ですけれど……
それは姫のお心のままに……
ぴしっ
ぴしっ
姫はなにもかもお捨てになりましたが
ご自身をお捨てになることだけはまだ……

近藤ようこ……………KONDO Yoko

◉ねずみの草子

『ねずみの草子』の頃

漫画「ねずみの草子」を描いたのは、一九八二年でした。大学を卒業して二年、ようやく漫画の仕事だけでなんとか食べていくことができた頃です。掲載誌は『マンガ奇想天外』という、マニア向けの自由に描かせてくれる雑誌だったので、好きなものを描いていました。

学生の時からお伽草子が好きで、特に鼠が人間の姫と結婚するために自分も人間に化けるという「鼠の草子」は、絵巻の絵も可愛らしく大好きな話です。それに着想を得て作ったのが、この漫画です。今考えると、オリジナルの「鼠の草子」を知らなければ面白みのない話ですが、その頃は好きなものが描けるというだけでうれしくて、ついやらかしてしまいました。

中世の名もない人々の話が描きたい私にとって、お伽草子は当時の生活や考え方を知る良い資料です。絵もついているので、漫画家には大変参考になります。そのうえ古典文学としてはマイナーなので、他の人が知らないネタ元としても便利です。

しかし、私がお伽草子を好きなのはそういう仕事上のせこい計算以上に、やはり一読者になって、寝転がって読んで眺めているのが楽しいからです。多くの人と、この楽しさが共有できたらと思っています。

恋愛物語

『花子ものぐるひ』

〈はなごものぐるひ〉

●現代語訳

「上巻」

逢えば気持ちが動き、触れれば心《こころ》穏《おだ》やかならざる煩悩《ぼんのう》、すなわち、恋する気持ちは、おおもとを辿れば、イザナギ・イザナミ両神に始まる。人間は言うまでもなく、鳥、虫、ネズミに猫や鹿に至るまで、愛しい愛しいと、相手を求めてあられもない声で鳴く。

ましてや人間ならば貴賤《きせん》の別なく、老いも若きも、賢者も愚者も、恋の道に迷いっぱなしである。見初《そ》めた人が好きになって頭から離れられなくなり、思いの丈を綴《つづ》った文《ふみ》（和歌）を何通も、それこそ墨汁が枯れて筆先が割れるまで書き送るものの、相手の態度はなんともつれない。それにもめげず思い続け、ようやく逢える運びとなっても、待てど暮らせど相手は現れない。果ては風が妻戸《つまど》を揺らす音にさえ、恋しい人の到着かと思う始末である。または、約束の百夜通《ひゃくやがよ》いにひと夜足らずの九十九夜では思いは成就しないと泣き崩れたり、あるいは、塀《へい》のわずかな隙間から忍び入ったり、生《お》い茂《しげ》る草葉《くさば》の陰に身を隠したり、恋のために必死になる逸話《いつわ》は、枚挙《まいきょ》にいとまが無い。そのような数えきれないほど多くの恋の物語の中で、次の話は、恋慕《れんぼ》の情をひときわ深く通い合わせた男女の話である。

◉若き貴公子、吉田少将《よしだのしょうしょう》。狩りの使いを命じられ東国《とうごく》に下る

堀川院の御代《みよ》、都の北白川《きたしらかわ》（現在の京都市左京区）のそばに、吉田の少将これさだという若き貴公子がいた。この少将、和歌の才に恵まれ、また琴や笛の演奏の名手とも宮中《きゅうちゅう》では知られていたので、世の人々から尊敬されていた。さて、少将は、ある日狩りの使いを命じられ、大勢の供を引き連れて東国へ行くことになった（図1）。

【図1】

◉少将の一行の道行。近江の美景を経て中山道(かっての東山道)へ

一行は、都を囲む山々にいまだ雪がうっすらと残る三月の始め出発した。鴨川《かもがわ》、白川《しらかわ》をどんどん進み、三条の粟田口《あわたぐち》から都を出て、逢坂《おうさか》の関では逢坂明神《みょうじん》に参拝した。音楽の名手だった蝉丸《せみまるの》皇子《みこ》が祀《まつ》られている宮にふさわしく、軒端《のきば》に吹く風の音さえ趣《おもむき》を宿している。彼らは、三井寺《みいでら》では名高い鐘の音を聞いては諸行無常との感慨をもよおし、打出浜《うちではま》の果てに瀬田《せた》の長橋《ながはし》(唐橋《からはし》)をほのかに見つける。いま目の前に広がるのは鳰《にお》の海と称される琵琶湖なのだ。ここからはしばし、舟での移動となる。遠く湖のほとりに見える唐崎《からさき》の松に波が寄せては返す。また、彼方《かなた》の波間に見えるのは、弁財天《べんざいてん》が住む霊験《れいげん》あらたかな竹生島《ちくぶしま》。波はこのうえなく穏やかで、遠くに見えた向かい岸もいよいよ近くなり、そうこうしているうちに矢橋《やばせ》の浜に到着した。

再び陸路に付き、まずは草津《くさつ》の宿を経て、守山《もりやま》を通り、松風が激しく吹く中どんどん進み、鏡山《かがみやま》を眺めつつ、大勢の旅人で賑わう武佐《むさ》の宿まで来た。ここまで来れば、愛知川《えちがわ》を渡って高宮《たかみや》の宿である。そこも過ぎて、風に押されるようにして近江の峠である摺針山《すりはりやま》を抜け、番場《ばんば》の宿も通過し、醒井《さめがい》の宿。さらに歩みを進め柏原《かしわばら》まで来たので、このあたりでそろそろ休もうかと思案しながら、そのまま関ヶ原の宿まで進み、荒れ果てた不破《ふわ》の関を横目に垂井《たるい》の宿も通り過ぎ、ついに野上《のがみ》の里に到着した。

◉少将一行、野上の長者宅で歓待される

少将たちは、野上の長者の邸《やしき》に入り、長旅の疲れを取ることにした。長者夫婦は少将の一行の来訪をたいそう喜び、山海の珍味をはじめ地元の果物《くだもの》など、数々のごちそうを用意しもてなした。さらに、長者のところには遊女も大勢おり、その中に花子《はなご》という名の遊女がいた。

◉遊女花子の出生の秘密と人並外れた容貌について

この花子、その母が花の木陰で昼寝をしている時に、花のしずくが口の中にこぼれ落ち、花子を身ごもったといういきさつから、花の子であるとして、「花子」と名付けられた。長者は花子をそれこそ箱入り同然に十六になるこの年まで慈しみ育て、花子も歌を詠み、琴・笛を友として過ごしていた。

花子のみめかたちは、詩人でも言葉にできないほど美しい。しいて言えば、楊貴妃《ようきひ》・李夫人《りふじん》、桀《けつ》王《おう》に溺愛された妹喜《ばっき》、虞美人《ぐびじん》、班婕妤《はんしょうよ》などなど、並居る中国の美姫たちでさえ、また、わが国では伊勢・源氏の物語に登場する数々の美しい女御《にょうご》、女君や姫君たちでさえも及ばないのは言うまでもない。さらには、玉藻《たまも》の前《まえ》や中将姫《ちゅうじょうひめ》、采女《うねめ》など古今の物語のヒロインたちを始めとして、能の

【図2】

登場人物にも取り上げられたさまざまな平家の女性たち――小宰相《こさいしょう》の局《つぼね》、静《しずか》、祇王《ぎおう》・佛《ほとけ》の両御《ご》前《ぜん》や、東国に連行される平重衡《たいらのしげひら》に対し、「東国への途次、粗末な家での夕暮れ、故郷の都をしのばれるお気持ちはいかばかりでしょう」と、その憂《うれ》える心を労《いたわ》り詠んだ千手《せんじゅ》の前なども、花子の足元にも及ばない。

　そのように人並外れた美しさゆえに、その姿を目にすれば当然のこと、会わずともその美しさを聞きつけて、なんとか思いを遂げたいと、男たちがせっせと思いの丈を綴り送り続けてはみるものの、長者は断じて許さず、これまでずっと、花子を御簾《みす》の奥深くに隠してきた。だが、御簾のうちに在ってなお、花の申し子の名の通りその姿は、鮮やかに咲き誇る桃、匂い立つ梅の花、紅《くれない》に染む芙蓉《ふよう》、ビヨウ柳、萩に山吹、さらに女郎花《おみなえし》、夕顔、牡丹《ぼたん》の花、果ては在原業平《ありわらなりひら》が歌に詠みこんだ杜若《かきつばた》か、風にそよぐ枝垂桜《しだれざくら》のごとくである。それほどの美しさであるから、化粧を施し薫香《くんこう》を焚《た》き染《し》めた後は、天女か菩薩《ぼさつ》かと見まごうばかり。これでは長者が出し惜しみするのも無理はない。そのような長者が、今回は花子にいずれ劣らぬ自慢の美女――初音《はつね》の前、白《しら》つゝじ、葵《あおい》の前、忘《わす》れ草《ぐさ》、うすもみじ、糸ずゝき、みねの松、そしてかほるら八人とともに、少将の接待をさせることにし、酒宴が始まった（図2）。

◉少将と美女たち、酒宴を楽しむ

春雨が降りそぼる中、雅楽を演奏することで少将を接待することになり、花子は箏《そう》を、初音の前は和琴《わごん》を、白つゝじは羯鼓《かっこ》を、さらにわすれ草は琵琶をそれぞれ担当し、笛は、名手と名高い少将が吹き、葵の前は笙《しょう》を、うすもみじは太鼓を、また糸ずゝきは篳篥《ひちりき》を担当し、声で音頭を取る唱歌《しょうが》は、かほるとみねの松の二人が勤めた。長者も興《きょう》に乗って歌を披露し、楽しいことこのうえ無い。とりわけ、花子が弾く箏は、いつにも増して妙なる調べを響かせ、空飛ぶ鳥さえ落ちかねないほど、また庭の草木もなびくほど素晴らしいものである。中国の琴の名手、伯牙《はくが》の演奏もとてつもなく素晴らしかったと故事に伝わるが(1)、今宵《こよい》の花子の演奏はそれに勝るものである。帝の命を救おうとして、歌詞に秘策を込めて演奏した秦の始皇帝の后のひとり、花陽夫人《かようぶにん》の箏の調べもこのようなものであったのか、と、少将は演奏のあまりのすばらしさに感極《かんきわ》まるほどであった。これほどの箏の名手、唐土《とうど》（現在の中国）はともかく、わが国に並び居る者は決しておるまいと、花子の魅力にすっかり心を奪われてしまったのである。

◉少将、花子の舞姿に陶酔し、もう一曲所望する

管絃の合奏も終わった頃には雨も止み、空には盃《さかずき》のような月が昇っていたので、今度はめいめいに拍子を取りつつ面白おかしく今様《いまよう》を朗詠《ろうえい》し、余興を楽しんでいた。花子が少将に盃を捧げ持つと、それを見ていた長者が「さあさあ花子、御酒《ごしゅ》には肴《さかな》も」と勧めたので、花子は立ち上がり、袂《たもと》の紅い扇を持ち、女房たちが囃し立てる中ひとさし舞うことにし、都人《みやこびと》である少将への敬意を表し、末永い健康と長寿《ちょうじゅ》を願って歌い舞った。

「かの楊貴妃《ようきひ》の離宮で奏でられた遊楽《ゆうがく》も、これほどまでではなかっただろう。」

少将は花子の舞にいたく感動し、もうひとさし舞うようにと所望《しょもう》した。すると、横から初音の前が

「それでは、花子という名前にあやかって、四季折々の色々な花を織り込んだ曲舞《くせまい》を、おもてなしに舞ってもらいましょう。歌はこの私が」

と、言った端から拍子をとり始めたので、花子もおずおずと、ではご披露いたしましょう、と応じる。花子が舞うために正《ただ》した袖の上に豊かに流れる黒髪は、あたかも春まだ浅い如月《きさらぎ》の青柳《あおやぎ》が風になびく様《さま》にも似て、言葉にならない美しさである。花子は舞も上手なのである。

◉花子、初音の前の歌で花尽しの曲舞を披露する

〽春は梅。匂いを移す袖の上にかかるは青柳に散り椿。蝶は舞い、タンポポを手に家路に就《つ》けば、夕暮れ告げる鐘の音。チガヤの中にはスミレ草。十重八重《とえやえ》に生《お》い乱れ咲く、名も無き草や鬼《おに》アザミ。葦茂《あししげ》り、龍田《たつた》の山には八重桜《やえざくら》。花の盛りもいつまでのものか、でも、人の心とて同じ。藤、桜草に枝垂桜、いずれもやがて盛り過ぎ、宇津《うつ》の山の雪も消えて若葉を見せるがごとく。いやいや、春はまだまだめぐるよ。里桜《さとざくら》の普賢象《ふげんぞう》、香り高い沈丁花《じんちょうげ》…

と、そこへ、みねの松風も琴を鳴らして参加する（図3）。

〽季節はめぐり、夏の花。雪と見まごううの花の、花びら舞うなか葵の花。神宿る、緑の松の下《もと》には牡丹。歌に詠まれた杜若、花びらは風に揺られてゆらゆら、はらはら。眺《なが》める端《はし》からこちらもはらはら。茶引草《ちゃびきぐさ》に朝露草《あさつゆぐさ》。末摘花《すえつむはな》は宮様の娘御《むすめご》。普賢菩薩《ふげんぼさつ》の乗り物とも伝え聞けば、ありがたや。あるいは、塚より生える虞美人草。浜波に濡れるはふじなでしこ。風も涼しい夕波の、水うち際《ぎわ》に苔むす松。よそさまの軒《のき》の夕顔蔓《つる》伸ばす。水面《みなも》に月影、暑さしのぎの忘れ水。清らかな蓮葉《はちすば》を魚揺らす。袂《たもと》にそよぐ夕風、涼しげな月明かり。

〽さて秋は、桐《きり》に柳と散り始め、庭の垣根《かきね》に露の玉。玉虫《たまむし》の姫を求めてこうろぎ鳴き、雨と降る涙よけるには小蓑《こみの》を。身の置き所無く、ただ秋風に吹かれるばかり。糸ずゝきの穂先《ほさき》風に

【図3】

揺れ、はたおり、松虫、キリギリスに鈴虫の大合唱。草刈《くさかり》の鎌持つかまきりが、花に向かい斧《おの》持つ姿も控えめ。千草《ちぐさ》で編むは花筵《はなむしろ》。その上でごちそう広げ、曼珠沙華の「沙華《しゃけ》《さけ》」のよしみ、酒を酌《く》み交わすもおもしろや。肴に何を、と、萩《はぎ》を一枝手折《たお》っては織部《おりべ》の器に。差しつ差されつ酔い心地。ひと眠りには草を集めて草枕。紀貫之も詠んだ女郎花《おみなえし》。花には蝶舞い、藤袴《ふじばかま》、薬師草《やくしそう》。観音草《かんのんそう》には三日月の明かりが差し、夜も更け行くよ。真野の入り江にうづら草。夕霧は海のよう。木々の梢は浮き草さながらゆらゆらと、見えつ隠れつ、波間の山影ゆらゆらと。秋風吹けば、木々の梢も紅《くれない》に染《そ》み、吹く風凄《すさ》まじ錦色の龍田山《たつたやま》。高安の里の、白菊の垣には霜も降り、萎れ行くのは秋の終わり。

〽冬を知らせる北時雨《しぐれ》。はるかに見渡す四方山《よもやま》の、木々の梢も既に枯れ、落ち葉に沈む谷川の、水の流れは音も無く、滝のしぶきはころころと、苔むす庭の寒菊《かんぎく》、お茶の花。花を散らすは栂尾《とがのお》の風ゆえか。愛宕《あたご》の山には雪積り、清滝川《きよたきがわ》には厚氷。再び巡る春待つ梅の花の笠。どうぞいついつまでもお健やかに。皆がめでたい年の暮れ。

と、舞の袖を翻す。こうして春の宵も更け、明け方の空も白々《しらじら》としてきたたので、酒宴の遊舞《ゆうぶ》もお開きとなった。

「中巻」

◉少将、花子への切ない気持ちに悶々とする

少将は花子の姿を見て、

「これまで宮中の美女たちをさんざん目にしてきたが、どれも花子には及ばない。花子は見た目だけではなく、気立てもさぞ良かろう」

と、恋する気持ちが沸き立ちながら、しかし、悶々としていた。そこへさきほどの宴席に居たかほ

るがお茶の給仕に現れ、少将の様子にただ事ではないと察して尋ねた。すると少将は、どうやら顔に出ていた花子への切ない恋の悩みを打ち明け、一目花子を見た時からぞっこんになり、花子のためなら死んでもよいと言った。それを聞いたかほるは、

「私が仲立《なかだ》ちをお受けいたします。花子の気持ちを確かめて参りましょう、ぜひを御文《おんふみ》を。」

と言った。[2] 少将は頼もしい味方を得てにわかに表情が明るくなり、取るものもとりあえず、心を込めて和歌を一首をしたためた。

◉少将花子に文を送る。恋の駆け引き始まる

かほるは少将の文を預かり花子のもとへ行き、穏やかかつ熱心に、文を受け取るようにあれこれと説いた。にもかかわらず、花子は頑《かたく》なに受け取ろうとはしなかった。これにはかほるも手を焼いて、せめてお返事ぐらいはと引き下がらなかったが、花子は、軽々しく浮名《うきな》を立てるのもどうかしら、と恨めしい表情で返すのみ（図4）。

かほるは少将のところに戻り、恋文が渡せなかっ

【図4】

たことを伝えると、少将はますます花子に対し熱を上げ、何度でも贈れば答えてくれることもあるだろう、と、最初よりさらに心を込めて

「おもひかね　いはんとすれば　かきくれて　涙のほかは　ことの葉もなし（思い耐えることができず、言葉にしようとしても　ただ涙にくれるだけです、私は）」

と書き送る。[3]

◉かほるの説得に全く耳を貸さない花子

かほるは文を預かり再び花子のもとへ行くが、花子は受け取って中を読むと、顔を赤らめその場を離れようとした。かほるは慌てて引き留め「さあお返事を」と言うと、花子は「山吹《やまぶき》の花」とのみ言い、それっきり口を閉ざす始末。

「そんな、山吹の花とくれば、素性《そせい》法師[4]の滑稽なお歌『山吹の　花色衣　ぬしやたれ　とへどこたへず　くちなしにして（山吹色の花色衣のあなたはどなた、と尋ねても、クチナシなので答えません）』だけど、それではあまりにつれない。せめてひとことお返事を。女というもの、身分の高い低いもなく男性に従わないものです。でも、男性のために命を落とすこともあるのです。ちょっと長いけれど、ひとつ、お話しましょう。」と、『万葉集』[5]や『大和物語』にある、菟原処女《うないおとめ》と彼女を慕う男たちの、恋のために命を落とすという悲劇を延々と語り始めた。

◉少将、かほるの手引きで花子の部屋に押し入る

【図5】

ひととおり語り終わり、「お聞きのとおり、女として、男性には情け深くあるものです。」とあれこれと説得しても、花子は全然その気を示さない。かほるもさすがに途方《とほう》に暮れ、少将に望みは無いことを伝えると、少将もすっかり落ち込み、命あるうちにせめてもうひと目花子に会いたい、と思いつめ、かほるの手引きで花子の部屋に忍び入った。部屋で花子は、灯をともして『古今和歌集』、『万葉集』に『伊勢物語』や様々な書を熱心に読みふけっていた（図5）。息をのむような美しいその姿、もはやこの世のものではないと感激するあまり、少将は花子に迫り寄り、驚いた花子は必死に逃げようとした。そうはさせまいと少将は花子の袖を掴み、

「あなたへの思いが高じてこうして来たのです。あなたのあまりのつれなさに切なくて、この命も果てそうです。どうかせめて、命あるうちに情けをかけていただきたい」

と、堰《せき》を切ったように思いの丈を花子にぶつけた。

◉花子と少将の押し問答。花子、ついに少将に折れる

花子は、

「私は田舎住まいの者。あなた様にそこまで思っていただくほどの者ではございません。そのうえ、私は五戒《ごかい》(6)を授かり、御仏《みほとけ》の教えに従って邪淫《じゃいん》を犯すわけには参りません。」

と涙ぐむばかりで、却って頑《かたく》なさを増すばかり。少将は思い余って少し押し黙ったのち涙を押さえ、

「そのように殊勝《しゅしょう》なことを仰る。悟りを得るために授戒《じゅかい》したようですが、そもそも六波羅蜜《ろくはらみつ》(7)のうち、忍辱《にんにく》とは人の気持ちを慮ることです。五戒を保っても、人の心を慮《おもんぱか》れなくて何が仏の道でしょう。かつて、修行に励む行者がさる高僧に両眼を求められ、ためらいつつも抉《えぐ》り出して差し出したところあっさりと捨てられてしまった。すると行者は、そんな事をするならなぜ両眼を求めたのかと怒り狂い、せっかくの修行もたった一つの「怒り」によって水泡に帰し、無残にも破戒《はかい》僧に陥ったという例がありますが、あなたも戒律を守るために人の心に背くならば、同じこと。確かに、恋は仏の道の根本ではありません。だけど、この世にあって恋愛が成就しなければ、一度思ったその思い

は、五百回生まれ変わっても消えないほどの凄まじい執念となるのです。あなたの周りから片時も離れず、どのような生き物として何度生き死にを繰り返そうと、延々と犬のように付きまとい、思い知らせようとするのです。」
と凄《すご》みを利《き》かせ、立ち上がって去ろうとした。
すると花子は、少将の袖を取って
「お願いですから、そんな恨みがましくおっしゃらないで。殿方の心と川の瀬は、一晩で変わるほどあてにならないもの。」
と言う。対して少将は
「浮気者との悪評も言われのないこと。だが、それももうこれまでにして、以後は関守《せきもり》のように身持ちを固くしましょう。」
ときっぱり。少将のこれほどまでに真剣な思いを聞かされ、ついに花子も「御心《みこころ》のままに」と気持ちに応えることにした。少将は嬉しさのあまり夢ではないかと満面の笑顔。猛烈な求愛に戸惑うばかりだった気持ちもどこかへと消え、相思相愛の今、花子の心はうき立っている。

◉花子と少将、結ばれる

花子は瑠璃《るり》のように美しい手を少将に差し伸べ、二人は御簾の中へ入った。散々じらされて一時は絶望しかけた少将だったが、こうして本意を遂げ、今やぴったりと寄り添い、二人はめくるめく濃密な時を過ごしたのであった。

そうしているうちに、明け方の月の光が西の窓から差し込む頃となった。月明かりが、寝乱れて広がる黒髪の中の花子の可憐な寝顔を照らすのを見るにつけ、二人がこの後すぐに離れ離れとなり、目の前の花子の顔が面影になろうとは、この時の少将にはまったく思いもよらなかった。

徐々に夜が明けていく気配を感じ、少将が目隠しのために置かれた衝立《ついたて》を寄せて戸を開けると、辺りは昨夜訪れた時のままである。花子に言葉を掛けようとしたものの、別れ難《がた》い未練から涙がこぼれ、うぶなことこの上ない。かろうじて『源氏物語』にある、柏木と源氏の正妻である女三宮《おんなさんのみや》の後朝《きぬぎぬ》の歌を借りて交換するばかりだった。(8) 少将は逢瀬《おうせ》の余韻《よいん》にひたりながらいったん部屋に戻ったものの、心ここにあらずの状態だった。ようやく日が高くのぼる頃になって花子から文が届くが、そこには、在原業平が契った女から届いた歌「あなたがいらしたのか、私が伺ったのかわかりません。一体これは夢だったのか、目が覚めてのことだったのでしょうか…」とあるのみ。そこで少将は、花子に早くまた逢いたいとの気持ちを込め、業平の歌「夢か現《うつつ》かを判じるには、今晩おいでになってお決め下さい」で返した。

◉少将の旅立ちと別れ。再会を約束し扇を交換する

【図6】

ところが、供の者が「まだまだ先は長いですぞ、さあ、急ぎましょう」と慌しく出発の支度を始めたので、そもそも狩りの命で東下りをする身の少将はひそかに悔し涙を流し、ふと、このまま死んでしまうような気さえして、悲しさがこみあげてきた。花子も、はしたなくも御簾の外に出て、少将の袖にすがりついて泣きじゃくる。二人はしばらくの間泣いていたが、やがて扇を取り出し、また逢う時の印に互いに扇を交換し、少将は東国への旅路に就き、花子は、少将の姿が見えなくなるまで見送ってから御簾の中へ戻り、泣き崩れた。その姿はさながら、海を渡った夫を慕《した》い、いつまでも手を振って見送っ

ていた松浦佐用姫《まつらさよひめ》そのものであった（図6）。

少将が花子に渡した扇には、桜が三重に連なり水に映る朧月《おぼろづき》が描かれていた。花子は部屋から一歩も出ずに日がなその扇を眺めていた。宿の主である長者の言うことも聞かず、ただひたすら扇を手にしては物思いに耽っていた。その有様《ありさま》に人々は、花子を中国の班女《はんじょ》の故事にちなみ、以後「班女」と呼ぶようになった。漢の成帝《せいてい》の宮女《きゅうじょ》班女は、いったんは寵愛《ちょうあい》を得るものの、そのうちに寵愛を失い、そんな自分を、秋になれば用済みとなる扇に例えて詩を詠んだという。今や野上の「班女」となった花子は、形見の扇を仰いでは少将への熱き思いを冷ましていた。

◉花子、長者の命に背き、逆鱗に触れて屋敷から追放される

そこへ、裕福な商人が都から野上の宿に来た。彼は花子が美女の誉れ高いと聞き及び、何とか夫婦になりたいと、金銀財宝を積んで宿の主人に頼み込んだ。長者もさすがに財宝に目がくらみ、花子に商人と夫婦になるよう命じたところ、花子は顔を赤くし、ものも言わずにさめざめと泣いていたが、そのうちに涙を押さえてこう言った。

「なんとまあ慈悲《じひ》も無いことを仰いますこと。私は少将様にお目に掛かり、深く契りを結びました。それなのに、今度は別の方になびけとは余りにもむごい。私を気に入らないとお思いでしょう。たとえどれほどつらい目に会っても、それも自分の前世の行いと受け入れましょう。でも、このたび

【図7】

の仰せはまっぴらごめんです。」

　これにはさすがに主人も腹を立て、目を三角にして

「よいか、花子よ。わしはお前が幼少のみぎりよりこの方まで慈《いつく》しみ育ててきた。その気持ちがわからぬか。暑さ寒さに気を配り、衣服を整え、冷たい風に当てぬように大事にしてきた。さらに仏様にお参りしては、やがて花子が大人になれば立派な御仁《ごじん》にめあわせ、わしら夫婦が悠々自適に暮らせるようにしてくれますように、と祈ってきた。それなのに、なぜ、行方も知れない旅人にいつまでも執着しておるのだ。ああ腹立たしい。この恩知らずめ。もうここには置いておけん。さっさと出て行くがよい。」とののしり、情け容赦なく花子を追い出しに掛かった。

　花子も少将を思うあまり気持ちが定かではなかったとはいえ、さすがに言葉が過ぎた。後悔先に立たずではあるが、時既に遅し。花子は泣き崩れるばかりだった。主人は思い直すこともなく、下僕たちに言って花子の十二単《ひとえ》を剥ぎ取らせ、粗末な普段着に替えさせて、さっさと出て行けと責めるのみ、取り付く島もなかった（図7）。

「下巻」

◉屋敷を出た花子、狂女に身をやつして都を目指す

野上の宿にいられなくなった花子は、女房たちと別れを惜しみつつ、慣れ親しんだ部屋の柱に、「今日限りで私がいなくなっても、あなた（柱）は忘れないでね」との歌(9)を残し、涙ながらに野上の宿を後にした。昨日までは、皆にかしずかれ豪華な衣装をまとっていたのとは打って変わり、今や輿どころか馬も無く、みすぼらしい恰好で歩かねばならないほどに落ちぶれて哀れである。気持ちはしっかりしていても、見た目はすっかり狂女のいでたち。幣《へい》(10)を付けた笹に少将の形見の扇を結び付けて持ち、住み慣れた野上の里を離れて近江路に入り、一路都を目指した。少将も都から下る時に眺めたであろう鏡山《かがみやま》、篠原《しのはら》の宿を過ぎ、守山へ。道すがら聞こえる虫の声は呼び掛けてくるようである。琵琶湖のほとりの瀬田の長橋を渡り打出の浜を眺めれば、海のように大きく広がる湖の波が寄せては帰る。その中を粗末な服に身を包み、波に揺れるように寄る辺なく道を漂い、ただひたすら、別れた人と巡り合いたいとの一念で進む。堅田を過ぎて逢坂の関まで来ると、水に映るその姿はもはや別人のよう。そうして日も暮れたかけた頃、とうとう都に着いた。

◉狂女姿の花子、都の子供たちにからかわれる

とはいえ、頼る者も無く、一夜の宿を願う人もいない悲しい身の上。仕方無く、正気を喪った狂女の体《てい》で、あちこちをふらふらと回った。子供たちが面白がって狂女に身をやつした花子の周りに集まって来たが、整った顔立ちとは対照的なみすぼらしい恰好の彼女を見て「なぜこんなふうに」、と憐れんだ。花子は子供たちに、

【図8】

「よくぞ聞いてくださいました。私は逢坂の関の向こうの者、ふと出会った方と恋に落ちるも離れ離れの辛い日々を送っていたところ、親の命に逆らってその逆鱗に触れ、家を追い出されたのです」

と身の上話を始めた。

「恋に迷って身をやつす、こんな私を、男女の縁を取り持つご利益で名高い足柄《あしがら》神社（現神奈川県南足柄

市苅野）、箱根《はこね》神社（同県足柄下郡箱根町元箱根）、玉津島《たまつしま》神社（現和歌山県和歌山市和歌浦）、貴《き》船《ふね》神社（現京都府京都市左京区鞍馬貴船町）そして三輪《みわ》明神（現奈良県桜井市三輪。大神《おおみわ》神社）の神々も憐れんでくれるしようか。ああ、松の木々が揺れる音はしても、待ち遠しい方の訪れはいつのことやら…」

と、少将と取り交わした扇を手にし、泣いたり笑ったりしながら、あちらへ、こちらへと動き回る。それを見ていた子供たちが「そんなに夫に会いたいなら、今ひとたび面白く狂ってみろ。そうすれば会えるだろう。」と、笑い罵り、囃し立てる（図8）。

◉花子、都の名所尽しで物狂う

花子はいよいよ気持ちが高ぶり、「それなら、都人である愛しい方にあやかって、都の名所を歌い、舞いましょう。」と、いとしい夫にいつか会《あ(お)》うと掛け、まずは都の乾《いぬい》（西北）、仁和寺《にんなじ》（現京都府京都市右京区御室大内《みむろおおうち》）の後ろにそびえる大内山《おおうちやま》から始め、すぐさま東に飛んで音羽山《おとわやま》や円山《まるやま》を挙げ、少将のお膝元の吉田の北白川や松ケ崎（以上同左京区）そして船岡山《ふなおかやま》と巡り、対する西の名所に移って鷹ケ峯《たかがみね》（以上同北区）、愛宕《あたご》山に高雄（尾）の山、嵐山、戸無瀬《となせ》の滝に嵯峨野（以上同右京区）、野々宮《ののみや》神社（同区嵯峨野宮町）に松尾大社《まつのおたいしゃ》（同西京区嵐山宮町）、下って大原（同西京区大原野《おおはらの》）の小塩《おしお》山に桂川（大堰《おおい》川）と巡り、最後に南の名所、深草《ふかくさ》・伏見《ふしみ》稲荷大社と巡って、あまねく人々にとってご利益のある稲荷大明神のご託宣《たくせん》「われ頼む人の願いを照らすとて浮世に残る三つの灯」を唱えて名所尽しの舞を締めくくった。

◉花子、下鴨神社までやって来る

さらに、仏の加護を願い、阿弥陀仏の四十八願《しじゅうはちがん》(11)に与《あずか》ることで乱れる心が救われ、極楽往生《ごくらくおうじょう》すると続ける中、花子は少将への思いがさらに高じ、足元がおぼつかないまま転んでは起き上がりを繰り返し、行方《ゆくかた》も無く走り回り、糺《ただず》の森、すなわち下鴨神社までやって来た。所の者たちは、これがあの有名な「扇物狂い女」と見るや否や、やんややんやと囃し立て、面白おかしく狂って見せよと急《せ》き立てた。花子は「物狂う」さまが見たいなら、もっと頼み方もあるだろうと、彼等のその無粋な態度をたしなめ、そもそも自分は恋する気持ちが高じてこのような物狂いになったのだとやり返した。そして、『花筐《はながたみ》』の物語にのっとり、物狂いの芸を見せ始めた。

◉花子、『花筐』の物語に我が身を投影し狂う

『花筐』は、かつて帝の寵愛《ちょうあい》を受けた照日《てるひ》の前《まえ》という娘が、帝への恋情が募るあまり狂女となって故郷から都を目指して旅をし、帝から印として賜《たまわ》った花籠《はなかご》のおかげで無事再会を果たした物語だ

が、この逸話こそ、愛する人の身に着けた物が「形見」と呼ばれるようになったいわれである。一度は別れ、狂女に身をやつしてまでも帝への恋慕を失わず、帝を探し求めて再び結ばれたという話に倣《なら》い、花子も少将から渡された扇を肌身離さず持ち続け、再会を待ち望んでここまで来た…と、彼女は欄干《らんかん》の上でふと立ち止まり、夕暮れの空を見上げる。東の空には月が出ているのに涙のせいでよく見えないが、仲睦まじく飛ぶ雁《かり》のつがいは目に入りねたましい。いつか自分も恋い慕う少将様と添い遂げたい、と、見物衆に話し掛けたかと思えば泣き出す始末。花子のあまりにも落ち着きのない様子に、人々も、これこそまさに「物狂い」と言う。そうして花子が聞かれぬままに心の内を語るうちに、日も西に傾き、雲が出て風も強く吹き始め、揺れる木々の隙間から月あかりがちらちらと射した。花子は、神の加護によって少将と再会できますように、と祈るばかりであった。

◉少将、都への帰途にあって、花子が行方知れずと知る

一方、春まだ浅い時期に都を出発し東国に向かった少将は、秋となった今都への帰路《きろ》にあり、その途次にある野上の宿に着いた。そして花子の消息《しょうそく》を尋ねたところ、宿の主の長者と仲たがいをして出て行き、そのまま行方知れずとなっていると知らされた。すると少将は、あれほどまでに別れを惜しみ、秋には再び会うことを固く誓った仲なのに、まさか会えなくなろうとは、と驚き、非常に残念がった。それでも、もし花子が戻ってきたら、必ず都へ来るようにと言い残し、供の者たち

と都へ帰って行った。

◉少将、狂女に沸く下鴨神社を訪れる

帰京後、少将はかねてより願を掛けていたことから下鴨神社を訪れたところ、何事か起きているらしく黒山の人だかりが出来ており、とても騒々しかった。そこで少将が見てみると、十六歳ぐらいの見た目の良さそうな娘が、薄汚れた絹の薄物に紅梅の柄の単衣《ひとえ》を着て、たすきを掛けて、三重に連なる桜に霞む月が描かれている扇を掲げて踊り狂っていた。少将は、なにか事情があってこのようなことをしているのかと不審に思い、人払いをして、使いの者に次のように尋ねさせた。

「さて狂女よ、お前の故郷はどこで、一体どうしてこのようになったのか。」

すると花子は、

「ああ、また無粋《ぶすい》なことを。そうやって私に話をさせて、また狂わそうとするのね。まあ、良いでしょう。仕方がない。思っていることを言わなければ、不満が溜まる一方ですもの、この際ですから洗いざらい話して狂いましょう。どうぞ憐れんでくださいな。

◉花子、狂女に身をやつすまでなった経緯を語る

私は東路《あずまじ》の、春に花咲く美濃《みの》の野上の宿の花子という者です。ある時都の方がお立ち寄りになり、つかの間の契りを結びました。でも別れはすぐにやって来て、こんなあさましい姿を人々にさらして歩く身に。あれほど美しかった黒髪もぼさぼさに乱れ、美しさを誇った顔もすっかりやつれて、我ながら恥ずかしい。悲しさのあまり涙は川のように流れるものの、わが思う人の訪れは、夏が過ぎて秋になった今もありません。流れ流れて、少将にゆかりのある「吉田」にほど近いところまでやって参りました。所詮《しょせん》、会うのは別れの始まりとも言われるし、誰を恨んでもしょうがない…」と言い、扇で顔を隠し、森の木陰に隠れて泣き出した。

◉少将、狂女が花子であると確信し、証拠の扇を求める

少将は一部始終を見ていて、これは夢かと驚き、間違いなく花子であると確信し、その印に扇を見せてみよと言う。これを受けて使いの者は、花子に対し、輿《こし》の中の御方《おかた》に扇を見せて差し上げよと伝えた。すると花子は、

「これは大事な形見の扇で、肌身離さず懐《ふところ》に入れておくもの。でも、だからこそあの方を思い出

してしまい恨めしい。これさえ無ければあの方を忘れる時もあるでしょうに、と思うものの、やはり他人様にお見せする訳には行かない。このように揺れる気持ちを誰が分かりましょう。春の出会いと別れの後に夏が来て、そして今は秋。ああ、出会った頃に戻れるものなら…と落ち着きがなく失礼なのも、恋に乱れる心ゆえのことと、どうぞ大目に見てくださいな」

と、心乱れる中に正気をのぞかせ、その申し出を拒んだ。

◉少将、姿を現し二人は再会し、共に仲良く暮らす

少将はもはやこれまでと、輿の中から出て

「なんということか。何を隠そう、この私こそ、旅の途次《とじ》の野上の宿であなたと契りを結んだ少将である。東国に下る際、再び逢う時に分かるようにと扇を交換したが、それがこれである。」

と、輿《こし》の中から扇を取り出すと、黄昏《たそがれ》の月明かりに微《かす》かに見える扇には、夕顔の花が描かれていた。花子はあたり構わず泣いていたが、涙でびっしょりと濡れた袖の中から扇を取り出すと、そこには三重の桜に霞《かすむ》む月が描かれていた。月日が経っても、思いがけずにまたこうして恋しい人に逢えるとは。これもみな神仏のご加護と、悦《よろこ》びの涙があとからあとから、とめどなく無く溢れ出るのだった（図9）。

それから、少将と花子は二人揃って輿に乗り、北白川の少将の屋敷に戻った。晴れて夫婦となっ

【図9】

た二人は、その後、梅若丸《うめわかまる》・松若丸《まつわかまる》という二人の男児にも恵まれ、仲睦《なかむつ》まじく幸せに暮らした。めでたしめでたし（終）。

注

（1）中国・春秋時代（紀元前七七〇～同前四〇三年）、伯牙は、彼の演奏を真に理解した親友の子期《しき》亡き後、琴の弦を断ったという故事。「断琴《だんきん》の交《まじ》わり（最も心の通い合う友情）」の語源。

（2）文と言っても、当時は和歌の交換によって、男女が互いの気持ちを伝えたり確かめるという作法だった。

（3）歌の出典は『太平記』巻十五「加茂《かも》神主《かんぬし》改補事《かいふのこと》」。上賀茂・下鴨両社を監理《かんり》する神職にあった加《か》茂基久《ものもとひさ》のひとり娘が、後に伏見《ふしみ》天皇（在位一二八七～九八年）と後醍醐《ごだいご》天皇（在位一三一八～三九年）となる二人の皇子から同時に求愛され、歌によってどちらかに応えると提案し、伏見天皇から贈られた歌。この話は史実に即さない面もあるが、権力者に翻弄される周囲の人々の不憫さを伝える。なお、二人の男性から同時に求愛され、決めかねて悩む女性の姿は後掲の菟原処女説話に似る。

（4）平安時代の歌人。俗名および生年不詳。延喜十年〈九一〇〉？没。六歌仙《ろっかせん》の一人、遍照《へんじょう》（弘仁《こうにん》七年〈八一六〉～寛平《かんぴょう》二年〈八九〇〉の子。素性もまた三十六歌仙に数えられる。なお、原文には「よしみねのむねさだ（良岑宗貞）」（遍照法師の俗名）とあるが、この歌は素性の作につき改めた。

（5）菟原処女は、摂津《せっつ》国菟原《うはら》郡芦屋（現兵庫県芦屋市）に住んでいたとされる。知奴壮士《ちぬおとこ》・菟原《うばら》壮士《おとこ》の二人から同時に求愛され、どちらにも応じかねて入水《じゅすい》自殺し、男たち二人も後を追い絶命したとの伝説を残す。『万葉集』や『大和物語』、また能『求塚《もとめづか》』【世阿弥の父、観阿弥《かんあみ》（正慶《しょうきょう》二／元《げん》弘《こう》三年〈一三三三〉至徳《しとく》／元中《げんちゅう》元年〈一三八四〉）作と言われてきたが、近年では見直す声が上がっている】の素材となった。

（6）仏教で、在家の信者が守るべき五つの戒《いましめ》。①不殺生《ふせっしょう》…殺さない、②不偸盗《ふちゅうとう》…盗まない、③不邪《ふじゃ》淫《いん》…みだらなことをしない、④不妄語《ふもうご》…うそをつかない、⑤不飲酒《ふいんしゅ》…酒を飲まない。

（7）仏教において、修行者が悟《さと》りの境地に至るために修める六つの行《ぎょう》。①布施《ふせ》…施しを行うこと、②持戒《じかい》…戒を守ること、③忍辱《にんにく》…敵味方の区別や貴賤《きせん》の差別をせず、忍耐強く平静であること、④精進《しょうじん》…日夜修行に努め励むこと、⑤禅定《ぜんじょう》…瞑想の意。精神を集中すること、⑥智慧《ちえ》…真理に即して物事を正しく認識・判断すること。

（8）『源氏物語』「若菜・下」巻にある、柏木と光源氏の正妻、女三宮の後朝の和歌の応答。柏木「起きてゆく空も知られぬあけぐれにいづくの露のかかる袖なり（もう起きて行かなければ、でも行く当ても分からないほど薄暗い中で、どうしてこうも涙で袖が濡れるのでしょう）」女三宮「あけぐれの空にうき身は消えななむ夢なりけりと見てもやむべく（この明け方の暗い空に、私のつらい身も消えてしまえばよいのに。そうすればこれもただの夢と思えるものを）」本来は、密通という取り返しのつかない過ちを犯した柏木と女三宮の罪の意識におののく歌である。

（9）「今はとて宿《やど》かれぬとも馴れ来《き》つる真木《まき》の柱はわれを忘るな」『源氏物語』「真木柱《まきばしら》」巻で源氏の養女となった夕顔の遺児、玉鬘《たまかずら》が詠んだ歌。

（10）神道の儀式用具。玉串《たまぐし》や注連縄《しめなわ》に付ける白い紙細工の四手《しで》（垂）に類する。幣であれば能・狂言では神事を行う役が持つ小道具だが、おそらく狂女物でシテが手にする笹の枝の先に付ける四手との混同だろう。

（11）阿弥陀仏が修行時代に、生きとし生けるものすべてを救うために立てた四十八の誓願。

式町眞紀子……SHIKIMACHI Makiko

会うは別れの始め、別れは再会の始まり

◉花子ものぐるひ

『班女』から『花子ものぐるひ』へ

『花子ものぐるひ』は、貴公子が登場し、男女の出会いと別れと再会がくり広げられることから、御伽草子の分類においては物語文学の系列に属し、「公家小説・恋愛物」と区分され、上・中・下の三巻からなるやや長編の小説である。さらに「花子恋ものぐるひ」または「班女物語《はんじょ》」と別称されることからも、この作品は、能『班女』の小説化として認識されている。能『班女』は、中国・前漢の成帝《せいてい》の寵姫《ちょうき》の座を追われた班女こと班婕妤《はんしょうよ》が、秋になると顧《かえり》みられなくなる扇にわが身を

なぞらえ、詩に詠んだという逸話を素材にした作品で、能を大成した世阿弥《ぜあみ》（貞治《じょうじ》二年？〈一三六三〉～嘉吉《かきつ》三年？〈一四四三〉）の作とされる。美濃国《みののくに》（現在の岐阜県南部）にある野上《のがみ》（現岐阜県不破《ふわ》郡関ヶ原町野上）の宿の遊女花子と吉田少将の出会いと別離、そして劇的な再会を、中国の故事や、物狂《ものぐる》いという当時の芸能を絡《から》めて描き、時にコミカルな要素を交じえつつも、しっとりとした情趣を兼ね備えた作品である。

しかし、ひとくちに能『班女』の小説化と言っても、こんにち我々が理解するテレビドラマや映画作品のノベライズとは異なり、この『花子ものぐるひ』は、原作のプロットを尊重しつつも、元の作品ただひとつを忠実に小説化するのではなく、複数の素材を同時進行もしくは挿入するなどして作品の重層化を試みている。言うなれば、作者は単なる台本（脚本）の散文化を行ってはいない。

しかも、文学辞典における『花子ものぐるひ』の項で、「『班女』の小説化。『伊勢物語』『源氏物語』『平家物語』『太平記』や諸謡曲などを煩わしいほど引く」[1]と指摘されているように、読み進めていくうちに『花子ものぐるひ』の作者の知識や教養が、相当幅広いことをこれでもかと思い知らされるのである。能『班女』のつもりで読んでいると、そのうちに『伊勢物語』がオーバーラップし、場面転じては『大和《やまと》物語』からの引用が延々と続き、読者としては、どうにも散漫な印象を抱く。また、例えば主人公である花子がいかに美しいかということを描写するためには、内外のさまざまな故事や物語のヒロインたちが対照させられ、単なる誇張というよりは、書き込み方の執拗さに、これでは「煩わしいほど」と揶揄《やゆ》されるのも無理はない。

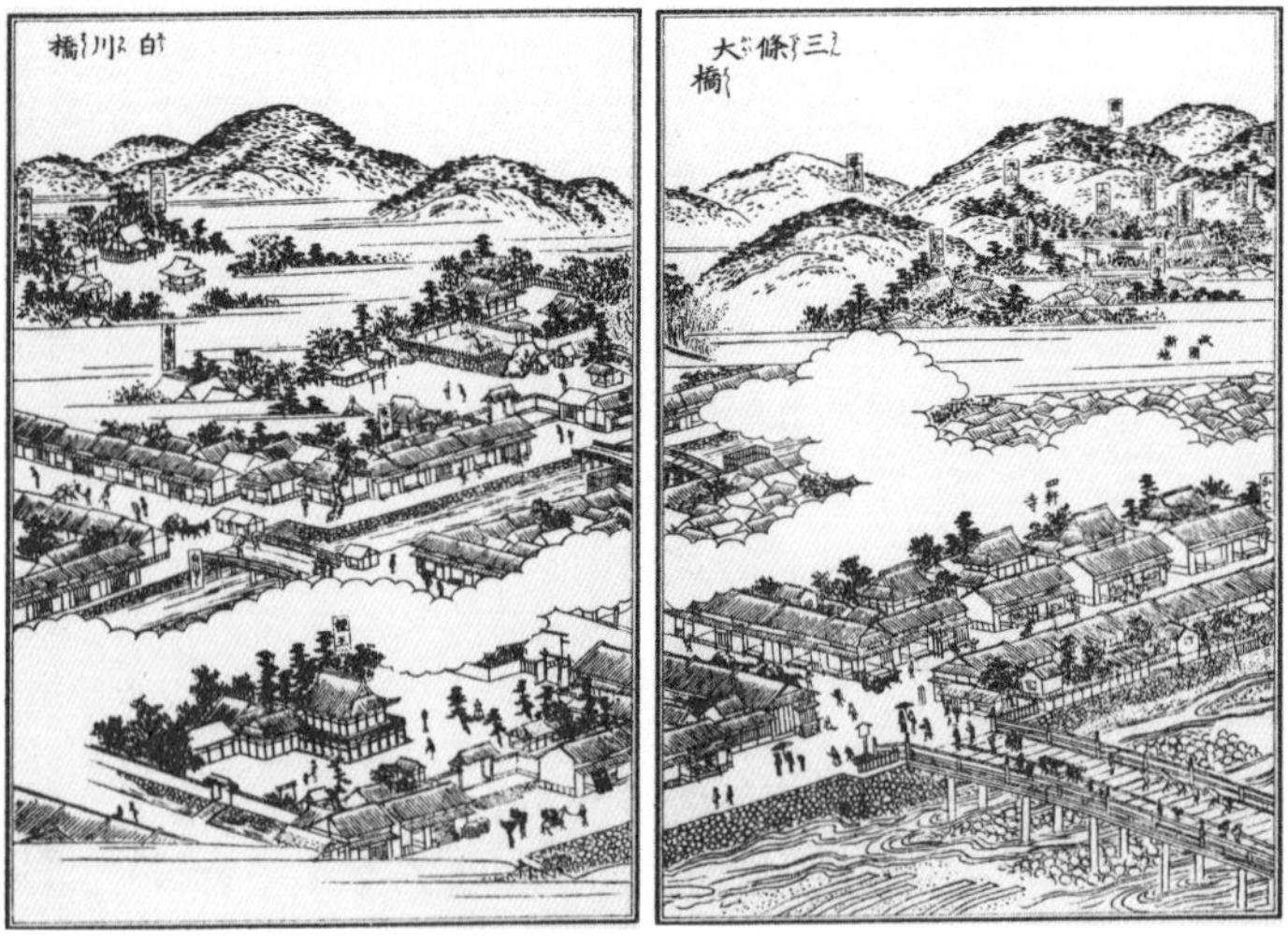

【図1】「三条大橋」(『諸国叢書』木曽之1(『大日本地誌大系』第12,14冊、大日本地誌大系刊行会、1915～1916年)国会図書館所蔵))

では、作者はどのような意図から、能『班女』を御伽草子『花子ものぐるひ』に仕立て上げたのだろうか。むろん、他の御伽草子同様この作品も作者は明らかではない。その一方で、作者を策定するのは簡単に済まされることではなく、慎重さを要する。よって今回は、作品を鑑賞しながら、同時に『花子ものぐるひ』から伝わってくる作者の思いやねらいを考えることにしたい。

上巻について

一、旅立ちと道行。バーチャル名所めぐり

青年貴公子吉田少将《よしだのしょうしょう》は、東国での狩りの使いを命じられ都を出発する。吉田は、現在の京都市左京区南部の地名を表す。ただし『班女』では、吉田少将は東下りをするものの理由は明言されておらず、『花子

【図2】「摺針峠」（『諸国叢書』木曽之1（『大日本地誌大系』第12,14冊、大日本地誌大系刊行会、1915〜1916年）国会図書館所蔵））

ものぐるひ』で、少将が狩りの使いのために東下りをする件は『伊勢物語』第六十九段の内容を下敷きにしている。『伊勢物語』同段では男が伊勢に狩りの使いに行き、そこで伊勢の斎宮《さいぐう》から厚遇を得て契りを結び、歌を交換するのであるが、その時の歌は、花子と少将が結ばれた翌朝別れた後に交換する、後朝の文にも利用されている。

少将の一行の旅路を、かつては七道のひとつ、東山道《とうさんどう》にして、後に五街道のひとつとなった中山道に沿って街道筋の宿を道行《みちゆき》文として逐一列挙することは、読者に旅の疑似体験をもたらす。現代の我々のように気軽に旅を楽しめなかった時代、道行文は、地図帳や旅行ガイドの機能を併せ持っていた。特に都を出てすぐの近江路《おうみじ》で近江八景《おうみはっけい》を挙げているのも、読者サービスとともに当時の文化的背景を垣間見ることができる。

近江八景とは、琵琶湖周辺の景勝地を、中国中部の八つの名勝、瀟湘《しょうしょう》八景の手法に倣い、詩や絵に表わして愛でたもので、室町時代の近江八景は流動的であったが、近世に入り、粟津晴嵐《あわづのせいらん》（現滋賀県大津《おおつ》市晴嵐）・瀬田夕照《せたのせきしょう》（同市唐橋《からはし》町）・三井晩鐘《みいのばんしょう》（同市園城寺《おんじょうじ》町〈三井寺《みいでら》〉）・唐崎夜雨《からさきのやう》（同市唐崎）・石山秋月《いしやまのしゅうげつ》（同市石山寺《いしやまでら》）・堅田落雁《かたたのらくがん》（同市堅田）・比良暮雪《ひらのぼせつ》（同市北比良他）・矢橋帰帆《やばせのきはん》（現同県草津《くさつ》市矢橋町）の八か所が定番となった。

二、少将と花子の出会い――中国の古典から日本の古典まで網羅し形容される花子の美しさ

関ケ原、不破の関を過ぎて到着した野上の宿で少将の一行は休むことにする。野上は、壬申《じんしん》の乱に際し大海人皇子《おおあまのおうじ》が本営を設けた地であり、『更級《さらしな》日記』でも当時の野上の宿の様子が言及されている。少将はここで花子と運命の出会いをする。花子の名前のいわれは、花のしずくが母の胎内に宿ったからということである。花のように美しい娘というとコノハナサクヤヒメを連想するが、作者も意識したのだろうか。

さらにそれだけでは美しさをたとえ足りないと作者は思ったのか、または読者が花子の美しさをイメージしやすいようにと考えたのか、立て続けに中国の古典に登場する美女や『源氏物語』作中の女君《おんなぎみ》たちを並べ、さらに、説話や『平家物語』や『曽我《そが》物語』に登場する女性をもとにして書かれた能をヒロインの名前にごく簡単な説明を付して挙げている。能の作品紹介については専門の辞典や各種鑑賞の手引きにゆだねるが、能の作品中のヒロインである「祇王《ぎおう》」や「虎御前《とらごぜん》」など、今

日上演されている能のレパートリーからすると珍しい名前も見受けられ、『花子ものぐるひ』が書かれた当時の上演傾向を思い巡らすことができる。

ところで、都からの高貴な客人として少将は饗応《きょうおう》を受けるが、接待に当たったのは遊女たちである。遊女といっても「優」女と当て字されることもあり、見た目だけではなく技芸に優れた者もいた。花子たちがまさにそれである。しかも風趣を解する都人を満足させるような歌を詠《よ》み、宮廷音楽たる雅楽の楽器演奏をこなすまでに至ることは、これは、彼女たちにそれ相応の教育が施され、同時にかなりの元手が掛かっていることも意味する。少将出立《しゅったつ》の後、都の富豪の求婚を花子が断ったことで彼女を追い出した野上の宿の主人は、花子が恩を忘れ義理を欠いた点に加え、諸芸百般を身に付けさせるためにつぎ込んだ先行投資も玉《たま》の輿《こし》に乗り損《そこ》ねて回収出来ず不良債権化してしまい、経済的損失を負うという二重の理由から怒りが頂点に達したとも考えられる。つまり、小説の行間に、当時の社会における貨幣経済の浸透と発展が読み取れるということだ。

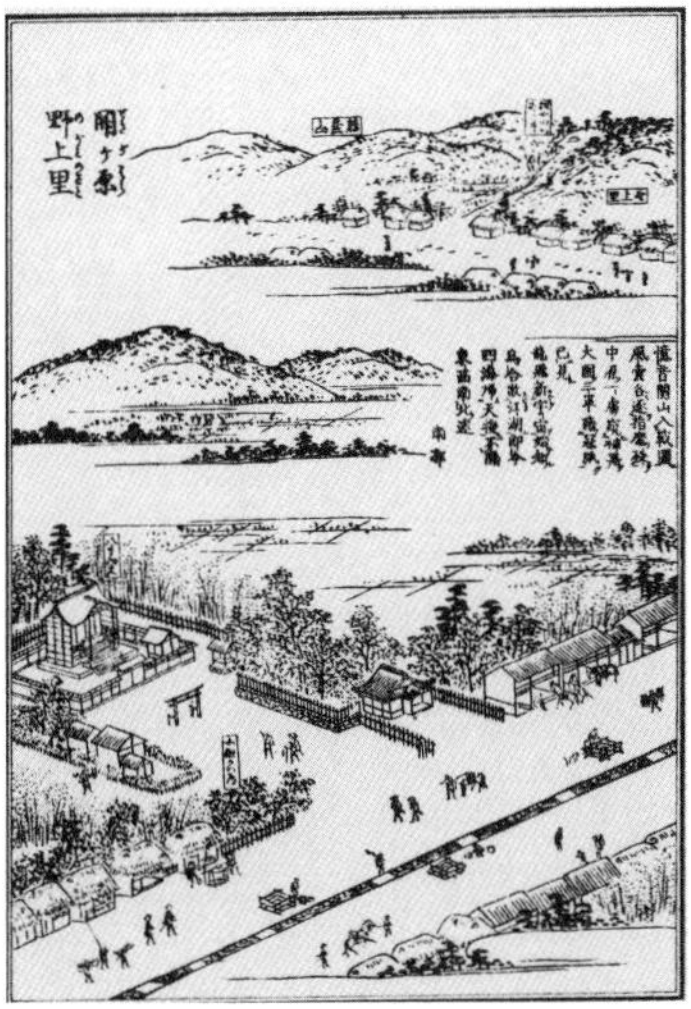

【図 3】「関ヶ原野上の宿」（『諸国叢書』木曽之 1 （『大日本地誌大系』第 12,14 冊、大日本地誌大系刊行会、1915～1916 年）国会図書館所蔵））

ともかく、公家物にふさわしく、

雅楽演奏の次には花子の舞が披露され、花尽《はなづく》しによって四季折々の花が巧みに歌いこまれる。この物尽しは、道行とともに、劇的効果を高める表現として、能ではおなじみの手法である。

中巻について

三、少将と花子が契りを結ぶ場面における先行作品の引用の巧みさ

　自分が何のために東下りをしているかを忘れかけたぐらい、少将はすっかり花子に魅了され、なんとかして思いを伝えたいと悩む。眉目秀麗《びもくしゅうれい》の誉れ高い少将にしては、意外や気弱な性格描写で、作者がこのあたりでややコミカルな雰囲気を作ろうとしたとも読める。そこへ現れるのが、遊女のかほるである。この少将・花子に加え、二人の仲を積極的に取り持とうとするかほるの三者の姿は、『源氏物語』「若菜下《わかなげの》」巻《まき》での、柏木《かしわぎ》・女三宮《おんなさんのみや》、そして小侍従《こじじゅう》の三人と重なる。

　途中、少将からの好意を受けることを渋る花子に対し、かほるの語りによって『大和物語』の苑《う》原処女《ないおとめ》と男たちの悲恋の物語が挿入され、また、花子が最終的に少将の思いを受け入れて契る場面には、室町時代の小説『秋夜長物語《あきのよのながものがたり》』での僧と稚児《ちご》の恋愛譚が借用されている。だが、契った翌朝二人が交換する歌は、再び『源氏物語』「若菜下」巻から引用されており、また、当小説が冒頭で『伊勢物語』第六十九段の内容を下敷きにしていることを再び踏まえ、同段で業平と女が交わした歌で花子と少将の気持ちを代弁させ、先行作品を借用しても、ただ羅列するのではなく、整然と場面を収束させている。良い素材、使えそうな文辞を見極め、破綻なくまとめている。おそらく、作者も

このあたりの場面は会心の作と自負していたのではないだろうか。

四、茶をたしなみ、文化的素養高き作者

このように巧みに計算された引用手法、相当能や典拠となる古典作品にも通じており、作者もただ者ではなさそうである。また、花子が花尽しの舞を舞う中に「おりべ」の器に一枝置く、とあるが、この「おりべ」とは、武人にして千利休《せんのりきゅう》（大永《だいえい》二年〈一五二二〉～天正《てんしょう》十九年〈一五九一〉）の高弟、古田織部《ふるたおりべ》（天文《てんぶん(もん)》十二年〈一五四三〉～慶長《けいちょう》二十年〈一六一五〉）を指す。加えて、花子と初音の前による「花尽くしの曲舞《くせまい》」で、四季折々《おりおり》の花が読み上げられている花尽しに関連して、花が、茶室においては四季を表現する大切な役割を担っていることも見逃せない。作者は茶の湯にも通じ、かなりの粋人《すいじん》とも推察され、おそらく文化的素養を磨く社交界につながりを持っていたのではないか。しかも作者は不詳ながらも、本文で「織部」の名前が出ていることから、当小説の成立時期はある程度推定されている。[2]

それにしても、ここまでで既に相当数の先行作品が『花子ものぐるひ』を脚色しており、この作品が能『班女』の小説化であることを見失いそうになるのは無理もないと納得するが、話は花子と少将の再会に向けてまだ続く。

下巻について

五、野上の『班女』となり、狂女に身をやつす花子

さて、男女の別れと形見の扇というモチーフになって、ここにきてようやく『花子ものぐるひ』が、能『班女』の小説化であることが思い出される。

終盤に向けて、少将の一行が行きに通った道を、今度は花子が都に向けて歩む。その途次、野上の長者から身ひとつで追い出された花子は女物狂《おんなものぐるい》に身をやつし、狂乱したと思えば物思いに沈むという両極端な精神状態にあって、周囲からからかわれ、蔑《さげす》まれながら芸を見せるのである。この下巻は、能の種別である「物狂能《ものぐるいのう》」の定型に沿って展開するが、そもそも能『班女』が、物狂能の狂女物に分類されるので当然と言える。

物狂能は狂乱状態の者を主人公とし、劇の前半で主人公が親しい人との別離を述べ、後半では、①主人公と別れた人が登場、②物狂となった主人公が登場、③主人公の芸尽し、④再会、という劇構成を取り、とりわけ、物狂イコール芸能者という設定も多く、②と③が構成上の頂点を持つ(3)。

六、都名所尽し

下巻は、花子の登場に始まる。遊女の豪華ないでたちから一転、うらぶれた女物狂の姿で中山道・近江路を進み、都に着くと、彼女を待っていたかのように京童《きょうわらべ》たちが取り囲み、芸を見せるように囃《はや》し立てる。常人ならざるいでたちで舞い歌う姿は、格好の見世物として当時の人々の気晴らしのひとつに数えられていたからである。するとそれをきっかけに、花子は都の市街(洛中)と郊外(洛外)

の名所を、西北《いぬい》→東（北東《うしとら》）→北（西北《いぬい》）→西（南西《ひつじさる》）→南と反時計回りに、名所尽しに合わせて芸を見せる。

なお、都の名所尽しとしては、江戸時代中期の安永《あんえい》九年（一七八〇）に京都で『都名所図会』が刊行されるが、当小説における「花子の都名所尽し」では、名所図会に先駆け、室町末期から江戸初期に盛行した『洛中洛外図』さながら、ことばによって、現代にも残る洛中洛外の名所（地名）がいきいきとリズミカルに描写されている。

七、狂気から解放され、少将と再会

物狂能の再会場面は、極めて類型的である。ある特定の場所に、物狂である主人公と、彼女（彼）と離れ離れになっていた人物（親・夫または妻・恋人など）が、奇しくも吸い寄せられるように集まるが、別れていた人物はいったん身を隠し、その間、物狂に芸をさせたり語らせたりする。その折り、ある道具（物）や言葉をきっかけに物狂の正体が明らかになったところで、隠れていた人物も名乗り出て再会を果たす、というものだ。花子は少将に縁のある地名、吉田に近い下鴨神社まで物狂いながら流れ着き、かたや東国から帰京した少将は、以前より掛けていた願《がん》の為に下鴨神社を訪れる。しかも二人とも、印の扇を携えている。再会に向け、こうして場面設定は整った。

既にこれまで相当な数の能の作品が引用されてきたが、ここでさらにもう一曲、今度は能『花《はな》筐《がたみ》』が引用される。『花筐』は花子が言うように、今や物狂に身をやつして帝を探し求める娘が、別れ際に帝から下賜された花籠を持っていることが決め手となり、再会を果たした物語である。花子は、その幸運な再会にあやかりたいと物狂い、「形見」という語に触発されて『古今和歌集』の有名な歌、「形見こそ　今はあだ《仇・徒》なれ　これなくは　忘るゝ暇も　あらましものを（あの人を思い出させる形見こそが私を苦しめる悩ましいものです。これが無ければあの人への愛しい気持ちも忘れることができましょうに）」を口ずさみ、扇に対し捨てるに捨てられない自らの恋心を重ね、涙にむせぶ。ここまで来ると、あとはどのタイミングで少将が正体を明かすか、ということになる。それには勿体《もったい》ぶるが、証拠の扇が必要となる。

八、証拠である扇の照合のさせ方。『班女』との違い

『花筐』では最初廷臣によって花筐を打ち落とされた後、帝がその花筐を見たいと所望するが、『班女』でも少将が証拠として扇を見せるように従者を介して言い、すぐそばに少将がいるとも知らず、即応しないながらも、花子は「月を出せる扇の会の（月が描かれたこの扉）」と、少将の扇を肌身離さず持っていることを口走る。つまり、物語の上では少将の扇が先に明らかにされるのである。花子が持つ、月が描かれた元は少将の持ち物である扇が先に言及され、対して夕顔が描かれた花子の扇が少将の乗る輿から取り出され、薄明のもと、二枚の扇が間違いなく符号して能『班女』はハッピーエンドを迎える。

一方、『花子ものぐるひ』では、少将は扇を見せよと求めながら、『古今和歌集』所収の歌によって涙ながらに少将への深い思いを吐露する花子に感激したのか、「これさだあまりにたえかねて。こしのうちより出給ひ（これさだは感激のあまり、輿の中より外へ飛び出した）」と、貴人にしては異例なまでに、感情の赴《おもむ》くまま率直にその姿を現す。これほどまでに自分を慕ってくれる人をむげに出来るものか。能『班女』では、やんごとなき青年貴公子である少将は、再会するギリギリまで間に人を介し、その声や姿を露わにしない。だがそれは、当時の身分制度の慣行からすればもっともなことであり、能で踏襲されているのは自然なことである。どちらの少将像に共感するかはともかく、より人間らしさを感じるのは、『花子ものぐるひ』の少将である。

九、能を小説化するということ。キャラクター設定の大切さ

振り返って、『花子ものぐるひ』では、少将と花子の恋は、少将が花子を見初めることから始まる。どうにもつれない花子に比べ、少将の盛り上がり方は傍から見てもあきれるほどである。だが、始めは渋る花子だったが、相思相愛となり別離を経験してからは、殊に物狂能の劇構成を下敷きにしていることからも、むしろ花子の少将に対する思いの方が深くなった印象を持たないだろうか。そこで作者は一計を案じ、互いに相手を強く求め合った相思相愛の若い二人、というキャラクター設定を保つため、最後は、少将がはやる気持ちに任せ、扇を見せるよりも先に自分の姿を現すように脚色したのではないか。いかにも人間らしく、ありきたりのハッピーエンドの再会場面ではあるが、じつは読者も、ここで感情移入しやすいのではないだろうか。能『班女』の花子と少将は、ともするとやや上品過ぎる印象があるが、小説となると、これぐらい思い切った人物造形でも違和感がない。また、花子と少将に限らず、野上の宿の主人や花子の仲間の遊女ら、作品に登場する人物はとても人間臭く、いきいきとしている。

先に、少将のキャラクター設定が能『班女』のそれに比べ人間らしいと評したが、じつは、当小説では、もうひとつ『班女』から大きくキャラクター設定を変えている点がある。それは、野上の宿の長を、能では女性であるところを男性に変え、しかも夫婦仕立てにしていることである。この改変は作者の判断に他ならないが、宿の長が夫婦であることと、花子が花のしずくから生まれ、かつ、並外れて才色兼備であるという典型的な申《もう》し子譚《ごたん》の設定は、平安時代に書かれ、「物語の出《い》で来《き》はじめの祖《おや》」と『源氏物語』で言及されている『竹取物語』の人物設定と重ならないだろうか。

見方を変えれば、これは、舞台の上では小道具を含めおよそ余分なものは省《はぶ》き、類型に合わせ、物語の世界を凝縮された空間の中で造形しようとして、時に難解な印象を与えてしまう能から出発し、読む者がより自由にイメージしやすいように、物語の間口を広げることを狙っての改変とも読める。

ちなみに、現在上演される『班女』と、古い形の『班女』では配役の少将やその従者の扱いが異なる。現行の配役は、少将はワキ（脇役に相当）で少将の従者（二・三人）はワキ連《ツレ》（ワキに連れられて登場する人物）だが、古い形では、少将はワキではなく、シテ（主役）に連れられて登場するツレ（またはワキ連）だった。従者はワキ連だが、ほかに現行にはない「都の男」がワキとして後場に登場し、花子に面白く狂ってみせよとけしかける。つまり、『花子ものぐるひ』における京童に相当する役が本来あったのである。(5) ことによると、『花子ものぐるひ』は、世阿弥時代から約六百年にわたり受け継がれてきた、『班女』という能の過渡期を映しているのかもしれない。

いずれにせよ、公家物・恋愛物というと、現実味が薄く、読者と作中の人物との間にはなんとなく隔たりが生じたりするものだが、文字を追いながら生身の人間を紙面に感じ、感情移入する時、読者にとってそれは能を観る時と違う経験となる。それこそまさに物語の作者が目指した世界ではないだろうか。

さらに、作者が執拗なまでに内外の古典作品や能を引用したり、茶の湯や花に通じ、中山道や近江路、都の名所に精通している点を首尾一貫して小説の随所で示している姿勢からは、能の役者かその周辺の者、それもかなり上流の人々と交流があったことが忍ばれる。自身の博覧強記ぶりを作品を通じて誇示しようとする点は、「能ある鷹は爪を隠す」のことわざを借りれば鼻に着く一抹《いちまつ》のいやらしさが感じられ、もう少し取捨選択して作品を洗練させるべきではなかったかとも思う。だが、もし読者として、当小説を完璧に読み解きたいならば、取り上げられた作品に可能な限り当たってみるのも、あながち無駄ではないかもしれない。

注

（1）『日本古典文学大辞典』「花子ものぐるひ」項（岩波書店、一九八三年）
（2）『お伽草子事典』「花子ものぐるひ」項（東京堂出版、二〇〇二年）
（3）『新版　能・狂言辞典』「物狂能」項（平凡社、二〇一一年）

（4）狂言方の役者が演じるアイ（宿の長）は「ビナン縫箔《ぬいはく》着流《きながし》」と、鬘《かずら》を付けない場合の典型的な女性の扮装である。

（5）岩波古典大系『謡曲集　上』『班女』備考において、「少将の従者が直接シテ（花子）に問いかける現在の形は、筋の点で無理だ」（三四〇頁）と指摘している。

翻刻

『室町時代物語大成』第十（角川書店、一九八二年）

国立国会図書館蔵『花子ものぐるひ』寛文延宝頃刊本

図版

右掲国会図書館本

参考文献

横道萬里雄・表章校注『謡曲集　上』日本古典文学大系、岩波書店、一九六〇年

辻惟雄編『洛中洛外図』日本の美術　一二一、至文堂、一九七六年

渡辺実校注『伊勢物語』新潮古典集成、新潮社、一九七六年

伊藤正義校注『謡曲集　下』新潮古典集成、新潮社、一九八八年

藤井隆編『御伽草子新集』和泉書院、一九八八年

阿部秋生ほか 校注・訳『源氏物語 三、四』新編日本古典文学全集、小学館、一九九五、六年
長谷川端校注・訳『太平記 二』新編日本古典文学全集、小学館、一九九六年
『古典文学植物誌』學燈社、二〇〇二年
小島道裕『描かれた戦国の京都 洛中洛外図屏風を読む』吉川弘文館、二〇〇九年
群馬県立歴史博物館・米沢市上杉博物館・林原美術館・立正大学文学部編『洛中洛外図屏風に描かれた世界』三館共同企画展『洛中洛外図屏風に描かれた世界』プロジェクトチーム、二〇一一年
米沢市上杉博物館『図録 国宝「上杉本洛中洛外図屏風」(改訂版)』米沢市上杉博物館、二〇一七年
西野春雄・羽田昶編『新版 能・狂言辞典』平凡社、二〇一一年
小林責・西哲生・羽田昶著『能楽大事典』筑摩書房、二〇一二年

歌人伝説

『花鳥風月』

〈かちょうふうげつ〉

●現代語訳

◉扇の絵を占う巫女姉妹

萩原院《はぎわらいん》（花園天皇）の時代に、京都西山の葉室《はむろ》中納言邸で公卿《くぎょう》や殿上人《てんじょうびと》たちが集まり、梅は散り桜はまだの頃の雨が降り続いた春の日に、退屈のあまり扇合わせを行なった。中国・日本の物語、『古今和歌集』『万葉集』の和歌の心などさまざまに描かれた扇のなかに、山科《やましな》少将が出した扇に珍しい絵があり、姿かたちが美しい公家と、そばに口をおおった女房が巧みに描かれていた。人々はこれをご覧になり、業平だと言う人もいれば、源氏だと言う人もいて、二手になって議論をなさった。

なかでも葉室中納言の意見では、「この絵の疑問を晴らしましょう。ここに稀にみるすぐれた巫女がいます。出羽国羽黒（現在の山形県）出身の姉妹で、姉は花鳥《かちょう》、妹は風月《ふうげつ》といい、空飛ぶ鳥を祈り落とし、過去・未来を問うと明鏡のごとく何でも答え、「指すの神子《みこ》」というべきほどの上手です。特にあずさ弓にかけての口寄せは神わざです。最近この辺りにいると聞いたので、呼んでこの議論について占わせるか口寄せをさせましょう」とおっしゃれば、人々は「面白い。急いで呼びましょう」と言う。

山科少将は、「近頃一興あることです。源氏・業平の争論を勝負にして、後日の思い出にしましょう。源氏とおっしゃる方々は源氏のこと、業平とおっしゃる方々は業平のことを、今の世のことのようにお尋ねしましょう」と言う。

そうするうちに、巫女の姉妹が来た。姉は、格別な香りのする、裏地が柳色で表地が桜色の衣服に、紅の袴《はかま》をはき、赤く美しい唇で、青黒色の眉墨をほのかに付けており、花鳥の名のとおり、春の初音が聞こえる今日にたまたま咲いた、春の花よりも目を奪われる姿であった。妹の風月は、紅葉《もみじ》重《がさね》の二つ衣に紅梅の袴をはき、白雪の肌は透きとおり、玉のかんざしが揺れ、蘭麝《らんじゃ》の香りが香ばしく、嵯峨野原《さがののはら》の女郎花《おみなえし》のような風情で揺れるように現われた様子は、まさに風月の名のとおりであった。

◉在原業平の霊

人々が「さぞ不思議なことと思われたでしょうが、尋ねたいことがあってここまでお呼びしまし

【図 1】西尾市岩瀬文庫所蔵『花鳥風月』扇の絵をめぐり議論する公家たち

た」とおっしゃれば、巫女は「不思議には思いませんが、呼ばれたので参りました。若い方々の御もてあそびになりましょう、何でもお尋ねください」と言う。業平方の人が「今尋ねる人はこの世にいる人かいない人か、その名は何か、男か女か、詳しく占ってください」と言えば、花鳥が承知して短冊一つ取り出してじっと見て言うには、「あら面白い占いよ。『めったに死後を訪ねる人もいないのに、何しにお訪ねなさったのですか。私は天長二年三月二十一日に誕生し、淳和・仁明・文徳・清和・陽成の五代の天皇にお仕えしました。元慶四年正月二十八日に五十六歳で死んだ者の跡です』と占いに見えます。これは間違いなくいにしえの業平をお訪ねしました。当て推量と思われますか」と言う。

人々はこれを聞いて目を見合わせ、あまり

の不思議さに、「これはありえません。なんで今業平を訪ねられましょう。よく占ってみてください」と言えば、花鳥はこれを聞き、「間違いではありません。疑問に思われるなら、私があずさ弓にかけて答えます。風月、問い手になってください」と言ってあずさ弓を打ち鳴らし、一首の和歌に、

思うこと言はでただにややみなまし　我と等しき人しなければ

（思うことは言わないでおこう、自分と同じ心の人はいないのだから）（『伊勢物語』一二四段の和歌）

と詠み、「そもそも私は閑麗王《かんれいおう》のまめ男の名を得て、生涯で契りを結んだ人の数は三七三三人です」と言う。そこで風月が、「私が尋ね手になって人々に聞かせましょう」と提案した。

風月「五条の后とはどなたのことでいらっしゃいますか」。

花鳥「閑院相太政大臣冬嗣の娘、仁明天皇の女御、文徳天皇の母です」。

風月「染殿の后とはどなたのことですか」。

花鳥「摂政太政大臣良房の娘、文徳天皇の后、水尾帝の母です」。

風月「二条の后といって、東の奥まで盗み取り、特にあなた様を苦しめたのはどのような人か」。

花鳥「まあ懐かしい人の名、尋ねてくださって嬉しいものだ。それこそは中納言長良卿の娘、清和天皇の后。御年は十五歳で業平は三十二歳でした。后になってからは遥か先から密かにお会いしていました。ある時は鬼一口に恐ろしい目に遭い、ある時は武士を恨み、隅田川では都鳥に話しかけ、宇津山《うつのやま》では人に言づけし、あれこれ心を尽くした人のことです」。

風月「さて、伊勢斎宮のことはどうですか」。

花鳥「ああ、もったいない。文徳天皇の二番目の娘、畏れ多くも伊勢斎宮の女御であられるのを、貞観十年に業平が狩の使いで初めてお会いしました。朝の言葉で、『君やこし我やゆきけんおもほえず　夢かうつつか寝てか覚めてか』（あなたが来たのか私が行ったのかわかりません、夢だったのか目が覚めていたのか）（『伊勢物語』六九段の和歌）と仰せられたのはありがたいことです」。

風月「さて、飾り粽《ちまき》の女は」。

花鳥「兄行平卿の娘、貞数親王の母であられます」。

風月「さて、弁の御息所は」。

花鳥「右大弁広かたの娘、仁明天皇の御息所です」。

風月「生心ある女というのは誰のことですか」。

花鳥「それこそ天下に並ぶ者がない、色好み出羽の郡司小野良実の娘、小野小町のことです」。

風月「きつにはめなでと詫びたのは」。

花鳥「陸奥国介坂上のとうなんの娘」。

風月「また、染河の女とは誰」。

花鳥「筑前国青木ののたし中原親宗の娘」。

風月「つくも髪の女は」。

花鳥「治部丞藤原むねながの母しげ子のことです」。

風月「さて、よひととは誰」。

花鳥「それこそ伊勢のことです。この他数々ございますが、多いので言いません」。おおよそ『伊勢物語』の解釈はそれぞれ家々の口伝《くでん》によって異なり、どの家の和歌を用いたのかを詳細に問答したが、名を隠して業平とおっしゃらなかったので、風月が、「そのように隠すことはないでしょう。巫女の骨折りですので早く明かしてください。まさに心から業平の御ことを尋ねているからこそ、このように言っているのです。」と言うと、「本当のところ、お尋ねの人は業平ではありません。人違いです。それこそ占いにあずさ弓でお尋ねの人が現われ出るでしょう」と言ったので、これを聞いて人々は身の毛もよだつばかりであった。

【図2】国立国会図書館所蔵『花鳥風月』（古活字本）公家たちと、あずさ弓で占う巫女花鳥

◉光源氏の登場

さて、源氏とおっしゃった人が進み出て、「占いが合わなかったことは先ず置き、聞き捨てなりま

せん。私はちょっと尋ねたいことがあります。これは必ず入念に占ってください。人違いならばどのような人であるのか、疑問が晴れるように聴聞します」と言うので、（花鳥は）「承知しました。本当に大事なことをお尋ねになるならば、私たちは三尺の鏡を神鏡として崇め奉っています。この前では、生き霊・死霊・人間・畜類・仏神三宝、何でも祈って現われないことはありません。お尋ねの人を今この鏡に祈り出して皆様に奇特をお見せしましょう。先ず多念行力《たねんぎょうりき》を入れ奉り、神鏡の御前で鏡の徳を申します。そもそも鏡は、日本の朝廷の本主天照大神《あまてらすおおみかみ》の御影を内侍所にお移しして以来、神鏡の威光は朗らかで濁世を照らすものです。遠くは上古をみるに、黄帝は軒に神鏡を懸けてついに上界を従え、唐の太宗は人を鏡としたため、天下はみな七徳の誉れをうたいました。（秦の始皇帝の）阿房宮に立てた鏡は酔夢の旧跡、誰が鏡をたたえないことがありましょう。止観には鏡像円融のたとえがあり、華厳では十鏡一等を表わしています。ようめい禅師は『そう鏡録』を編纂し、しんしゅう和尚は心を明鏡の台にたとえました。

　年を経て花の鏡となる水は　ちりかかるをや曇るといううらん

（年月がたって花を映す鏡となっている水は、塵がかかって曇るのではなく、花が散りかかって曇るというのであろう）（『古今和歌集』巻一、伊勢の和歌）

「不思議なことに、あの紫の上が須磨の別れを悲しまれ、『鏡を見ても慰めてまし（〔あなたの姿が鏡にとどまるものならば〕鏡を見て慰さむことができるでしょうけれど）』と詠まれた昔のことがふと心に浮かびましたので、光源氏のことをお尋ねください。なおも心をこめて祈り現わしてみせましょう。

清水と比べてもよく澄んでいるのは、鏡を磨いているからです。ここに、私たちは手を合わせ、それぞれ『教法、恐々』と恐れ、『稽首』と敬い、『再拝』と伏し拝んで申します。願わくは一面の鏡の上に今お尋ね申し上げている亡霊が形を現わし、たちまち諸人の疑問を晴らしてください。そうすれば、今尋ねている昔語りでは、かたじけなくも神武天皇の御子孫、治世無双の賢君の御名はことさらに申しません。かの物語の初めにも、『いずれの御時にかありけん』とわざと隠していますので、もちろんどうして言いましょう。なおも不審に思うなら、我が身を光源氏の姿に祈り変えて鏡に映し、人々に奇特をお見せしましょう」と言って、花鳥が「雲隠れした夜半の月、光をまた現わそう」とくり返し三回うたうと、目の前の鏡に扇に描かれた絵のような貴公子が、直衣《のうし》を着て冠をかぶった姿でいたことこそ不思議なことだ。

人々が不思議に思って見ていると、花鳥が光源氏に代わって、「桐壺天皇の第二の皇子六条院とは私のことです。たやすくは名乗らないと思いましたが、死後は愛別離苦の罪に沈んでいまだに浮かぶすべもない。それならば在世の時のことを語って罪を滅ぼそうと、懺悔の功徳《くどく》により少しは罪を免れようと思い現われました。これも他生の縁があるからです。方がた、必ず後を弔ってください。罪障を懺悔します」と言う。

「私は三歳の秋の頃、母更衣に先立たれ、涙も添えて虫の音も絶えない浅茅生《あさじう》の荒れはてた家に育ち、小萩の寂しさまで養育された御恩恵に、畏れ多い勅によって源氏の姓をいただき、相人《そうにん》の高麗人が光という名をつけて以来、光源氏と呼ばれました。帚木《ははきぎ》の巻で中将、紅葉賀の巻で正三位、葵《あおい》の巻で大将となり、賢木の巻で二十二歳にて父帝が亡くなられました」。

「かの花の宴のあった春の夜の朧月夜との契りのために、二十五歳の時に摂津国須磨の岸辺に移され、翌年の春より播磨国明石に海岸伝いに移り、夢でさえ語って慰める人もいなかった。それにしても、三年も岸辺に住んで寂しく、海岸にま近い柴の家で、葦の垣に網戸は竹、寝床などは菅の筵《むしろ》で、慣れない住まいであった。人里離れた所だったので、都からの便りがあれば涙で月の顔も曇り、小さな舟を眺めながら塩焼きの煙に身を悲しみ、柴を敷いた須磨の山から吹く風を思い、後の山の近くから鹿の声が聞こえ、波に降る雨は潮に落ちる音がし、旅衣の身で悲しい思いで見渡せば、淡路島の山がかすかに見え、誰が住む里なのか遠くから見てもりっぱな真木の戸の家まで見え、思い残さないことはなかった。渚の苫屋《とまや》に聞こえるのは、友を呼び合う友千鳥、海人《あま》のさえずり、水鶏《くいな》の声、にわか雨がしめじめと私の袖を泣き濡らし、高潮のつらい音を聞いて過ごした。せめてもの慰めにと移し植えた若木の桜は咲いたが、田舎に住んでいつのまにか山賊めいた田舎人の私が懐かしむ都の思い出として、上巳《じょうし》の日の祓・撫物《なでもの》の送り物に、響く笛の音はさすがであった」。

「そうするうちに、天下に勅が下されてまもなく都に召喚され、もとの位に戻り、権大納言に昇進し、その後、続いて澪標《みおつくし》の巻で内大臣、小女《おとめ》の巻で太政大臣、藤裏葉の巻で太上天皇となり満足を極めたが、紫の上と死別したため、稲妻が光を隠す短い夢の世の中で、恋愛を心懸けて着飾り、身分の高い人も卑しい人も、夫がいる人もいない人も隠れては現われ、恋い慕う女の思いは積もったであろう。愛する人に早く死に別れ、後世までも苦しむことこそ、我が身ながらも愚かなこと

【図3】西尾市岩瀬文庫所蔵『花鳥風月』
鏡の中の末摘花と、巫女・公家たち

だ」と、迦領頻伽《かりょうびんが》の声をあげて泣きながらくどくどと語ったので、皆が興味深く憐れで不思議な心地になったところに、妹の風月が正気がなくなった様子で、「あらまあご覧ください、鏡に童も現われ出ました。恥ずかしくも末摘花《すえつむはな》がはかなそうに」。「よくよく(よく姿を見せて下さい)」と三回うたうと、扇に描かれた絵のように口をおおった女房になり、光源氏の姿が少し立ち去るように見えたので、この女房は、「あなたはどこへ行かれるのですか。この世では疎まれようとも、冥土では愛念と執心の鬼となって影のごとく寄り添い、形のごとく離れません」と言った。

◉末摘花の嫉妬

そうするうちに、花鳥は源氏の姿になって言い、風月は末摘花の幽霊になって問答をした。その時、源氏が「そもそもどのような人であれば見たくもない姿なのか。恥ずかしく思っているからこそ口をおおっておられるのであろう。人々がご覧になっているのに見苦しい振舞だ。早く立ち去りなさい」とおっしゃれば、「私が誰かを知らないのか。大夫《たいふ》・命婦《みょうぶ》にお聞きなさい。常陸宮の娘です。私はなまじ六条院で数多《あまた》のなかに入ったけれども、名も卑しい蓬生《よもぎう》の枯れたような途絶えた契りが恨めしかったので、人知れず嫉妬心があったけれども、はかない身を恥じ、知らん顔で過ごしてきました。たとえ生とは離れていても、愛念の煩悩は消えないので、なおもつれない人のそばにいます。我が身は離れません」と言って、なおも源氏に寄り添えば、源氏がおっしゃるには、「あの伊勢の御息所こそ物語で嫉妬心を持ち、困ったことであったが、末摘花のことは嫉妬していたとは物語にも見えない。では何の恨みでここまで来たのか。早くお帰りなさい」。「いいえ、物語には書かれていなくても、今まで末摘花の名を得たのに、見たくもない姿とは、ああ恨めしいお言葉よ。もう過ぎたこととはいっても嫉妬で狂ってしまう」。

「葵の上というのは、摂政殿の娘で高貴な方であり、目障りと思っていたが、夕霧の君を生んでほどなく亡くなり、うれしかったこと。紫の上というのは、そのゆかりをたずね、幼い時より引き取ってお育てになったので、ご愛情も深く、またこれに匹敵する人もいない。特に大事にされた関係をただ羨ましく思っていたが、若菜の巻で病気になり、御法《みのり》の巻で亡くなられた。世の中は歎き騒いでいたが、私はそれほどには思わなかった。花散里というのは、麗景殿《れいけいでん》の妹で、大事にされなかったことは我が身にも思い知らされ、気の毒とは思ったが、よいとまでは思わなかった。明石の上は、中宮のあのめでたいことからしても馬鹿にしにくいので、見聞きするたびにしらけた思いがする。六条の御息所は物の怪となって現われて皆に怨まれ、そんな心の奥の恐ろしさを思うと、この人を憎まないではいられない。女三の宮は、父帝が特に可愛がっておられ、あのつれない人に譲ったが、衛門督《えもんのかみ》（柏木）の恋心が煙くらべに表わされ、源氏のお心にも入らなかったので、人とは違う私の心にも面白く思われて過ぎていった。継母の藤壺と朧月夜のことはとりわけ憎いので、光り輝く玉のきずを言いふらすのも情けなく、さすがに源氏のためにも気の毒であるので、世語りとして聞いてほしい。なかでも憎らしいのは、夕顔の遺児の玉鬘の尚侍は継娘であるが、養君として大事に養い、夜は夕闇の頃に篝火を灯させて、琴を枕にうたた寝をなさるのはふさわしくないこと」。

「空蝉の尼君などとるに足らない人まで、そのような（源氏との）ことを聞けば、人知れず嫉妬の炎となって胸を焼き、愛念の炎が身を焦がす。また、ひるがえって考えると、妬むのも誰のせいか。つまらないことは打ち捨て、恨みは最後には消えましょう。せめて鏡のなかで恋しい人を見るために鏡に近寄って見れば、あたりも光るお姿に香が満ち、おそばに自分の姿を並べれば、薄汚れた小袿《こうちぎ》に黒貂《ふるき》の皮衣を上に着て、普賢菩薩の乗り物と書かれた文を身にしみて悟り、恥ずかしいので、日頃の愛念の煩悩を思い切り嫉妬の心をひるがえして、これまでの恥ずかしさを懺悔し、後悔の涙が止まりません」と、袖の涙をしぼっておっしゃるので、源氏は、「なんとつつましくお思いか。そもそもあなた様を今では訪ねる人もいない。何をしにここに来られたのか」。「まだわかりませんか。ただ今人々の疑問となっている扇の絵は、いつぞや雪の朝にお帰りになった時、松の雪を払わせて、

ふりにける頭の雪を見る人も　おとらずぬらす朝の袖かな

（門の鍵を預っている老人の頭の白雪を見ていると、私までも涙で朝の袖をぬらしてしまう）

とお詠みになった時、私も誘われ出たところを描いた絵であるので、この絵をたよりに現われ出て、日頃の恨みを言いました。ここまでです。皆に暇を言って帰ります。ただ今語ったことも罪障懺悔につなげ、あとを弔ってください」と、涙を流しておっしゃれば、鏡に見えた姿は消え、風月ももとの心に戻って夢が覚めたようであった。

◉『源氏物語』の概略

人々は不思議な思いがした。まだ源氏の姿は鏡にあり、花鳥も源氏の霊が来ている様子もなかったので、葉室中納言が進み出ておっしゃるには、「めったにない稀縁です。この絵の疑問から、昔の話として聞いていたことを目の当たりに見て、輪廻の宿縁ですので菩提をねんごろに弔いましょ

う。詳しくお話し下さい」。

源氏は「お安いご用です。何でもお尋ねください」と言うので、「そもそも、『源氏物語』はいつの天皇の世のことを書いているのですか」。答えて言うには、「先代のことはさておき、桐壺天皇より始めて、朱雀院、冷泉院、今上、東宮の五代のことを取り上げています」。「后のことで分からないことがあります。先ず朱雀院の御母はどのような人ですか」。「二条関白悪大臣の娘で、弘徽殿《こきでん》太后宮です」。「冷泉院の御母は」。「先帝の宮で、薄雲の女院、または藤壺とも輝く日の宮ともいいます。さまざまな説があります」。「さて十帖は」。「光が死んだ後、孫の匂兵部卿、子の薫大将のことを書き添えています」。

「およそこの源氏というのは、一葉が先ず散った桐壺の秋の思いを初めにし、名だけを残す帚木の心も知らず旅寝をし、中川の方違えで懲りることなくなおも人柄を懐かしみ、夕顔の形見の袖を濡らした露は消え、年をとっても若紫は頼まれもしないのに幼い頃から育てた甲斐があった。青海波の舞人の立居振舞で忘れられないのが紅葉の賀の御遊び、気がかりな藤壺が受け入れたかった花宴、賀茂祭の御阿礼での葵草の飾り車の争いも後には夢となろう。かの野宮の旅宿で一枝折った榊葉の香を懐かしみ、吹く風が花散里を過ぎ、なおも懲りない須磨の思いは竹を編んだ垣の内、夜の月下を浦伝いに明石へ行き、なおも澪標で思い、左右の絵合わせで争い騒ぎ、松風はどこに行ったのか、薄雲の煙の果てても憐れなことだ。世の中は朝顔の花の露、なお小女子《おとめ》が形見に残した玉蔓、富裕な我が身の梅枝、藤裏葉も時が過ぎ、若菜も年とった。私が死んだ後、柏木がはかなくも夢で伝えた横笛を吹いて呼んだ山風、夕霧が晴れた小野の里。そもそも教主釈尊は御法の道をたずねつつ、夢幻の迷いはついには涅槃に雲隠れし、いざともに罪障の雲は厚くても、懺悔の功徳で闇が晴れ、心の月が現われよう。嬉しいことに、ただ今の狂言綺語の戯れは、花鳥・風月を縁として無常菩提に到らしめ、煩悩即菩提と今こそ思い悟りました。暇を申します、皆さん」と言い、花鳥が座敷から立つと鏡の姿も消え、巫女ももとの姿になった。

これを見聞きした人は夢幻の心地で現実とは思えず、興味深さも不思議さも普通ではなかったので、人々のほうびは並ではなく、巫女は小袖十重と沙金十両を賜って帰った。

花見には群れて行けども青柳の　いとのもとには来る人もなし

（お花見には皆が行くが、春先の芽吹き始めた柳を見に来る人はいない）（『花鳥風月』文禄四年奥書本のみにみえる和歌）

春霞たちな隠しそ花さかり　見てだにあかぬ山の桜を

（春の霞よ、隠さないでおくれ、花盛りで見あきることのない山の桜を）（同右の和歌）

。扇合わせ…左と右のチームに分かれて一人ずつが対向し、それぞれが出した扇の絵の優劣を判

日本の表装と修理
岩崎奈緒子・中野慎

近世・近現代 文書の保存・管理の歴史
佐藤孝

北条氏発給文書の研究 附 発給文書目録
北条氏研究会

鎌倉北条氏人名辞典
菊池紳一［監修］／北条氏研究会［編］●18,00

戦国期武田氏領の研究 軍役・諸役・文書
柴辻俊六［著］●9,800

歴博甲本洛中洛外図屏風の研究
小谷量子［著］●10,000

日本建築の歴史的評価とその保存
山岸常人［著］●17,000

琉球船漂着者の「聞書」世界 『大島筆記』翻刻と研究
島村幸一［編］●10,000

甦る「豊後切支丹史料」
バチカン図書館所蔵マレガ氏収集文書より
松井洋子・佐藤孝之・松澤克行［編］●12,000

日本近世社会と町役人
望月良親［著］●6,000

近世都市の常態と非常態 人為的自然環境と災害史
渡辺浩一／マシュー・デーヴィス［編］●7,000

近世豪商・豪農の〈家〉経営と書物受容
北奥地域の事例研究
鈴木淳世［著］●10,000

者が定めるゲーム。
○業平…在原業平《ありわらのなりひら》。平安時代初期の官人で歌人。阿保親王と伊都内親王の子。『伊勢物語』の主人公とされている。
○源氏…『源氏物語』の正編の主人公。桐壺帝の皇子で、臣籍に下って源氏の姓を賜った。
○「指すの神子《みこ》」…占いのよくあたる占い師のことをいう。
○あずさ弓にかけての口寄せ…梓の木で作った弓の弦で音を鳴らして霊を呼び寄せること。
○嵯峨野原《さがののはら》の女郎花《おみなえし》…京都の嵯峨野は女郎花などの秋草で有名なところであった。
○閑麗王《かんれいおう》のまめ男…みやびやかでうるわしいことで知られた色好みの男性。
○鬼一口《おにひとくち》…『伊勢物語』六段に、盗み出した女性が鬼に一口で食べられてしまった話がみえる。
○宇津山《うつのやま》…『伊勢物語』九段に、駿河国の宇津山（現在の静岡市と岡部町の境め）で知人に遇った話がみえる。
○黄帝…中国の伝説上の帝王。車・船・鍋・鏡を発明し、文字・音律・度量衡・医薬・衣服・貨幣を初めて制定したといわれている。
○止観には（中略）明鏡の台にたとえました…「止観」は仏典の『摩訶止観』、「華厳」は『華厳経』のことと思われる。詳細は不明だが、いずれも鏡に関わる仏教の言葉・書名である。
○勅…天皇の命令。
○相人《そうにん》…人相をみる人。

◦塩焼き…漁民が塩を作るために、藻塩草を焼いたり、海水を煮たりすること。

◦友千鳥…群れ集まっている千鳥。

◦海人《あま》のさえずり…漁民たちのことば。

◦上巳《じょうし》の日の祓・撫物《なでもの》の送り物…三月上旬の巳の日に自分の身のけがれを移した人形《ひとがた》や撫物を陰陽師に渡し、お祓いしてもらって川や海に流した。

◦迦領頻伽《かりょうびんが》…極楽浄土にいる鳥で、美女の顔で美しい声をしている。

◦大夫《たいふ》・命婦《みょうぶ》…いずれも律令制では五位以上で、平安時代には貴族に家来・仕女として仕えた。

◦蓬生《よもぎう》の枯れたような途絶えた契り…『源氏物語』蓬生の巻には、源氏の援助が途絶えた末摘花の邸内が、蓬生が生い茂げって荒れ果てていたことがみえる。

◦伊勢の御息所《みやすんどころ》…六条の御息所。伊勢の斎宮になった娘とともに伊勢へ下向した。

◦中宮のあのめでたいこと…源氏と明石の君との娘は帝の中宮（皇后）になった。

◦煙くらべ…『源氏物語』柏木の巻では、病床の柏木が、女三の宮の手紙の和歌にみえる「（物思いの炎の）煙くらべ」をこの世の思い出にする、と返事の手紙を書いている。

◦普賢菩薩の乗り物…象のことで、末摘花の鼻は象の鼻のように高く伸びて先が赤らんでいた。

菅原正子……SUGAWARA Masako

◉花鳥風月

巫女が占う光源氏と在原業平の世界

日本が世界に誇れる文化の一つがアニメ・漫画の文化である。今では世界の子供たちが日本のアニメや漫画を見ながら大人になってゆくのであり、その影響力は大きい。その日本のアニメ・漫画の源流となったのは、十五～十七世紀頃に多くの物語の作品が生まれたお伽草子ではないだろうか。お伽草子の作品には挿絵が付いているものが多く、絵はお伽草子のなかでも重要な役割を果たしている。お伽草子の架空の物語と絵は、まさに漫画やアニメの原点といえよう。

お伽草子の『花鳥風月』も挿絵のある伝本が多い。挿絵が絵具で描かれているお伽草子の写本は一般に奈良絵本と呼ばれており、絵巻物の場合は奈良絵巻と呼ぶこともある。「奈良絵本」の名称は明治時代に古書界で用いられるようになったが、その由来については諸説があり定かではない。『花鳥風月』には比較的にカラフルな奈良絵本が多く、絵が『花鳥風月』の魅力の一つになっている。『花鳥風月』のもう一つの魅力は、美しい巫女の姉妹があずさ弓と鏡を使って在原業平《ありわらのなりひら》と光源氏の霊を呼び出すという、非現実的な不思議な世界である、この不思議な世界を生み出した根底には、平安時代の代表的な文学作品の『伊勢物語』と『源氏物語』を楽しみながら読者に学習してもらうというもくろみがあり、仏教的な教訓もみえる。そして、物語の舞台となった時代と場所は、鎌倉時代後期に実在した花園《はなぞの》天皇の時代の、実在した公家たちの集まりの場であった。この非現実と現実が混在した不思議な世界について、実在した公家や口寄せ巫女、挿絵に描かれた服装などから解き明かし、さらに本文内容の特徴と制作者像から、お伽草子の存在意義についても考えてみたい。

『花鳥風月』のあらすじ

萩原院《はぎわらいん》（花園天皇）の時代、京都西山の葉室中納言《はむろちゅうなごん》の邸宅で、公家たちが集まって扇合わせという遊びをした時に、山科少将が出した、美しい公家と口をおおう女性の絵が描かれた扇の絵をめぐり、これは在原業平か光源氏かと人々の意見が二つに分かれた。そこで、出羽国羽黒の出身の巫女の姉妹花鳥・風月をその場に呼び、あずさ弓にかけ口寄せをして二人の霊を呼び出してもらう。初めに花鳥の口寄せで登場した在原業平の霊は、問い手となった風月に問われるままに数々の女性

【図1】慶應義塾図書館所蔵『扇合物かたり』(『花鳥風月』)(筆者撮影)
左頁は扇合をする公家たち、右頁は縁側に巫女の花鳥と風月

たちについて語る。次に光源氏の姿が鏡に現れて自分の素性を語り出し、末摘花の霊も現れる。花鳥は源氏の霊に、風月は末摘花の霊になって問答をし、末摘花の霊は源氏と関係があった数々の女性たちへの恨みごとを述べた後、扇の絵は雪の朝に源氏を送るために御簾の外に出たところを描いたものであると言い、嫉妬の念を後悔し懺悔をして消える。源氏は、『源氏物語』の時代や人間関係、各巻の名を織り込んだ言葉を述べ、このおかげで菩提に至ったことを喜んで消える。人々は不思議な体験に感動し、花鳥・風月に多くのほうびを与えて帰らせた(1)。

実在した公家たち

『花鳥風月』の冒頭には「はきはらのゐ

んの御とき」（萩原の院の御時）とある。この萩原院は花園天皇のことである。花園天皇は鎌倉時代後期の延慶元年（一三〇八）から文保二年（一三一八）に在位した天皇で、建武二年（一三三五）に出家した後、京都西北の花園にあった御所の萩原殿に移り住み、萩原院とも呼ばれた。花園天皇は学問を非常に好んだ天皇として知られているが、実は幼少のころから絵が好きで、日記『花園天皇宸記《しんき》』にも絵を描き残しており、その技量はかなりレベルが高い。

この物語に登場する葉室中納言と山科少将は、花園天皇の時代に実際に存在していた。公卿の官位・官職を記した『公卿補任《くぎょうぶにん》』の文保元年（一三一七）の項によれば、葉室長隆が同年の二月五日～六月一日に権中納言であった（中世では「中納言」のほとんどが権中納言）。また、山科少将に関しては、宮内庁書陵部所蔵『山科家系譜』の家伝によれば、山科教行《のりゆき》が左中将で元弘三年（一三三三）に三十六歳（数え年）で出家しており、文保元年に少将であった可能性がある。また、山科家が山科を家号としたのはこの教行の頃である。なお、教行は教定の長男で、教定のいとこ資行の養子《ようし》となったが、教定の三男教宗（教行の実弟）が文保元年五月に少将に任じられている（『花園天皇宸記』）。山科少将は、教行かあるいは教宗を指していると思われる。『花鳥風月』の作者は、これらの史実を知っていて物語を書いたのであろう。

お伽草子の作者は、ほとんどの物語では不明である。しかし、『花鳥風月』の場合、宮内庁書陵部所蔵『伊勢物語口伝次第《くでんしだい》』のなかに引用されている、葉室家相伝の史料に基づいて書かれた部分が、『花鳥風月』にみえる内容とそっくり同じであることが徳江元正氏によって指摘されている。おそらく、葉室家の人かあるいはその周辺の人が、物語のなかに同家の先祖を登場させて『花鳥風月』を作ったのであろう。

口寄せをする巫女

『花鳥風月』の扇合わせの場には、扇の絵の謎を解くために出羽国（現在の山形県）羽黒出身の巫女の姉妹が呼び出される。この姉妹は、姉が花鳥、妹が風月といい、空飛ぶ鳥をも祈り落とし、過去・未来のことも問われるままに明らかにし、「指すの神子《みこ》」といわれるほどで、まるで陰陽師の安倍晴明のような巫女たちであるが、特にあずさ弓で口寄せすることを得意としていた。口寄せをする巫女は実際に存在し、現在も東北地方の北部では、巫女の多くはイタコと呼ばれて口寄せを行なっている。口寄せとは、神や死者の霊を呼び出してそれらの言葉を霊媒者が代わりに語ることである。

口寄せをする巫女は特に東北地方に集中しており、青森県の下北半島にある恐山《おそれざん》の巫女は、現在も活動しているイタコのなかでも特に有名である。桜井徳太郎氏によれば、東北地方の口寄せの巫女たちは、古くはあずさ弓を使って口寄せを行なったという。現在は、東北地方の北部にまだあずさ弓を使っているところがあるかもしれないが、多くは一弦琴や鉦《かね》(円形の打楽器。どら)などに変わったり、あるいは数珠だけで済ませたりしている。『花鳥風月』に登場する口寄せ巫女の姉妹はあずさ弓を使って霊を呼び出し語らせており、まさに古い形の口寄せである。巫女があずさ弓を使って霊の正体を占うことは、世阿弥《ぜあみ》作と推定される謡曲『葵《あおい》の上』にもみえ、室町時代には行なわれていた。『花鳥風月』の物語は『葵の上』からヒントを得たのかもしれない。

あずさ弓は、神事などで使われた小さな弓である。イタコの口寄せのときは、弓入れ箱を台にし、その上にあずさ弓を置き、弓の糸（弦）を矢などの棒で打ち鳴らしながら口寄せして語ったという。お伽草子の絵巻物『鼠の草子』では、人間の妻に逃げ去られた鼠の権頭が、巫女にあずさ弓で元妻の霊を呼び出してもらって口寄せで語らせているが、この巫女も箱の上に弓を置き、もう片方の手に棒を持っている。天理大学附属天理図書館所蔵『花鳥風月物語』の絵には、花鳥があずさ弓を台の上に置き、棒らしき物を持っている様子が描かれている（図2）。

花鳥・風月は出羽国羽黒の出身とされているが、羽黒山は修験道の山として知られている。しかし、戸川安章氏によれば江戸時代には、羽黒山の修験者と巫女が夫婦となり、妻の巫女が神寄せや口寄せをして、その結果に従って祈禱をしたという事例がみられる。花鳥・風月姉妹の場合は修験者とは関係がなさそうであるが、羽黒出身というのもありえない話ではないということになろう。

なお『花鳥風月』では、花鳥・風月が扇の人物の霊を鏡に映し出している（図3、図5）。しかし、東北地方の口寄せの巫女たちは鏡を使用していない。鏡は御神体として祀《まつ》るものであり、口寄せで呼び出した霊を鏡に映し出すことは、実際にはありえない話である。『花鳥風月』では、不思議さをかもし出して物語を面白くするために鏡を用いたのではないだろうか。

【図 2】天理大学附属天理図書館所蔵『花鳥風月物語』(『天理図書館善本叢書和書之部第37巻 古奈良絵本集二』より)あずさ弓と棒を手に持つ花鳥と、風月、公家たち

【図 3】天理大学附属天理図書館所蔵『花鳥風月物語』
公家たちと花鳥・風月。2人の後に鏡がある

挿絵の人物の服装

お伽草子の奈良絵本は、かならずしも詞書《ことばがき》（本文）に忠実に従って挿絵を描いているわけではない。挿絵では詞書とは異なった服装で人物が描かれていることがよくある。この『花鳥風月』の奈良絵本にも、詞書の記述と挿絵の間に違いが少なからずあり、そのような挿絵からはさまざまなことを読み取ることができる。

慶應義塾図書館所蔵『扇合物かたり』（『花鳥風月』）は、『花鳥風月』の奈良絵本のなかでももっとも古い形態の奈良絵本とされ、大量生産された奈良絵本と区別して絵入り写本と呼ばれることもある。筆者はこれを実際に閲覧させていただいたが、その挿絵は、他の奈良絵本の挿絵の絵具（おもに泥絵具）とは異なり、日本画の岩絵具と胡粉で描かれている。この慶応義塾図書館本『扇合物かたり』では、挿絵の花鳥・風月姉妹の服装が詞書の記述とは異なった服装で描かれており、興味深い。

花鳥・風月姉妹の服装について、慶應義塾図書館所蔵『扇合物かたり』の詞書には次のように書かれている。

さるほとに、くわてう、ふうけつ、おとゝいのもの、まいりたり、あねは、やなぎうらの、さくらきぬの、にほいことなるに、くれなゐのはかまきて、（中略）いもふとのふうけつは、もみちかさねの二つきぬ、こうはいのはかまきて、（後略）

〔さるほどに、花鳥・風月弟兄の者参りたり。姉は柳裏の桜衣の匂い異なるに、紅の袴着て、（中略）妹の風月は、紅葉重の二つ衣、紅梅の袴着て、（後略）〕

つまり、姉の花鳥は、表が桜色で裏が柳色の袿《うちぎ》を着て、紅色の袴をはいていた。妹の風月は、紅葉重《もみじがさね》（上の袿が紅色、下の袿が緑色の組み合わせ）の二つ衣を着て、紅梅色の袴をはいていた。これらの袿は小袿と考えられる。袿は袖口の広い大袖の衣服で、唐衣裳《からぎぬも》装束（十二単《ひとえ》）では数枚重ねてはおるが、小袿はこの袿を少し小さく仕立てたもので、平安時代から貴族女性が日常服としてはおって着用した。花鳥と風月は袿を二つ衣（二枚重ね）で着ているので、鎌倉時代に上流階級の女性に着用された二つ衣の小袿である。二つ衣は、次の鎌倉幕府追加法第五二六条（弘安七年〈一二八四〉五月二十日の「新御式目」三十八ヶ条の内）にもみえる。(2)

一、御所女房上臈者二衣、下臈者薄衣。

これは、鎌倉幕府の将軍家の御所に勤仕する女房たちの服装を規定したもので、女房のうち、上級の者（上臈《じょうろう》）は二つ衣、下級の者（下臈《げろう》）は薄衣を着用すること定めている。小袿を二枚重ねた二つ衣は、鎌倉時代後期に将軍家の上級女房たちも着用したのである。『花鳥風月』の舞台となった花園天皇の時代とほぼ変わらぬ頃のことであり、『扇合物かたり』の服装の記述は、物語の時代

【図4】 慶應義塾図書館所蔵『扇合物かたり』（『太陽 古典と絵巻シリーズⅢ お伽草子』より）左上の花鳥がはおっている小袿は紅色の地に白と黒の文様があり、右下の風月の小袿は白地に赤色の文様がある

の実際の服装に基づいていたことがわかる。

『扇合物かたり』の詞書にみえる花鳥・風月の服装は、挿絵ではかなり違った服装で描かれている。まず、挿絵では花鳥・風月は詞書とは異なり袴をはいていない。また小袿は、上の小袿ははおって着ているが、下の小袿は小袖のように体に密着させて着ているようにみえる**（図4）**。また小袿の色も、花鳥は詞書では上に桜色、下に柳色の小袿を着ているが、絵では下に着ている小袿らしき服は白地に赤い線が入っている。また風月も、詞書によれば上に紅色、下に緑色の小袿を着ているが、絵では上には白地に赤色の花文様のある小袿、下には朱色の服を身に着けており、詞書とはまったく異なっている。

　このように挿絵が詞書の記述と異なって描かれている理由としては、一つには詞書に書かれている服装が絵の制作者には具体的にどのようなものかわからなかったこと、もう一つには、絵と詞書

【図5】 東洋文庫所蔵『花鳥風月』(『図説　日本の古典13 御伽草子』より)
鏡の中の光源氏・末摘花を幣で指し示す花鳥

の制作者があらすじだけを共有して別々に制作したことが考えられる。挿絵の制作者は、かなりの裁量権を持って挿絵を描いていたのではないだろうか。そこには挿絵を描く人が潜在的に持っていたイメージが反映される余地がある。『扇合物かたり』の挿絵の制作者は、詞書の衣服の色や文様の描写とは関わりなく、自分が持っているイメージで服装を描いたと思われる。

一方、東洋文庫所蔵『花鳥風月』では、挿絵の花鳥と風月の服装は、少しは詞書の記述に近い服装で描いている。**図5**で鏡を幣《ぬさ》で指し示している花鳥は、詞書通り紅の袴をはき、上の袿は紅色よりも朱色であるが、その下には緑色がみえ、一応裏地の柳色を表わしているようにみえる。しかし、袿は二つ衣ではなく何枚も重ねている。花鳥の後に座っている風月は、上に桜色の袿を着て、袴はサーモンピンク色であるので、詞書の紅葉重の二つ衣と紅梅の袴とは少々異なっている。この二人の服装は、鎌倉時代の二つ衣ではなく、むしろ平安時代以降の貴族女性が着用した、小袿を数枚重ねて袴をはいた小袿袴姿である。東洋文庫所蔵『花鳥風月』の挿絵を描いた人は、貴族階級の女性のイメージで花鳥・風月を描いたといえる。神がかり的な口寄せ巫女に対するイメージとして、潜在的には貴族階級の女性の姿があったことが読み取れる。

制作年代の手がかりとなる服装

『花鳥風月』の公家の世界は武士・庶民とは関係がなさそうである。しかし、絵の隅の方に描かれている仕女・家来たちから、絵が制作された当時の武士・庶民階級の姿をかいま見ることができる。そして彼らの服装は、作品の制作年代を知る手がかりにもなる。

図3の天理図書館本では、右下の地面の上に家来らしき三人の男性が座っている。三人のうち、左の二人は成人の男性で、小袖の上に肩衣袴《かたぎぬばかま》を着けており、頭髪は月代《さかやき》(額の上の髪を半円形に剃ること)と髷《まげ》である。一番右は、まだ髪を剃っていない元服前の男子で、小袖と袴を着ている。彼らの服装は、物語の舞台となった鎌倉末期の服装ではなく、絵が描かれた室町時代後期から江戸時代初期の頃の服装である。肩衣袴は、室町時代中期頃から現われ、武士・庶民階層の男性に着用された。江戸時代になると、肩衣の肩に鯨の髭を入れてピンと張らせ、武家の正装となって裃《かみしも》(上下)と呼ばれた。**図3**の男性の肩衣袴は、肩が張っておらず、裃になる以前の下級武士・庶民層の肩衣袴である。

【図6】東洋文庫所蔵『花鳥風月』（『図説　日本の古典13 御伽草子』より）
公家たちからほうびをもらう花鳥・風月

また、**図6**の東洋文庫本では、右上の隅に描かれている縁側に座った二人の女性は、花鳥・風月や公家の女房たちの袿姿とは異なり、小袖の上に小袖をはおった打掛《うちかけ》姿である。打掛は、室町時代中期頃から武家女性の正装として着用された服装である（**図7**）。この二人の髪型は、垂髪を後ろで丸く束ねた玉結びであり、これは室町時代後期か

【図7】『洛中洛外図屏風』（勝興寺本）右隻（『特別展 京都――洛中洛外図と障壁画の美』より）打掛姿の武家の女性たち

【図8】『洛中洛外図屏風』（福岡市博物館本）左隻（『特別展 京都——洛中洛外図と障壁画の美』より）左の仕女と乳母と思われる2人の女性の髪型は玉結び

ら江戸時代初期の頃の下級武家や庶民の女性の髪型であった（図8）。

　このように、物語自体には登場せず、絵のなかでは脇の方に描かれている仕女や家来たちは、絵が作成された当時の服装・髪型で描かれている。つまり、奈良絵本のほとんどは正確な制作年代が不明であるが、これら下級武士・庶民階級の人々の姿から、その奈良絵本のおおよその制作年代を推測することができるのである。ここでは天理図書館本（図3）と東洋文庫本（図6）の両方とも、その挿絵から室町時代後期から江戸時代初期の頃に制作されたことが推定できる。

学習書としての『花鳥風月』

『花鳥風月』では、『伊勢物語』の主人公在原業平と『源氏物語』の主人公光源氏の霊が口寄せ巫女にのり移り語っている。これは、明治時代以前では必読の教養書であった『伊勢物語』『源氏物語』

を短時間で学習するためであったと考えてよい。

『伊勢物語』『源氏物語』を学習した具体的な例をあげよう。戦国大名毛利家の家臣であった玉木《たまき》吉保《よしやす》は、自叙伝『身自鏡《みのかがみ》』によれば、室町時代末期に十三歳から十五歳までの三年間を寺で学んだが、十五歳の時に日本の古典の『万葉集』『古今和歌集』『伊勢物語』と、『源氏物語』の注釈書、勅撰和歌集などを学んでいる。また、江戸時代の「女大学」の一つである『新撰女倭大学』（天明五年〈一七八五〉刊）では、女子に必要な教養書として、古典では『百人一首』『古今和歌集』『伊勢物語』『源氏物語』等をあげている。このように『伊勢物語』と『源氏物語』は、明治時代以前の日本では男子・女子必読の古典であった。

しかし、『伊勢物語』『源氏物語』を全部読むのは大変である。特に『源氏物語』は五十四帖もあり、しかもなかなか難解である。そこで、短時間で内容がわかる概説書が作り出された。南北朝時代頃成立の『源氏大鏡』『源氏小鏡』等や、永享四年（一四三二）成立の今川範政著『源氏物語提要』などがそうである。『花鳥風月』は『源氏物語』の概要を盛り込んで『源氏物語』の学習書も兼ねており、同様のお伽草子には他に『源氏供養草子』がある。

『花鳥風月』の物語では、公家たちの扇合わせの場に呼び出された巫女姉妹の姉の花鳥が占い、まず現われた在原業平の霊を花鳥があずさ弓にかけて口寄せし、妹の風月の問いに答えていく。業平の霊は、契りを結んだ女性は三七三三人と言い、五条の后をはじめ数々の女性たちの身元を問われるままに話し、これによって『伊勢物語』の内容の要点がわかるしくみになっている。その後、鏡に光源氏の姿が現われて自身の経歴について語る。そして鏡に末摘花の霊も現われ、花鳥は源氏、風月は末摘花となって問答をし、源氏は関係を持った女性たちについて説明をしていく。一方末摘花は、源氏の他の女性たちの名を次々に挙げてコメントしていった後、懺悔して消える。源氏は葉室中納言の『源氏物語』に関する問いに答え、『源氏物語』の各巻の名を織りこんだ言葉を述べた後、鏡から消える。

これらを読んだ読者は、『伊勢物語』と『源氏物語』の登場人物や人間関係などについて概要を知ることができ、また、『源氏物語』各巻の名称も覚えることができよう。

奈良絵本等の制作者たち

お伽草子の奈良絵本等を制作した人々については、ほとんどが具体的には不明である。しかし、『花鳥風月』からはいくつかの手がかりを見出すことができる。

『花鳥風月』の奈良絵本には、絵や詞書の筆者を鑑定した極め札が貼ってあるものがある。これらの極め札はほとんど信用できないが、奈良絵本の制作者を知るヒントになる。

慶應義塾図書館所蔵『扇合物かたり』（『花鳥風月』）の表紙見返しには、「扇合物かたり自画賛飛鳥井栄雅卿之息女　一位之局正筆」と書かれた極め札が貼ってある。飛鳥井栄雅《あすかいえいが》は飛鳥井雅親《まさちか》のことで、将軍足利義政・義尚の頃に歌壇の中心人物であった公家であり、延徳二年（一四九〇）に七十五歳で没した。その息女が「一位之局」とあるのは女官・女房であったことを示しているが、

飛鳥井家の家格は大納言どまりの羽林《うりん》家であり、雅親は権大納言・従二位であったので、「一位」は少々高位すぎる。(3)

また、天理図書館所蔵『花鳥風月物語』は、扉紙裏に「飛鳥井殿雅俊卿花鳥風月物語詞書一冊㊞」「絵　光信筆」「飛鳥井殿雅俊卿花鳥風月物語」の極め札が貼られている（図9）。飛鳥井雅俊は雅親（栄雅）の子で、和歌と蹴鞠の両道の書物を書き残しており、大永三年（一五二三）に六十二歳で没した。光信は宮廷絵師の土佐光信《みつのぶ》を指しており、土佐光信は十五世紀末から十六世紀初めの頃に多くの肖像画・絵巻物を描き残した、大和絵（日本の事物を題材にした日本画）の第一人者であった。『花鳥風月物語』の絵は泥絵具で描かれていると思われ、また、土佐光信の諸作品と比べればはるかに稚拙であり、「光

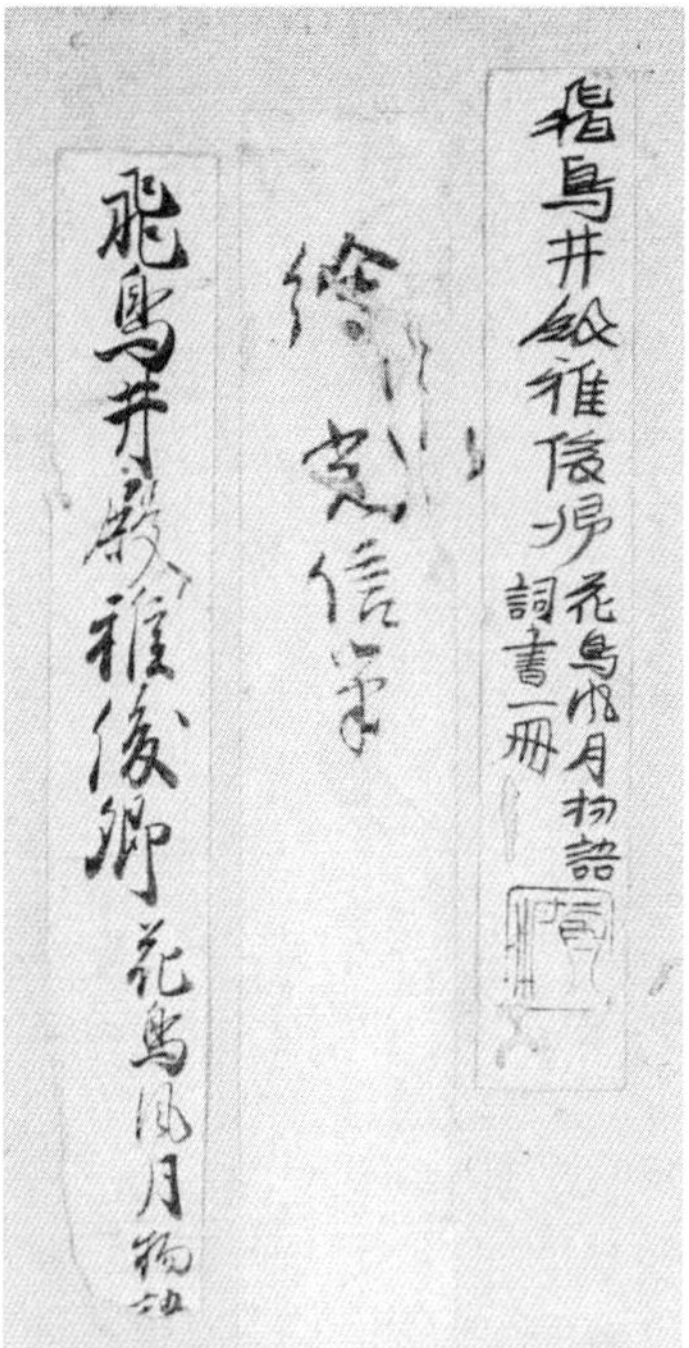

【図9】天理大学附属天理図書館所蔵『花鳥風月物語』（『天理図書館善本叢書和書之部第37巻 古奈良絵本集二』より） 扉紙裏に3枚の極め札が貼られている

信筆」は明らかに偽りである。
このようにこれらの極め札自体は信用できないが、しかし、和歌と蹴鞠の飛鳥井家は、戦国時代には家領の近江国柏木郷（現在の滋賀県甲賀市）に下向することが多くなり、経済的には困窮化していた。飛鳥井家が生計を支えるために、お伽草子等の物語の詞書を書いて地方武士等に売ったことは十分に考えられる。また同家の女性たちも、生計のためにその作成に関わった可能性はある。飛鳥井家に限らず、戦国時代に困窮化していた公家たちが、お伽草子等の物語作品の制作に関わったこともあったと思われる。

ところで、慶応義塾図書館所蔵『扇合物かたり』の絵は、日本画の岩絵具と胡粉で描かれていることを先述したが、この絵は他の奈良絵本とくらべて品があり、大和絵の知識と技術を持っていた人物が描いたと思われる。また、筆致がやわらかくて女性的な雰囲気が感じられ、絵の筆者は女性という気がする（図1、図4）。お伽草子の奈良絵本・絵巻物のなかには、その筆使いから女性が絵を描いたと思われる作品もある。鎌倉時代に阿仏尼が著したとされている『乳母《めのと》のふみ』では、宮中の女性が身につけるべき教養の一つとして絵を描くことを挙げており、絵は貴族女性のたしなみでもあった。先述の極め札の「自画賛　飛鳥井栄雅卿之息女」は、当たらずとも遠からずといえる。

日本人の読み書き能力について、室町時代末期に来日したイエズス会宣教師フランシスコ・ザビエルは、一五五二年一月二十九日付の書簡（ヨーロッパのイエズス会員宛）に、日本の大部分の人々は、男性も女性も読み書きができ、武士階級の男女や商人たちは際立っている、と記している。(4) 当時の日本人の男女の識字率が高かったことには、挿絵付き物語と学習書の両方を兼ねそなえたお伽草子の普及がかなり影響していたのではないだろうか。架空の物語と挿絵を楽しみながら学習する方法は、日本だけでなく古今東西の文化の一つの知恵かもしれないが、日本では早くから発達していたことになる。

注

(1)『花鳥風月』の物語内容については、おもに文禄四年(一五九五)十一月の書写奥書がある高安六郎氏旧蔵本(焼失)に依る。横山重・松本隆信編『室町時代物語大成』第三(角川書店、一九七五年)四二〇―四三三頁。

(2) 佐藤進一・池内義資編『中世法制史料集』第一巻(岩波書店、一九五五年)二五二頁。

(3) 飛鳥井雅俊の子雅綱が永禄五年(一五六三)に従一位になっており(『公卿補任』)、この雅綱の従一位叙任以降に『扇合物かたり』の極め札が書かれたために、「一位之局」とされた可能性がある。

(4) 東京大学史料編纂所編『日本関係海外史料　イエズス会日本書翰集　譯文編之一(下)』(東京大学出版会、一九九四年)一〇九頁。

参考文献・図版

翻刻

横山重・松本隆信編『室町時代物語大成』第三（角川書店、一九七五年）

掲載図版

慶応義塾図書館所蔵『扇合物かたり』（『花鳥風月』）
岩瀬文庫所蔵『花鳥風月』
天理大学附属天理図書館所蔵『花鳥風月物語』
東洋文庫所蔵『花鳥風月』
国立国会図書館所蔵『花鳥風月』（古活字本）
勝興寺本『洛中洛外図屏風』
福岡市博物館本『洛中洛外図屏風』

図版出典

『天理図書館善本叢書和書之部 第三十七巻　古奈良絵本集二』（八木書店、一九七七年）
『太陽 古典と絵巻シリーズⅢ お伽草子』（平凡社、一九七九年）
市古貞次著者代表『図説 日本の古典13　御伽草子』（集英社、一九八〇年）
東京国立博物館・日本テレビ放送網編集『特別展　京都――洛中洛外図と障壁画の美』（日本テレビ放

送綱、二〇一三年）

主要参考文献

石川松太郎編『女大学集』（東洋文庫三〇二）（平凡社、一九七七年）
稲賀敬二『源氏物語の研究――成立と伝流』（笠間書院、一九六七年）
井上宗雄『中世歌壇史の研究 室町後期〔改訂新版〕』（明治書院、一九八七年）
河鰭実英編『日本服飾史辞典』（東京堂出版、一九六九年）
黒田日出男『姿としぐさの中世史――絵図と絵巻の風景から』（平凡社、一九八六年）
桜井徳太郎『日本のシャマニズム――民間巫女の伝承と生態』上巻（吉川弘文館、二版一九七九年）
菅原（伊東）正子「御伽草子絵についての一考察――「花鳥風月」の服飾描写」（『民衆史研究』四四号、一九九二年）
菅原正子『中世公家の経済と文化』（吉川弘文館、一九九八年）
菅原正子『日本中世の学問と教育』（同成社、二〇一四年）
戸川安章『出羽三山修験道の研究』（佼成社、一九七三年）
徳江元正『室町芸能史論攷』（三弥井書店、一九八四年）
徳田和夫編『お伽草子事典』（東京堂出版、二〇〇二年）
真下美弥子「御伽草子『花鳥風月』の巫女」（福田晃・荒木博之編『巫覡・盲僧の伝承世界　第一集』三弥井書店、一九九九年）
増田美子編『日本服飾史』（東京堂出版、二〇一三年）

高僧伝

『弘法大師御本地』

〈こうぼうだいしごほんじ〉

●現代語訳

◉空海、誕生する

宝亀《ほうき》五年（七七〇）、讃岐国《さぬきのこく》（香川県）の多度《たど》郡《ぐん》屏風浦《びょうぶがうら》という海沿いの村に空海は生まれた。父は佐伯田公《たぎみ》、母は阿刀氏《あとうじ》という。

ある夜、阿刀氏の夢に名の知らぬ老僧が現れて次のように言った（図1）。

「我は仏教を日本にひろめて、人々を導き、天下を守らん。願わくば、汝《なんじ》の胎内をお貸し願いたい」

阿刀氏はこれを素直に受け入れた。

夢告《むこく》を得たはいいが、困ったことに、なかなか生まれてこない。十月十日《とつきとおか》といって、子どもは十ヶ月で誕生するものだが、どうしたものかと心配になった。しかし、夫の田公は泰然自若として慌てる様子を見せない。田公は出産の遅れる例を色々知っていたからだ。

釈迦如来《しゃかにょらい》は十二ヶ月、古代中国の聖王である堯王《ぎょうおう》は十四ヶ月、老子に至っては八十年も母の胎内に留まっていた。日本にも聖徳太子の十二ヶ月の例がある。聖人と呼ばれる人々はみな誕生が遅れるものだから、我が子も「必ず天下に並びなく、優れた人物になるに違いない」と確信していたのだ。かくして十一ヶ月後の宝亀五年五月十九日に男児が誕生した。

【図 1】夢のお告げをする老僧

誕生の際、不思議な現象が種々現れた。まず芳香が家の中に漂い、青・黄・赤・白・黒の五色の彩雲が家を覆った。五色の雲は仏菩薩が来迎する時に現れるもので、この時は三人の童子（子どもの姿をした神童）が降臨し、家の中を光で照らした。父の田公はこの時も冷静であったが、やはり奇跡的な出来事であることに違いない。

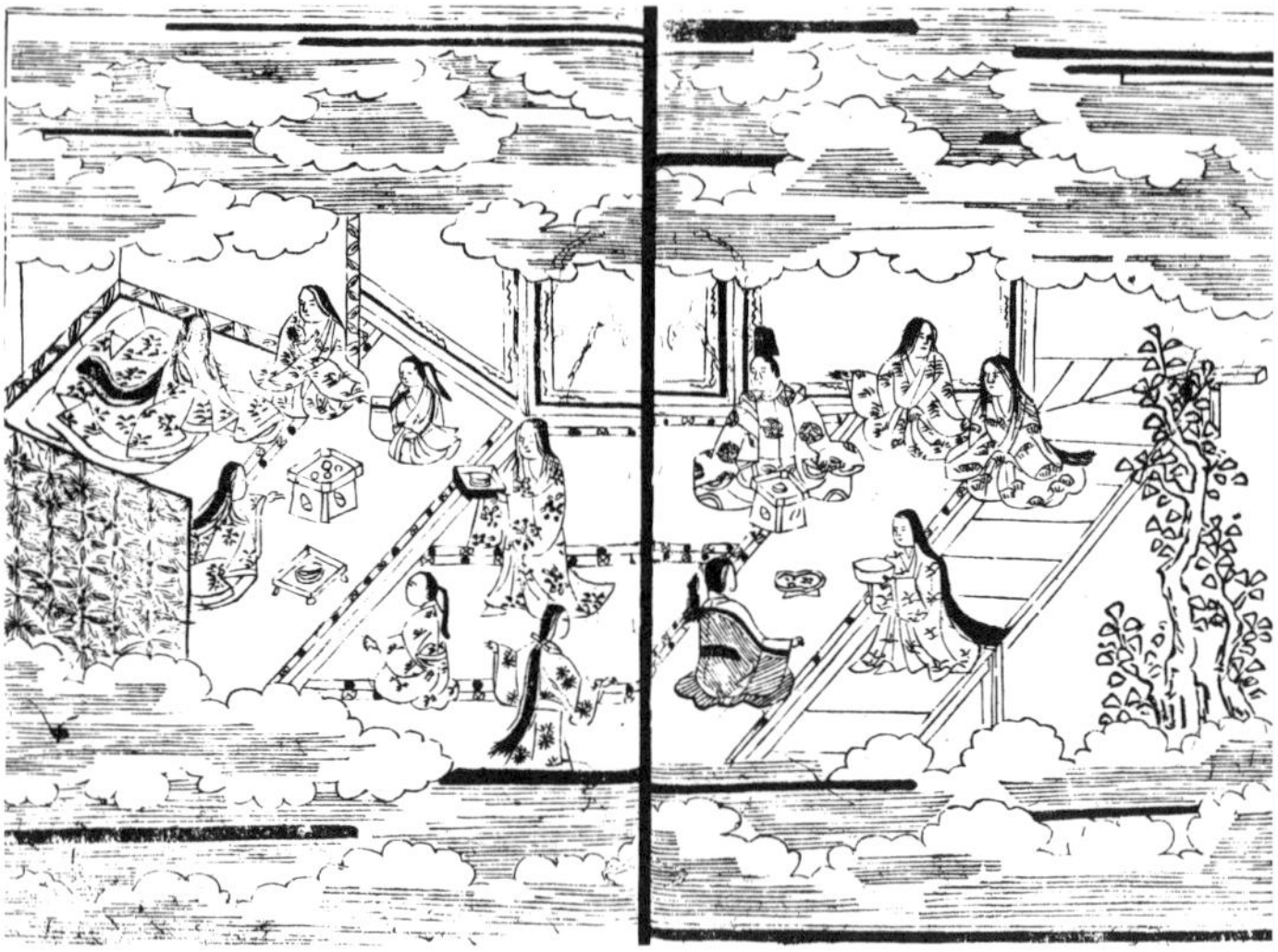

【図2】誕生を祝う

「この子は凡人にはなるまい。きっと天下に名高い高徳の僧になるだろう」と確信し、歓喜した。

そのような不思議な誕生をしたので、この子は「貴物《とうともの》」というキラキラネームが付けられた（図2）。

◉仏道に進む

その後、貴物はすくすくと育っていった。幼い頃は近所の子どもと遊ぶ中にも利発さが目に付いて、周囲の大人たちに不思議な子だと思わせた。なにより一を聞いて十を知るほど頭の良い子だったので、難解な書物をすらすらと読みこなした。そして十八歳には早くも学問の世界の最高位である大学頭《だいがくのかみ》に上り詰めた。

このように将来を約束されたに等しい秀才貴物であったが、しかし世俗の書物に関心を示さず、それよりも仏教を学びたいという気持ちが強かった。

そんな貴物に転機が訪れる。岩淵僧正勤操《いわぶちそうじょうごんぞう》との出会いである。勤操は施福寺《せふくじ》（今の大阪府和泉市）の僧侶だった。貴物はここで仏の教えを学び、出家したのである。最初の法名を教海といい、後に改めて如空といった。そして延暦十四年（七九五）に東大寺で空海と改めたのだった。

東大寺といえば有名な大仏がある。空海はその御前で、

「経典の中にはまだ疑問が解けないものがありますから、ぜひ仏法の正しい意味を教えてください」

と一心に祈願した。

すると、その夜の夢に僧侶が現れ、

「『大毘盧舎那神変加持経《だいびるしゃなじんべんかじきょう》』を読みなさい」

と勧めて去っていった。東大寺の大仏は正しくは盧舎那仏《るしゃなぶつ》の座像である。夢に現れた僧はこの仏の化身だったに違いない。そう確信した空海は、そのお経を探すために、全国を経廻る旅に出た。そして大和国高市《たかいち》に至り、立ち寄った久米寺《くめでら》（今の奈良県橿原市《かしはら》）でついに発見することができた。

ところが実際に読んでみると、どうも釈然としない思いが残った。これだけ苦労して探し出したのに、空海の疑問は晴れなかったのだ。

――日本中歩き回ってもダメなのだから、海外に探しに出よう。

空海はそう決心した。

◉唐に渡り、恵果に師事する

空海が中国に修行に行くことになったのは、延暦二十三年（八〇四）、齢三十一歳の時のことであった。当時の中国は唐といい、日本は遣唐使といって、唐にしばしば使者を派遣した。幸い、空海は遣唐使に同伴するかたちで渡海できることになったので、まずは皇帝のいる長安に入り、しばらく滞在することになった。

かくして空海は、高徳の僧に師事することになった。唐では少し前にインドからやってきた不空《ふくう》が皇帝から敬われた。その弟子の一人に名刹青龍寺の恵果《けいか》がいる。空海が学んだのは、その恵果であった。

恵果は空海に初めて会った時、

「私はずいぶん前からお前がここにやってくることを予知していた。待ちかねていたぞ」

と告げ、さらに弟子たちに向かって

「この空海は、お前たちの智恵の及ぶところではない」

と言い放った。この一言がエリート意識の高い弟子たちの嫉妬心に火を付けた。

とはいえ、しばらくは何事もなく過ぎて行った。そして、その年の六月に大悲胎蔵大曼荼羅《だいひたいぞうだいまんだら》（大

【図3】空海に経典や仏具を授ける

日如来を中心に配した掛け軸で、悟りの境地が描かれている。胎蔵曼荼羅）、灌頂《かんじょう》五部（仏の位に至ったことを示す儀式）の誓水《せいすい》を受け、翌月には金剛界の曼荼羅（胎蔵曼荼羅の対《つい》をなすもの）、灌頂に入った。

一生懸命修行している空海をずっと見てきた恵果は決断をする。

――遥か昔、毘盧遮那仏、すなわち大日如来から受け継いできた『大日経』をはじめ、様々な経典、さらには仏の世界を描いた曼荼羅など、諸々の道具を一切合切授けよう。

これらの伝来した経典や仏具の数々を授けたばかりでなく、足りない分はわざわざ新たに作って与えてくれた（図3）。

◉恵果の弟子たちとの闘い

このように恵果が空海を優遇することに対して六十人の弟子は大いに不満を持っていた。

【図4】六〇人の僧たちと論争する空海

「もはや堪忍ならん」

「痛めつけてやれ」

彼らは空海に闘いを挑むことにした。まず第一戦は六十人の弟子たちとの論争だが、弁舌巧みな空海の相手になる力量の者はいなかった（図4）。

第二戦では弟子の一人が川に向かって詠唱した。すると川が堰《せ》き止められて、流れてくる水が山のように高く盛り上がってきた。そこに空海がやってきて詠唱すると、川の水が空に流れ出した。空海の力が勝《まさ》ったのだ。

第三戦は文字の対決だ。弟子の一人が紙面に一文字書くと、そこからたくさんの蝶や蜻蛉が飛び出して、空を自由に飛び回った。次に空海が筆を取って一文字書くと、そこから大きな龍が現れて、蝶や蜻蛉を喰らい尽してしまった。空海の勝ち。

第四戦では弟子が大きな卒塔婆《そとば》に梵字（古代インド語）を書いた。「地・水・火・風・空」を意味する梵字で記したのだが、驚いたことにその文字は卒塔婆を透き通り、板の裏側にも現れたのだ。空海はこれを見て、同じく卒塔婆に文字を書くことにしたのだが、直接ではなく、五十間（約九一

m）も離れたところから筆を投じて卒塔婆に当てたのだ。すると、筆は卒塔婆の上のあたりにとどまり、さらさらと下に向かって動き出した。見てみると、卒塔婆には「阿毘羅吽欠《あびらうんけん》」を意味する梵字が記されていた。それればかりでなく、文字が光り輝いていたのだ。これまた空海の勝ち。

第五戦には弟子たち六十人全員が川端で詠唱した。すると川の水がにわかに火となって燃え上がった。ところが空海が火の川の前まで歩み寄って詠唱すると、黒雲が空に棚引いて雨が降り注ぎ、もとの水の川に戻したのだった。やっぱり空海の勝ち。

これまで五戦に全敗を喫した弟子たちは怒りに理性を失った。殺してやろうと六十人総出で空海に向かっていった。空海は取り囲まれながらも余裕の態度で佇《たたず》んでいた。そして、どうしたことか、六十人に分身して弟子たちに対峙《たいじ》したのである。

――これではどれが本体か分からないじゃないか。

弟子たちが動揺しているうちに、空海は分身を消して一人に戻り、そして空中に飛び上がった。見上げると、その姿は大日如来の姿に変わっていた。ここに至って弟子たちは心得違いを悟り、大日に手を合わせて懺悔《さんげ》したのだった。

それからは弟子たちも心を入れ替えたので、空海は修行に専念することができた。

◉日本に帰り、宗論を行う

三年後、空海は日本に戻ることになった。その間際、明州《みょうしゅう》という港町から日本に向かって三鈷《さんこ》という仏具を投げた。三鈷は海に落ちることなく遥か雲のかなたに飛んでいった。そして日本の本州に至り、紀州（現在の和歌山県）の奥地、高野山に落ちたのだった。空海はのちにここに寺を建てることになる。真言宗の本山、金剛峯寺がそれである。

大同元年（八〇六）八月、唐から帰国した空海は、参内して平城《へいぜい》天皇に拝謁し、唐について仏教や中国のことなど、様々なことに答えた（図5）。

参内を済ませた空海は、ついで師の恵果との約束通り、日本に旧来の奈良の仏教とは違う、真言宗という新しい宗派の教えを弘めることに努めることにした。しかし、皆は新しい仏教とどう違い、またどこが優れているのかまだ分からない。そこで親王（後の嵯峨天皇）の御前で仏教諸派と議論をすることになった。今度は唐での呪文詠唱バトルとは違い、地に足の付いた学術的な論議になった。

論議の争点となったのは即身成仏《そくしんじょうぶつ》（人間の肉体のまま仏になること）の義であった。諸々の宗派の僧たちは、

「**仏性《ぶっしょう》**（仏になる性質や要因）**というものは死なないと得られないものだ**」

【図5】天皇に上奏する空海

と説いたが、空海ひとりは
「父母から生じた身はすなわち大日如来である」

と説き、これを論破した。

　論議を聴いていた親王は空海の弁舌は川の流れのように流暢で、理路整然としており、大いに感心した。

「そなたの言うことは素晴らしい。しかし、そういうことならば即身成仏の証拠を見せてみよ」

と命じた。

　空海はこれに頷いて、その場で印《いん》を結んだ。すると、次の瞬間には五色《ごしき》の光を放つ金色《こんじき》の体に変じ、蓮華の上に座していた。そればかりでなく、空から花が降り、芳香が周囲に漂い、庭前の桜や橘の木には花が咲くといった奇跡が起きた。

　これにはその場にいる人々は納得しないわけにはいかない。かくして親王以下一同、みな、空海＝大日如来に合掌して礼拝《らいはい》したのだった。

◉高野山金剛峰寺を建立する

このことがあって、空海の教えはどんどん広まっていった。しかし、いまだに空海には居場所がないまま、諸国を訪ね歩いていた。十年ほどこのような生活を続けた。そして弘仁七年（八一七）、紀伊半島の山奥にある高野山に至った。

山道を登っていると、山中に美しい女性が立っていた。

――猟師の妻女ならばばったり出くわすことがあるかもしれないが、容姿や衣装がとても美しい。

そう思っていると、この女性が話しかけてきた。

「私は丹生《にう》の明神といいます。この山の神です。長い間、諸々の苦しみを受け、逃れようとしてもその助けてくれる者がいませんでした。幸い大菩薩に遇い、ようやく苦をまぬかれることができます。さあ、案内しましょう」

そういって、女神は山道を先導した。

すると、その途次、松の木の上に光り輝くものがある。よく見ると、三鈷であった（図6）。これはかつて空海が唐から日本に戻る前に、明州の港から投げたものだった。それが高野山のこの松の木の上に落ちたのだ。

――ここここそが仏法結縁《けちえん》の地だ。

これを見付けた空海は、そう確信し、寺を建立した。これが今でも名高い高野山金剛峯寺《こんごうぶじ》である。

【図6】丹生明神と空海

◉様々なエピソード

ここで空海にまつわるエピソードをいくつか紹介しよう。

河内国《かわちのくに》（今の大阪府）に龍王の棲む池があった。そのために夏の炎天でも雨が降らなくても干上がることがなかった。ところがどういうわけか、龍王がどこかに飛び去ってしまった。すると池の水はすっかり干上がり、周囲の田んぼも乾いてしまった。どうしたものかと村人たちが困っていると、そこへ空海が通りかかった。現状を訴えたところ、空海は早速雨乞いの祈祷《きとう》をした。すると、池の跡から水が湧き出し、同時に大きな龍が現れた。これによって再び池の水が干上がることがなくなった。その後、そのほとりに寺を建て、龍泉寺と名付けた。

また迦楼羅炎《かるらえん》といって、体から大きな火炎を発したり、室内を池にする術などもたびたび行った。伊豆の桂谷《かつらだに》（今の静岡県伊豆市）という山寺にいた時、虚空に指で『大般若経』を書いて文字を浮かび上がらせた。

それ以来、天下に並びない書道の達人になった。そして右手の指に五本の筆を握り、五行同時に文字を書くことさえできるようになった。

またある時、水上に文字を書いたら、流れに文字が乱れることなく、ありありと浮き上がった。弘仁の頃、空海は大極殿《だいごくでん》（平安京の中心）と朱雀門《しゆじやくもん》（大極殿に通じる門。「すざくもん」とも）の額を書くことになった。しかしあまりに勢いが付いて「大極殿」の「大」の字が「火」のようになってしまった。さらに「朱雀門」も「朱」の字も、二画目の「一」が切れて「米」のように見えた。書道の名手小野道風《おののとうふう》はこれを嘲笑した結果、罰を受けて手が震えるようになってしまった。それでも天下無双の書道家なので、道風の震い手といって、世間で大いに持て囃されることになった。

またある時は、応天門の額を書いたが、「応」の一画目の点を付け忘れてしまった。額を門の上に掛けた後に気付き、かといって、下ろすのも一苦労。そこで空海は筆を額に投げ付け、見事に「応」の点を付けたのだった。

◉守敏と確執が生じる

嵯峨天皇の弘仁《こうにん》十四年（八二三）正月、空海は東寺《とうじ》を賜った。また、西寺《さいじ》を守敏《しゅびん》が賜った。当時、空海は諸国修行に出ていた。この間、守敏は天皇に近づき、様々な術を披露して天皇や公卿たちを驚かせた。

守敏が天皇の御前に参った時、生栗が出された。守敏はこれを食べずに自分の懐に入れた。どうするのだろうと思ったら、しばらくして懐から取り出した。すると生だったはずの栗が焼き栗になっていた。天皇をはじめ、その場にいた人々はみな大いに驚いた。

またある時、天皇がお茶を飲もうとしたところ、熱くてとても飲めなかった。これを見た守敏は、それならばと、印を結んだ。すると、さっきまで湯気が立っていたお茶がたちまちに凍ってしまった。

――これはこれで飲めないではないか…。

天皇が困っていると、守敏は再び印を結び、今度は沸騰するほど熱くした。

また、ある冬の日のことである。天皇の御前の火鉢が熱過ぎて汗が出るほどになってきた。そこで守敏が印を結ぶと、たちまちに寒くなってしまった。

また庭先の桜に向かって詠唱すると、まだ冬だというのに花が咲き乱れて暖かな陽気になった。

「このようなことは守敏だからこそできるのだ」

「空海などにはできないだろう」

と、天皇の周囲の公卿たちは守敏を褒めそやした。

さて、空海が諸国修行の旅を終えて都に戻ってきた。そして天皇に対面した。

空海は天皇から守敏の優れた能力について聴いたが、その力を評価することはなかった。

――実際に見せたほうがいいだろう。

そう判断した天皇は、空海を障子の後ろに隠した上で守敏を招いた。そして先日のように煮えたぎる湯を振る舞った。

しかし守敏は湯を口にしない。

「なぜ飲まないのか」

天皇が気色ばむと、守敏はこれを水にしてから飲むことにした。そこで印を結んだが、しかし一向に水にならないばかりか、かえって湯が沸騰しはじめた。

――これはどういうことか。

守敏が慌てるところへ障子がさっと開いた。そこには空海が立っていた。

「守敏。私のいるうちは、怪しいわざは出来ないと思え」

守敏は屈辱に震えながら御前から立ち去った。

西寺に立ち帰った守敏は怒りに燃えた。

――必ず空海に仕返しをしてやる。

守敏は策略を練る中で、一つの名案を思い立った。

◉龍神を召喚する

守敏は世界中の龍神を封印したのである。この策は成功し、国中に雨が降らなくなった。

——日照り続きを恐れた天皇は、まず空海に雨乞いの祈祷を命じるだろう。しかし、この状況で空海はほとんど雨を降らせることはできまい。そこに自分が召されるはずだ。そこで龍神たちの封印を解き放って大雨を降らせることで、空海に恥をかかせてやる。

その企みのために、龍神たちは一つの器の中に封じられてしまった。すると、川が干上がり、山の樹木も立ち枯れて、人々は飢えに苦しむことになった。

天皇はこの惨状を嘆き、まず守敏を召した。勅命により、守敏は三日間祈って雨を降らせた。確かに良い仕事をしたが、しかし、雨は都に降る程度で、国中の旱魃《かんばつ》を解決するには及ばなかった。そこで天皇は次に空海に祈祷を命じた。

空海は早速神泉苑《しんぜんえん》（大内裏に隣接する庭園）に祭壇を設けて祈祷を始めた。そこで龍神たちが封じられていることに気付いた。ただ、龍神の中でも位の高い善女龍王《ぜんにょりゅうおう》だけは守敏の封印をまぬかれ、天竺（インド）の無熱池《むねっち》にとどまっていることが分かった。

空海は遥か天竺から神泉苑に龍王を召喚した。すると、空に黒雲が立ち込め、雷鳴が轟き、雨が三日間降り注いだ。それと同時に国中にも雨が降り、大地を潤すこととなった。
こうして空海は、天皇をはじめ、天下にその力を知らしめたのだった。

◉守敏と死闘を繰り広げる

自分の策でかえって空海の名声を高めてしまった守敏は激怒した。

――それならば、いっそ呪詛して殺してしまおう。

守敏は西寺に壇を設けて降三世《ごうざんぜ》明王《みょうおう》の法を行った。このことを知った空海は軍荼利《ぐんだり》明王の法を行って対抗した。二人は互いに詠唱を続けて死闘を繰り広げた。ともに力は五分と五分。一方から飛んでくる矢を他方が迎え撃つ。その間に空には黒雲が渦巻き、雷鳴が轟き、稲光が閃き、大地を揺るがし続けた。日光も月光も遮って、暗い日々が続いた。

こうした日が七日間続いた。埒が明かないと考えた空海は次なる作戦に打って出た。弟子たちは、

「**我が師は守敏に負けて護摩壇《ごまだん》の上から真っ逆さまに転落して死んでしまった**」

と言い広めた。

しばらくしてこの噂が西寺の守敏の耳に入った。

「**空海に勝った。この上は思うこともない**」

空海自身が言い触らすように命じたとも知らず、守敏は気を緩めて護摩壇から降りようとした瞬

間、軍荼利明王の放った矢が眉間《みけん》に命中した。守敏は真っ逆さまに転落して吐血して果てた。

◉空海、入滅する

その後、空海はかつて唐で恩師の恵果から学んだ作法を東寺の灌頂院《かんじょういん》に伝え、天長二年（八二五）、高尾の神護國祚寺《じんごこくそじ》（神護寺）を天皇から賜った。

さらに承和《じょうわ》元年（八三四）には内裏に真言院を建て、毎年、後七日《ごしちにち》の御斎会《ごさいえ》（国家安泰を祈る行事で、正月八日から十四日の間行なった）を執り行った。

【図7】空海を安置する堂

そして、翌二年三月二十一日、自ら建立した金剛峯寺で最期を迎えることになる。時に数え年で六十二歳であった。

驚いたことに、空海は確かに逝去したはずだが、しかし遺体は存生中と変わらず体温を保ち、鬚《ひげ》も生えていった。

没後五十日経っても、なおその状態は変わらない。このまま髪や鬚が伸び続けるのはまずいので、弟子たちが集まって髪を剃り、衣を着せ換え、壇を造って卒塔婆を建てた（図7）。

空海は仏典を広く読み、写すことを怠らなかった。その上、自らも著述をし、『文鏡秘府論』『三教指帰《さんごうしいき》』『性霊集《しょうりょうしゅう》』『秘密曼陀羅十住心論《ひみつまんだらじゅうじゅうしんろん》』等、数多くの書物を残した。また唐から請来《しょうらい》した仏舎利《ぶっしゃり》は八十粒《りゅう》、経典類は二一六部四六一巻、諸曼陀羅の宝器・道具類に至っては枚挙に遑《いとま》がない。空海は、これらすべてを高野山に納めた。

◉大師号を賜る

さて、空海が入定《にゅうじょう》してから八十七年経った延喜二十一年（九二一）十月のある晩のこと。醍醐天皇の夢に六十歳ばかりの僧が現れた。

「私は紀州高野山金剛峯寺の空海僧都です。私の衣はすでに朽ち破れてしまいました。どうか新調してください」

天皇は驚き、急ぎ対処することにした。会議の結果、醍醐寺の観賢阿闍梨を派遣し、併せて「弘法大師」という諡号《おくりな》を与えた。

観賢は空海と同じ讃岐の出身である。秦氏（渡来系氏族の一つで、古代に栄えた）の流れを汲み、出家後は聖宝《しょうぼう》上人の優れた弟子として頭角を現した。その後、大和国に般若寺《はんにゃじ》（今の奈良県奈良市）を建て、延喜十九年以来、醍醐寺の最高位である座主《ざす》に就いていた。

この観賢が石山寺《いしやまでら》の俊佑《しゅんにゅう》という弟子を伴って高野山の奥院《おくのいん》を訪れた。そして横たわる空海を前にして天皇の言葉を伝えた。そうして装束一式を捧げようとした途端、にわかに眼前に雲がかかったようになり、空海の姿を見ることができなくなってしまった。

「**私は生まれてこのかた、一度も仏教の教えに背くことをせず、幼少時からずっと仏道修行に身を投じてきた。それなのに空海の御姿を見られないというのは、何の罪によるものなのか**」

膝を地に付け、このように慟哭《どうこく》した。すると、目の前の雲が晴れ、空海の姿が現れた。かくして観賢は無事に髪や鬚を剃り、装束も改めることができた(図8)。

【図8】観賢、空海の髪を剃る

観賢はそれでよかったが、同伴した俊祐は終始雲の中にいるような状態にあった。もちろん空海の姿を見ることができない。

弟子の悲しむ様子を見た観賢は、俊佑の手を引いて空海の膝を触らせた。すると、どうしたことか、その移り香が俊祐の手に付いたのだ。

不思議なことに、石山寺に戻った俊祐が寺にある経典類に触ったところ、

【図9】空海を傷付けた僧、頓死する

その匂いが移った。〈匂いの聖教《しょうぎょう》〉といって、今でも石山寺に所蔵されている。なお、俊佑にとって、この香は終生消えることがないものとなった。

それからまた久しく月日が流れ、長暦三年（一〇三九）、高野山の僧たちが再び空海の姿を拝みに行った。そうしたら、やはり前回同様に髪が伸び、体温も温かい状態だった。

――とても死んでいるようには見えない。

僧が訝しく思いながら剃刀で髪を剃っていたら、誤って空海を傷つけてしまった。すると、傷口からは血がにじみ、同時にこの僧は吐血して死んでしまった（図9）。この事件をきっかけとして、それ以降、空海は堂を固く閉ざすことにした。そうして二度と開かれることはなかったのである。

空海の姿は見られなくなったが、しかし、高野山は優れた霊場である。一度でもこの地を参詣した人は菩提の縁を結ぶことができるという。

伊藤慎吾……………ITO Shingo

異世界転生して最強の呪文詠唱者《スペル・キャスター》になった件

◉弘法大師御本地

弘法大師《こうぼうだいし》空海は日本古代の名高い僧侶で、後世の日本文化に多大な影響を与えた人物だ。宗教を含めた思想、美術、書道、文学の領域に残した足跡も大きい。また日本国中を遍歴したと言われ、各地に伝承地や空海が建立《こんりゅう》したという寺塔や仏像は少なくない。

空海にまつわる説話はすでに古代に生まれていたが、中世になって『高野大師行状図画《こうやだいしぎょうじょうずえ》』『弘法大師行状絵巻』をはじめ、種々の伝記が文章と絵によって制作されるに及び、信仰の域を超えた受容の広がりを見せていった（これらを大師伝と呼ぶ）。そして近世になって地誌の編纂《へんさん》や名所記、紀行・旅行記が盛んになってくると、各地に伝わる弘法説話が記載される機会が増えていく。それと同時に、伝説の種類も多種多様に確認されるようになり、中には笑話としか思えないものも現れるに至る。

そうした中で、『弘法大師御本地《ごほんじ》』は従来の大師伝とは異なり、娯楽性を追求した作風となっている。この作品では空海は高等の法力を使って他の追随を許さない奇跡的な行動を見せている。特に敵対する相手を容赦なく屈服させる強さが示される。以下では最強の呪文詠唱者《スペル・キャスター》としてどのように描かれているのか見ていくことにしよう。

空海、中国で修行する

空海は宝亀五年（七七四）、今の香川県に当たる讃岐国《さぬきのくに》の多度《たど》郡屏風《びょうぶ》ヶ浦という村に誕生した。神童として育ち、若くして大学頭《だいがくのかみ》という学問分野の最高位に就いたが、仏教に強い関心にもち、その地位を投げ捨て仏門に入った。

修行のために諸国を歩き回っていた時、大和国高市《たかいち》（今の奈良県）にある久米寺で捜し求めていた『大毘盧遮那成仏神変加持経《だいびるしゃなじょうぶつじんべんかじきょう》』に出会った。しかし、読んでみたものの、「いまだ確かに疑ひを晴らさず」と悟りを得ずにいた。そこで空海は日本中歩き回ってダメなのだからと、持ち前の行動力を発揮して日本の外に出て行こうと決心した。

空海が中国に修行に行くことになったのは、延暦《えんりゃく》二十三年（八〇五）、齢三十一歳の時のことであった。当時の中国は唐といい、日本は遣唐使といって、唐にしばしば使者を派遣した。空海は遣唐使に同伴するかたちで渡海したので、まずは皇帝のいる長安に入り、しばらく滞在することになった。**図1**は中国に渡る遣唐使船を描いたものだ。

船上にたくさんの人たちが乗っているが、一番奥に座っている僧侶が空海だ。御座船（甲板に屋形の建っている船）のかたちをした船で屋形（貴人のいる建物）の部分にいる。今回の渡唐で一番重要な人物は公卿《くぎょう》にして遣唐使の藤原賀能（葛野麻呂《かどのまろ》）だが、それよりも上の扱いを受けていると思われる。これと似た構図は『八幡宮縁起』にも見られる（**図2**）。ここでは屋形の最奥に座っているのは神功皇后《じんぐうこうごう》である。当時日本で一番偉かった人だ。皇后と同じ位置に空海もいるところから、実際はどうであれ、この物語では空海を一番偉い人物として位置付けていることが読み取れるだろう。

【図1】空海、遣唐使船に乗って中国に渡る

かくして唐に滞在することになった空海は、高徳の僧に付いて修行することになった。この頃の唐は最盛期を過ぎ、時の皇帝である徳宗も善政を敷いていたとはいえないが、しかし、優れた文化人がたくさんいた。仏教界も同様で、名僧不

【図 2】 神功皇后を乗せた船　『八幡宮愚童記』（久間八幡宮所蔵）

空の弟子の恵果《けいか》が都下の青龍寺にいた。空海が学んだのは、その恵果であった。

ここから空海の超人性が際立ってくる。空海を迎え入れた恵果も只者ではなかった。空海に初めて会った時、「我、汝がこの国に来たらんことを知りて、相待つ事久し」と告げ、さらに弟子たちに向かって「汝《なんぢ》らが智恵の及ぶところにあらず」と言い放ったのだ。こんなことを言われて弟子たちは平静でいられないだろう。当時の日本は文化的な後進国だったし、唐に比べて国土も小さい。そんなところからやってきた一介の僧が大国中から集まり、皇帝のお膝元で修行を続けてきた選りすぐりの自分たちに勝つわけがないというエリート意識に火をつけてしまったようだ。ここから法力バトルが始まるのだった。

恵果の弟子たちとの法力勝負

しばらく恵果のもとで修行していた空海に、恵果は遥か昔、毘盧遮那仏《びるしゃなぶつ》すなわち大日如来から受け継いできた『大日経』をはじめとする経典や仏の世界を描いた曼荼羅など、諸々の道具を一切合切授けることに決めた。また仏事に用いる道具類は経典に書いてはいるが、その説明だけでは復元が難しいということで、わざわざ作って与えてくれた（図3）。だがしかし、このような過剰な空海に対する待遇を目の当たりにした弟子達は当然反感を強めていった。

【図3】恵果、空海にすべてを伝授する

そこで恵果の弟子たちは何をしたのかというと、対決である。まずは僧侶らしく、論戦から始まる（図4）。図ではみな黒衣に袈裟掛《けさが》けをした坊主頭で誰が誰だか判然としない。机の左側に一人で座っているのが恐らく空海であり、右に並んでいるのが弟子たちだろう。そして一人離れて見守っているのが恵果だと思われる。

弟子たちの数は約六十名。これで空海一人と対戦するのであるから、公平性という点がまったく考慮され

【図4】空海、恵果の弟子たちと論争する

ていない。しかし逆に言えば、空海の超人性を引き出す雑魚《ざこ》キャラとして実に都合のいい輩《やから》ではある。予想通り、空海は弟子たちが次々に発する難問に言葉を詰まらせることなく理路整然と答えていった。

論戦に完敗した弟子たちが次に挑戦したのは法力勝負だった。ここからが本番である。

まず弟子側から出てきた一人が川の前に立った。そして祈ったところ、なんと川の流れが止まってしまった。どうやら水を堰《せ》き止める術を使ったらしい。しかし止めたといっても、水はどんどん上流から流れてくる。その水は堰き止めたところに積もっていき、水で山が出来上がった。たぶん六十名の弟子の中で一番力業の法力の使い手だったのだろう。なかなか壮観だ。

これに対して空海は何をやったのか。

> 一祈《ひといの》りし給へば、その水、天にもあがらず、地にも付かずして、虚空のうちを流れたり。

つまり、一言詠唱したところ、川の水が空に流れていったのだ。水で山を作るのと、空中に川を流すのと、どちらが優れているか現代人には評価が分かれるかもしれないが、単に堰き止めるだけでなく、空中に川を流すほうが能力値が高い技だったのだ。ということで、ここでも空海に軍配が上がった。

次は文字を書く能力対決である。一人の弟子が前に出て筆を取り、紙に何か文字を一文字書いた。すると、その文字の中から蝶や蜻蛉《とんぼ》が飛び出してきて空を飛びまわった。坊さんたちの頭の上を蝶や蜻蛉がふわふわと飛び回る光景というのはまったりとしていて好感が持てる。この術者の平和な人柄が窺えるだろう。

空海も同じように筆を取って一文字を書いた。どうやら空海はこういう生ぬるい空気は嫌いらしい。空海の書いた文字からは大きな龍が出てきて、あろうことか平和に飛んでいた蝶や蜻蛉をことごとく取り喰らってしまったのである。そしてそのまま天高く飛んで行ってしまった。空気を読めないにも程がある。

次の対戦は梵字《ぼんじ》対決である。梵字（サンスクリット語）とは古代インドの文字で、本来、経典はこの文字で書かれていた。それを中国の僧たちが翻訳して今の漢字ばかりの経典ができたのだ。だから経典を学ぶ僧にとって、原典の梵字の修得はとても大切なことだった。

では、どんな対決をしたのか。まず恵果の弟子は大きな卒塔婆《そとば》に「地・水・火・風・空」を意味する梵字を記した。卒塔婆とは**図5**の右上にも二本立っているが、今日でいえば、墓の周りに供養《くよう》のために立てられている細長い板のことである。「地・水・火・風・空」は五大といって、世界を構成する五大要素を示している。で、卒塔婆に恵果の弟子が記した五文字は板を透《す》けて裏側にも現れた。文字から蝶や蜻蛉を出すよりも地味だし、使えたからといってどんなメリットがあるか分からないが、奇跡的な力であることに違いない。

一方の空海もやはり大きな卒塔婆を立てさせたが、なぜかどんどん遠くに歩いて行った。ようやく立ち止まったところは五十間《けん》離れたところである。メートル換算で、およそ九一メートル。ここから何をしようというのか。空海はおもむろに筆を投げた。すると、筆は卒塔婆の上に取り付いて、さらさらと自動的に「アビラウンケン」（梵字）と筆記していった。漢字に変換すると「阿毘羅吽欠」だが、いずれにしても意味するところは大日如来に対する祈願に用いる語句である。一〇〇メートル近く離れた場所から卒塔婆に文字を書くというだけでもあり得ないことなのに、さらにその文字は光を放ち、人々を驚かせた。ちなみに**図5**に描かれている二本の卒塔婆のどちらが空海の書いたものかは分からない。梵字とも漢字とも仮名とも見えないものが記されている。

最終対戦は総力戦だ。といっても空海一人に対して恵果の弟子は六十人総出という無茶苦茶なものとなった。観戦者がいればブーイングの嵐だろうが、内々の勝負事なので恵果以下の関係者が納得すればそれでいいのである。まず六十人の弟子たちが一斉に川に向かって詠唱した。すると、川はにわかに火に変わって燃え上がった。かなりの攻撃力になる術だ。これに対して空海は驚きもしないで川に近づいて詠唱した。すると空に黒雲が立ち込め、雨を降らせた。しかも驚いたことに、雨は川だけに降り注いだのである。これによって川は元の姿を取り戻した。**図5**の卒塔婆の後ろに見えるのはその時の川と黒雲である。

これで対決は終わりだが、これまで五番の勝負を行い、空海が全勝する結果となった。それに不服なのが恵果の弟子たちである。もはや仏に仕える身にあるまじき所業であるが、彼らは空海をフルボッコにしてやろうと取り囲んだ。空海はこれに対して六十人の分身を出現させて対抗した。こうなると、本当の空海が誰なのか識別できない。動揺する弟子たちを前に再び一人に戻り、虚空に飛び上がった。そして宙にあって姿を大日如来に変えた。

【図5】空海、大日如来として現れる

図5に飛雲の上の蓮華座《れんげざ》に座るのが大日如来のはずだが、ここでは空海の姿のまま描かれている。ここに至って六十人の弟子たちは空海の正体が大日であると悟り、手を合わせて謝罪し、深く帰依《きえ》することとなった。空海はその後日本に戻り、新たな宗派を確立し、寺も建てることになるが、最初の弟子は彼らだったのかもしれない。

【図6】空海、内裏で大日如来になる

清涼殿での宗論

その後、日本に戻り、天皇への拝謁を済ませた空海は、日本に旧来の奈良の仏教とは違う、真言宗という新しい宗派の教えを弘《ひろ》めることに努めることにした。しかし、新しい仏教がどう違い、またどこが優れているのかまだ分からない。そこで親王（後の嵯峨天皇）の御前で仏教諸派の碩学《せきがく》たちと論議をすることになった。今度は唐での呪文詠唱バトルではなく、地に足の付いた学術的な議論になった。

論議の内容はとても難しいが、争点となったのは即身成仏《そくしんじょうぶつ》の義であった。諸々の宗派は、仏性《ぶっしょう》というものは死なないと得られないものだと説いたが、空海は父母から生じた身はすなわち大日如来であるという説を打ち立てて、これを論難した。論議を聴いていた親王は空海の弁舌は川の流れのように流暢で、理路整然としていると誉めた上で、しかし、そういうことならば即身成仏の証拠を見せよと命じた。要するに眼前に大日如来を示せと言っているわけだ。そんなこと、できるわけがない。無理難題と思われたが、しかし空海はその場で印《いん》を結んだ。すると五色《ごしき》の光を放つ金色《こんじき》の体に変じ、蓮華座に座していた（図6）。さらに空から花が降り、芳香が周囲に漂い、庭前の桜や橘の木には花が咲くといった奇跡が起きた。空海が目の前で大日如来になったのである。これにはその場にいる人々は、論敵とはいえ、納得しないわけにはいかない。かくして親王以下一同、みな、空海＝大日如来に合掌して礼拝したのであった。

空海、数々の奇跡を示す

その後、金剛峯寺《こんごうぶじ》を建立することで、一旦、メインストーリーは中断する。「をよそ、空海、御一生のうち、あらはし給ふ奇特どもは、諸国において、そのためし多し」ということで、以下では空海の行った奇跡的な出来事を幾つか掲げることになる。

龍泉涌水

まず、河内国の池で行った雨乞の祈祷がある。今の大阪府富田林《とんだばやし》市であったことである。ここに一つの池がある。大昔からどんなに暑い夏でも、雨が降らずに水不足になっても枯渇することがなかった。それはここに龍王が棲んでいるお陰であった。ところがこの龍がどこかにいってしまっ

【図7】空海、龍神を召喚する

た。その結果、池が干上がり、農作物に甚大な被害を蒙《こうむ》ることとなった。そこで、通りがかった空海にお願いして雨乞の祈祷をしてもらった。すると再び龍がやって来て、どんな時でも水を湛《たた》える池になった。そしてこの地に龍泉寺という寺を建てた。この寺は今もある（図7）。

観法無碍《かんぼうむげ》

次に術を使って大火炎を出したり、家の中を池にしたりしたが、一体なんのためにやったのだろう。

魔事品

続いて伊豆半島の山寺で『大般若経』を書くエピソードが載っている。この経典は全一六部六〇〇巻から成る膨大なものである。これを写すだけでも大変なことだ。空海が「魔事品《まじぼん》」という巻まで写し終えた時、経文《きょうもん》の文字が虚空に表れた（図8）。立体画像のようなものだと思うが、これはどうも空海自らが起こした現象ではなく、『大般若経』の秘めたる力だったらしい。空海が経典の力を発動させたのだろう。これによって空海は書道の能力値をマックスにしたようだ。

五筆和尚

書道の能力値を高めた空海は、五本の筆を握って文字を書くというスキルを手に入れた。すなわち右手に五本の筆を握り、一度に五行の文を書くことができるようになったのである。当時は言うまでもなく文字を記すにも、本を著《あらわ》すにも手書きである。今ではコピーすれば複写できるから、一度に五行写せても有難味は薄い。コピー機と五筆のスキルとどちらが欲しいかといえば、能率性からみればコピー機だろう。だが当時はコピー機という発想さえもない時代であったから、これは極めて有効であった。

【図8】経典の文字が虚空に浮かぶ

虚空書字

五筆のスキルは、うがった見方をすれば、曲芸の一種に思われるかもしれない。もしかしたら大道芸人にもそんな芸当をする人がいてもおかしくないと思わないこともない。しかし、水面に文字を書くというのはどうだろう。空海は水面に文字を書いたのだが、その文字は少しも乱れることがなかったという。『古今和歌集』に「行く水に数書くよりもはかなきは思はぬ人を思ふなりけり」という恋の歌が載っている。当たり前のことだが、流水に文字を書こうとしても、書くことはできないのである。淀《よど》んだ汚水の上にならば、カフェラテのラテアートのように書くことができるかもしれないが、それでは空海の超人性が表現されない。やはり流れる川の水面に、あたかも紙に書くように美しい文字を書き記したということだろう。

道風受罰

内裏の中心にある建物を大極殿《だいごくでん》という。また内裏《だいり》を囲む門のうち、南にあたる門を朱雀門《すざくもん》という。天皇の命で、空海がこの門の額の銘を書くことになった。当時から空海は書道の達人として知られており、右に挙げたような人間技とも思えぬ超絶技巧ばかりでなく、天賦《てんぷ》の才能があった。当時はその他にも嵯峨天皇と橘逸勢《たちばなのはやなり》が知られていた。やや時代が下ると、小野道風《とうふう》が名手として知られるようになった。その道風の身に起きた不幸なエピソードである。

この二つの額の文字には少し癖があった。「大極殿」の「大」の字が「火」に見え、「朱雀門」の「朱」の字も「米」に見えた。どちらも筆勢が強すぎた結果だ。道風はこれを見て笑った。結果、罰を受け、道風は手が震えてしっかり書けなくなってしまった。しかし不思議なことに、それはそれで良いという評価を得て、道風の名声を後押しすることとなった。結局個性的な書を表現するようになったわけで、果たして罰なのかどうなのか、空海の思惑は人智を超えているというほかない。なお、道風は空海没後に生まれたので、このエピソードは空海没後のものである。

応天門の額

内裏の門に関するエピソードがもう一つある。内裏の中に応天門という門がある。そこの額も空海が手掛けたものだ。どういうわけか、「応」の字の一文字目の点を書き忘れてしまった。空海は額を門に掛けた後、書き損じに気付いた。普通なら額を下ろして書き加えるだろう。しかし空海はそうしなかった。筆に墨を付け、額に向かって投げたのである（図9）。図はその時の様子を描いている。飛んでいった筆が額に点を付けているのが分かる。周囲の公卿たちもこれには驚いた。しかし、かつて唐にいたとき、恵果の弟子

【図9】「弘法も筆の誤り」

たちと法力対戦をしたことは先に見た通りだが、その際、一〇〇メートル近く離れた場所から筆を卒塔婆に向けて投げ、表に梵字を書くという信じがたいことを行った。それに比べたら頭上の額に点を付け加えるくらい、空海にはどうということもなかったろう。それよりも、「応」の字を正しく書けなかったことに驚きである。このことにより、「弘法も筆の誤り」という諺《ことわざ》が生まれた。

以上で、幕間のサイドストーリーというべき、時系列を無視した奇跡的なエピソード紹介が終わりとなる。そして空海の後半生が語られる。

空海、法力バトルを展開する

空海は様々な偉業を成し遂げたが、この物語の後半は守敏《しゅびん》との法力対戦がメインとなる。堅実な弘法大師空海伝を記述するならば、省かれるか、一言触れられる程度のものであるが、この作品では多くの紙面を費やして取り上げている。目の付け所が違うのだろう。おそらく初めから史実に忠実であろうとか、古来の空海伝を分かりやすく伝えようとか、そういった態度ではなかったのだろう。史実や啓蒙よりも、面白い読み物に仕立てることに腐心した結果ではないかと思われる。

さて、嵯峨天皇は東寺を建立し、空海に賜った。同じく西寺という寺も建立し、こちらを守敏に賜った。これが史実かといえば、はなはだ疑わしいのだが、ともあれ、物語上では、これが二人の確執のきっかけとなったことは間違いない。

守敏にはなかなか生活に便利なスキルがあった。空海が諸国に修行に出ている間にどんなことをしたのか。

まず、生栗を懐《ふところ》に入れてしばらくすると焼き栗に変えたり、熱くて飲めない茶を冷却して凍らせたり、氷を熱して沸騰させたりした。

また、ある冬の日のことである。天皇の御前には火鉢があり、ほどよく室内を暖めていた（図10）。守敏も御前に控えていたが、何を思ったか、火鉢の火をどんどん熱くして部屋の温度を上げていった。暑くて天皇も汗を流すようになったら、今度は急に室内を寒くしていった。そしておもむろに座を起って庭前の桜に呪文を詠唱したら、冬枯れていた桜の枝に満開の花が咲いて、春のように暖かくなったが、立ち退いたら再び冬の寒さに戻ってしまった。

【図10】守敏、生栗を焼く

このような様々な現象を実現させる守敏を聖人と賛美する声が絶えなかった。中には空海など足元にも及ぶまいと思う人たちも出てきた。

守敏のスキルは優れた生活魔法ということができる。栗を簡単に焼けるのだから、焼き芋やピザもできるし、特に調理系魔法として様々に応用が利くだろう。また茶の湯を冷却したり沸騰させたりできるのだから、これまた調理に使える。そればかりでなく、風呂を沸かしたり、海産物などをチルド輸送したりもできる。僧侶をやめて別の仕事に転職しても良い暮らしができたに違いない。しかし、守敏は僧侶という仕事に執着した。天皇からじきじきに寺を賜り、頻繁に御前に召される身の上で、名声も博していたのだから、その地位を退くつもりは毛頭なかったのだろう。ここに、諸国修行の旅に出ていた空海が都に戻ってきた。これは守敏の栄華の終焉を意味する。

久しぶりに都に戻った空海は、参内《さんだい》して天皇から守敏の起こした不思議現象について話を聴いた。空海は「それがしのなからん所には、さもこそ侍らめ。空海があらん所にしては、いかでか」と明確にライバル意識を示した。

天皇は、これは面白いと思ったかどうか、空海を障子《しょうじ》の裏に隠し、守敏を呼び寄せた。そこで茶を出したのだが、煮立っていてとても飲めたものではない。そこで守敏に冷ますように命じた。守敏は「畏まりて候ふ」と言って術を施そうとするが、効果がない。逆にどんどん熱くなり、沸騰してしまった。どうしたことかと不思議に思っていると、障子を開けて空海が入ってきて「いかに守敏、それがしのあらん所には、怪しき技も叶ふべからず」と笑った。守敏はこれに面目を失い、御前を退室した。以来、守敏は空海に怨みを抱き、復讐を誓うのであった。

龍神の召喚

守敏が最初に行ったことは、世界中の龍神を封じ込めることである。龍神は雨を司るから、封じ込めれば雨が降らなくなる。空海一人に対する復讐のために世界に迷惑をかける神経にも驚かされるが、単に栗を焼いたり茶の湯を沸かしたりといったささやかな生活魔法ばかりでなく、戦略級のスキルも持っていたことがここに明らかになる。

守敏の企むところでは、龍神たちを封じ込めれば空海が朝廷の命を受けて雨乞の祈祷をしても降らない。そこに守敏が登場し、龍神の封を解いてから祈祷する。すると雨が降り出す。これによって空海に恥辱を与え、守敏が名声を得るという算段であった。

ところが、天皇が最初に召したのは守敏であった。守敏は命じられるままに雨乞の祈祷をした。すると、確かに雨は降ったのだが、京都周辺ばかりであった。日本国中が旱魃《かんばつ》に見舞われているのだから、全国に雨を降らせてほしいが、守敏の力ではそれが叶わなかった。これに満足しなかった天皇は、次に空海を召し、祈祷を命じた。

空海は神泉苑に赴き、そこで祈祷を行った（図11）。守敏が善女龍王《ぜんにょりゅうおう》という龍神を封じ損なったことに気付いていた。守敏よりも善女龍王のほうが高位の存在で、低位の守敏の術が効かなかったのだ。

善女龍王は天竺、すなわち今のインドの北方の山間部にある無熱池《むねっち》という池に住んでいた。空海はこの龍神のみ守敏の封印から免れていたことを知り、神泉苑に召喚した。すると、金色に輝く巨

【図11】空海、
神泉苑に龍神を召喚する

大な龍が黒雲とともに神泉苑に降りてきた。図にはその時の様子が描かれている。壇の前に空海がおり、その後ろに公家たちが並んでいる。朝廷から派遣された勅使和気真綱《わけのまつな》らの一行である。

今回の龍神封印作戦の失敗によって、空海と守敏の力量の差が歴然とした。守敏では力が及ばなかった善女龍王を、空海はやすやすと日本に召喚したのである。守敏が感情よりも理性の勝る人間であれば、これ以上空海と争うことの愚かさに気付いただろう。しかし、守敏はどうしても許せなかった。以上で中巻が終わり、最終巻に移る。

詠唱バトル

さて、空海に大恥をかかせられ、復讐に燃える守敏は、間接的な嫌がらせではなく、直接攻撃に打って出た。空海に恥辱を与える目的で世界中の龍神を封印し、天下に旱魃をもたらすような人間だ。その上、この強大な力を世の為、人の為に使うという発想もない。この人は一体なんのために出家したのだろうか。

【図12】守敏、
降三世明王法を詠唱する

【図13】空海、
軍荼利明王法を詠唱する

で、守敏の直接攻撃は呪文詠唱者《スペル・キャスター》らしく呪詛《じゅそ》を行うことにした。すなわち拠点となる西寺に壇を設けて降三世《ごうざんぜ》明王《みょうおう》の法を行った。しかし空海も常人と異なる異能者。すぐに攻撃を察知して東寺から軍荼利《ぐんだり》明王《みょうおう》の法を詠唱した。先の龍神をめぐる攻防は善女龍王を召喚した空海の勝利に終えた。しかし、実のところ、この二人の呪文詠唱者としてのレベルは三地《さんじ》の菩薩（悟りに至る十階梯の三番目）といって、同じなのだ。だから何も介在しない直接的な詠唱バトルは五分五分のせめぎ合いとなる。

守敏と空海の対決は挿絵でも一対に表されている（図12が守敏、図13が空海）。それぞれの図の上には矢が飛び交っている様子が描かれている。原文に「虚空のうちには、矢の馳せ違ひて、鏃突《やじり》きあひては、其《そ》の矢、砕けて地におち」という記述が見える。挿絵はそれを忠実に表現していることが分かる。思えば高速で飛んでくる矢の先端に同じく高速で矢を飛ばして迎撃するというのは神業というほかない。こう書くと勘違いしがちだが、剣と魔法のファンタジーに出てくるような呪文詠唱者《スペル・キャスター》とは能力の性格が違う。守敏や空海は仏菩薩を召喚して、彼らに戦わせているのだ。だから飛んでくる鏃に鏃を当てるという神業は、仏の御業と考えれば納得いくだろう。とはいえ、こうした強力な仏菩薩を召喚できること自体、三地の菩薩というレベルだからこそといえるだろう。

二人のバトルは昼夜休む間もなく七日間続いた。直接的な詠唱バトルだから他人に迷惑をかけないかと思ったら、それは間違いだった。たしかに龍神の時のように世界中の人間に迷惑をかけるほどではなかったが、雷雨と地震を引き起こし、都の人々を不安にさせたことだろう。

ともあれ、同レベルの詠唱バトルだから、これだけでは勝負は付かない。どこで差が付くか。それは頭脳である。

空海は周囲の人たちに次のような噂を流させた。

「空海こそ、只今、守敏に祈り負けて、護摩の壇上《だんじやう》より逆さまにおち、むなしくなりたまひけれ」

つまり、空海が守敏に負けて死んだと言い触らすことで、守敏に油断させようと図ったのだ。この計略はみごとはまり、守敏は気を抜いた。そこにすかさず軍荼利明王が矢を放ち、守敏の眉間に的中し、死んでしまった。かくして空海が呪文詠唱者《スペル・キャスター》の頂点に立ったのである。

大師号

この物語は前半に恵果の弟子たちとの法力勝負があり、後半は守敏との生死をかけた合戦が描かれている。この二つのバトルが本作品を盛り上げているといえよう。一編の物語の展開からすると、守敏はラスボスに当たる。これを倒したのだから、あとは後日譚のように流れていく。

空海が亡くなったのは承和二年（八三五）であった。その後、九十年近くが過ぎ、聖帝と称えられる醍醐天皇の延喜二十一年（九二一）十月、空海に大師号が授けられた。そのきっかけとなったのは、天皇の夢に六十歳くらいの徳の高そうな立派な僧侶が現れ、

「われは紀州《きしう》高野山、金剛峯寺《こんがうぶうじ》の空海僧都にておはします。わが御衣、すでに破《やぶ》れくちたり。ねがはくは、御恵《めぐ》みをかたじけなくせん」

と、古くなった法衣《ほうえ》を替えてくれるよう、お願いしてきたのだ。

この発言で面白いのは、敬語の使い方だ。これは空海の天皇に対する会話文である。古典文学の文章では敬語表現が大変厳密に守られることが多い。人間社会で頂点に立つのは天皇だから、天皇に対しては必ず尊敬語が用いられ、天皇に向かう人々には謙譲語を用い、間接的に天皇への敬意を示す。ところが、夢の中に現れた空海は自分自身に尊敬語を用いている。自分は「金剛峯寺の空海僧都にておはします」、つまり私は「金剛峯寺の空海僧都でいらっしゃる」と自己紹介しているわけだ。それから自分の着物も「わが御衣」、つまり「私のお着物」と表現している。これは女の子なんかが「私のお洋服」というのとはわけが違う。女性や子どもが好んで使うのはいわゆる美化語

といって、丁寧語の一種であって、尊敬語や謙譲語と違って話し相手と自分との待遇は問題とならない。ただ丁寧に言っているだけだ。しかし、空海が「わが御衣」と言っているのは、自分の所有するものに尊敬の接頭語「御」を付けているのだから、それはすなわち所有者である自分自身の敬意を高めていることになるのだ。その一方で「御恵み」とも言っている。これは天皇の空海に対する「御恵み」だから、天皇に対する敬意の表れである。

「朕」のような自尊敬語は用いていないが、このように、空海は自らに対して尊敬語を用いている。それも天皇に対してである。このことから、夢の中に現れた空海はすでに人間を超越し、それよりも上位の存在になったことを示しているだろう。当時の日本人の観念からすれば、人間よりも上位なのは神か仏である。つまりそういうことなのだろう。

呪文詠唱者《スペル・キャスター》としての空海

空海こと、弘法大師の伝記は、冒頭にも述べた通り、近世に至るまでにたくさん作られてきた。それらの多くは『弘法大師伝全集』に収録されている。それを通読すると、ここで取り上げた『弘法大師御本地』の特殊性が見えて来る。それは、従来の正統な大師伝を正確に受け継いでいないことだ。たしかに、かたちだけは大師伝の系譜に位置付けられる。しかし、どういうわけか、大師伝と同じエピソードをわざわざ大師伝ではない本から探し出してきて、それに置き換えているのだ。たとえば平安末期の源平の合戦を描いた『源平盛衰記』という軍記物語にも幾つか空海のエピソー

【図14】高野山参拝の光景

ドが挿入されている。それが大師伝と同じ内容であることから、『盛衰記』のほうの同一エピソードに置き換えているのだ。同様に中世に作られた僧侶や尼などの伝記を数多く集めた『元亨釈書《げんこうしゃくしょ》』という本に載っている空海や石山寺の観賢のエピソードなどに差し替えている。なぜそんな手間のかかることをしたのかははっきりとしないが、同じような作為は同じ頃の物語作品に散見される。そういうところから、〈あるエピソードを別の文献の同じエピソードに置き換える〉ということが当時の創作方法の一つとして行われていたのではないかと思われる。

また、大師伝の系譜からみて、独自のエピソードが幾つかある。神護寺《じんごじ》の縁起（由来）と最後の高野山の景観である。これらも『源平盛衰記』によるものだ。神護寺のほうはわざわざ取り込む必要が感じられないが、もしかしたら、上中下の全三巻にバランスよくまとめるべく、文字数を稼ぐために付け足したのかもしれない。最後に高野山の説明をするのは、当時の寺社縁起の読み物に共通するところで、人々が参拝する絵とともに概要を述べているのだ。一種の名所案内の役割を果たしているのではないかと思われる（図14）。

従来の大師伝は空海を開祖として崇める僧

たちによって真面目に作られてきた。しかし、右に述べたような特色をもつ『弘法大師御本地』からはとてもそういう真摯《しんし》な執筆姿勢はうかがえないように思えるのだが、どうだろうか。とりわけ、二度のバトル、すなわち恵果の弟子たちとの法力五番勝負、そして守敏との壮絶な法力合戦はもはや〈伝記〉の域を超えている。ラスボス守敏とのバトルに多くの紙面を割いていることからも、ここに力を入れていたことが読み取れよう。要するに、この作品は弘法大師伝のかたちを借りたエンターテインメント作品なのである。

特撮ヒーロー物に例えて、守敏の役どころを説明しよう。前半に出て来る恵果の弟子たちは敵組織の戦闘員である。彼らは異能の力を持っており、集団としてヒーローに戦いを挑む。しかし、戦闘力はヒーローに比べて著しく低く、基本的に雑魚キャラとしてやられてしまう。このあと、再び日常場面に移行してストーリーが進行したあと、ラスボスの登場である。それが守敏だ。世界中の龍神を封印して天下に災禍をもたらす強大な力を持ちながら、それを十分に駆使することもせずに、ヒーローにやられてしまう。なんでもっとうまく戦えなかったんだと一部のアンチ・ヒーロー・ファンにツッコまれながら、主人公補正で完敗する特撮ヒーロー物の敵役というように相応しい倒され方である。それが本作における守敏であった。

では空海がなぜこれほどの超人性をもっているのか。それはもともと空海が大日如来だったからだ。大日如来は真言宗では最高の仏であり、敵なしの存在である。その大日が空海としてこの世に転生したのである。当然、勝つに決まっている。

仏の世界から人間界に転生する。あらゆる人間には仏性があるといいながら、凡人にはそれに気づかない。しかし、空海は自分が生きながら大日であることを知っていた。だから大日の力を発現し、さまざまな場面で奇跡的な力を示すことができたのだ。
大日如来が仏の世界から人間界に転生し、空海という最強の呪文詠唱者《スペル・キャスター》になった物語。それが『弘法大師御本地』である。ということもできるかもしれない。

翻刻
『室町時代物語大成』四
『弘法大師伝全集』九

影印・画像
国立国会図書館デジタルコレクション　http://dl.ndl.go.jp/info:ndljp/pid/2566722

参考文献
『弘法大師伝全集』一〜一〇（ピタカ、一九七七年）
東寺宝物館編『弘法大師行状絵巻の世界――永遠への飛翔』（東寺宝物館、二〇〇〇年）
『歴史読本』編集部編『今こそ知りたい！　空海と高野山の謎』（KADOKAWA、二〇一五年）
伊藤慎吾「高僧伝の読み物化――『弘法大師御本地』について」（『中世物語資料と近世社会』三弥井書店、

二〇一七年）

掲載画像
『弘法大師御本地』国立国会図書館所蔵
『八幡宮愚童記』久間八幡宮所蔵

魅惑のお伽草子
――不思議の物語世界

徳田和夫……………TOKUDA Kazuo

物語草子の森へ

お伽草子（室町物語）。これは、十四世紀後半から十七世紀前半までの約二五〇年間に創られ続けた物語草子の総称である。概して短編であり、その釈文《しゃくもん》は現代の文庫本に当てはめるとおよそ数ページから四十ページほどである。それが四〇〇種を越えて伝わっている。[1] 平安時代から続いた物語文学のマッスはここにいたって大いなる森となった。一つひとつの樹が風に揺れている。大木もあれば、若木もある。それぞれは季節の陽をいただいて青葉、紅葉を濃く薄くする。それというのも、それは室町、桃山時代の文化の多様性《ダイバーシティー》を慈雨、沃土としている。

その題材は貴族の恋愛を除くと、総じて特異で、平安・鎌倉時代物語にはほとんどみない。奇異な事柄は、共同社会で幾度も話題となる。語り継がれていく。書き写される。お伽草子の諸作品は、そうした伝承性を多かれ少なかれ有している。なお、新奇であるのと、短編であることは互いに支えあっている。お伽草子はいうならば説話性をあらわにしている。お伽草子の文化史上の意義は、当時の民間伝承の物語(=民間説話)をいくつも読み物としたことにある。それは『今昔物語集』や『宇治拾遺物語』などにも見られるが、お伽草子はさらにそうした説話集からも題材とテーマを得ていて、説話文学の世界に隣接している。

ちなみに説話は畢竟《ひっきょう》、物語である。物語は、場面の連鎖で成り立っている。場面は、映画やアニメ・マンガのコマに当たる。それがいくつも集まって出来事を叙述する。大小の場面を並べて、始まりから終わりまでの時間経過を示すのである。言い換えると、出来事は場面によって構成される。その場面にいっそうの伝達効果を期すと、視覚化が図られる。ことばが画面(=絵)となる。享受者は、絵をみてそれが主要場面だと知る。物語の絵とは場面の解釈であり、視覚表象による再創造《リメイク》といえよう。お伽草子が絵巻や奈良絵本(=室町末期～江戸前期の彩色絵入り写本)に仕立てられるのはあるべき事であり、江戸時代には絵入り版本に引き継がれていく。

そうしたお伽草子の物語は多様多岐にわたり、分類が欠かせない。これまでよく用いられていたのは、登場人物を階層で分けて、①公家物語、②武家・英雄物語、③宗教・僧侶・稚児物語《ちごものがたり》、④

庶民物語とし、さらに出来事の展開舞台を外国や想像世界とするものを⑤異国・異界（異境）物語にまとめ、人間の恋愛、合戦、歌合《うたあわせ》、発心出家《ほっしんしゅっけ》を、動植物・魚鳥虫・飲食物などを擬人化してものがたるものを⑥異類物語《いるいものがたり》とする六分類である。[2] ただしグループ相互は、主人公の行動面で重なっている。また、一作品を一グループに閉じこめておくと、作品の特質を見失うことにもなる。各作品を総体に照らして、とらえることも肝要だ。

そこで、題材、主題《テーマ》、主要モティーフ（＝おもな出来事）など、物語内容（＝事件展開）を事項化《インデックス》するのも手である。指標を設け、作品を位置づけるのである。個人の趣向に左右されやすいが、当初は考えつく限り設定しておき、後で整理すればよいだろう。当然のこと、ひとつの作品がいくつもの事項に登録される。そして、作品に各事項を付記しておくと使いやすい。また、テーマや出来事の状況（＝物語内容）とテキスト形態は連動することもあり、「絵巻」「白描《はくびょう》」「小絵《こえ》」「奈良絵本」「画中詞《がちゅうし》（絵に記載された詞章）」といった外形面も重んじて事項に設けておきたい。

たとえば、「合戦」を設ける。ただちに『鴉鷺物語《あろものがたり》』、『小敦盛《こあつもり》』、『三人法師（第三話）』『無明法性合戦状《むみょうほっしょうかっせんじょう》』などが挙がる。前三者はまた「発心出家」に顔をだす。『無明法性合戦状』は「神仏」にも収まる。『鴉鷺物語』『小敦盛』は「絵巻」をも付帯情報とし、[3] その項に収める。後にあつかう『玉水物語《たまみずものがたり》』は、さしあたり「狐（「狐狸」も）」「異類」「変化《へんげ》」「異形」「紅葉合わせ」「物《もの》の気《け》（物の怪）」「長歌」であろう。無論、「妖怪」「化け物」も忘れてはならない。[4]『鉢かづき』はストーリー順に「観世音（観音）」「霊験」「鉢」「異形」「継母」「継子」「流浪」「風呂焚き」「嫁比べ」などが挙げられる。

こうした事項別分類を先の六分類と併用するのである。なお、項目選定はグループワーキングで協議したよい。そして、設定の方針を明示しておくと、客観性が保てる。

ここで、ことあらためて提起する指標は「不思議」である。お伽草子の物語世界を捉える指標足《た》りえる。後先《あとさき》となるが、『玉水物語《たまみずものがたり》』はこれに当てはまる。『鉢かづき』もここに入れたい。なお、プレモダンの鉢かづき姫は、文中では「方端《かたは》」「化け物」などとされており、近・現代の子ども向け絵本のイメージとは異なっている。

「不思議」はもともと仏教語で、摩訶不思議《まかふしぎ》とも不可思議とも使う。魔訶は優れている、偉大であること。不可思議は、思いはかれないそのさまを指す。また、「不可説」は類義語である。たとえば、想像や理解を超えた人物ということで、次の一節は知られている。『物くさ太郎』の冒頭である。

東山道陸奥《とうせんだうみちのく》の末《すゑ》、信濃国《しなののくに》十郡のその内に、筑摩郡《つかまのこほり》あたらしの郷《がう》といふところに、不思議の男一人侍《はんべ》りける。その名をものくさ太郎ひぢかすと申し候ふ。国に並びなきほどの物《もの》くさしなり。

この「不思議」は、「物くさの太郎」という変わった名前と、並ぶ者がないほど怠惰であるとの両方に対していうのであろう。「ひぢかす」は「泥滓《ひぢかす》」（泥《どろ》のような屑《くず》）を掛けている思われる。そして神の由来を説く本地《ほんじ》物語として、鄙《ひな》に住む男はじつは貴族の出《で》であり、善光寺如来に授かった申し子であり、ついには「おたが」（「穂高」の訛記《かき》）の神に祀られたという、その奇跡の物語が始まる予告している。

また後述の『木幡狐《こわたぎつね》』には、

ある時、中将殿の御乳母中務《めのとなかづかさ》のもとより、世にたぐひなき逸物《いちもつ》とて、美しき犬を進上いたしけり。少納言、このよしを聞きて、身の毛もよだつばかりにて、急ぎ姫君の御前《まへ》に参りて申しけるは、「不思議の御大事出《い》で来候《きさうら》ふぞや。この犬、かくて候はば、大事これに過ぎ候はず」とて、涙にむせぶばかりなり（御伽文庫本。部分、他本にて訂す）。

とある。中将の家に、乳母からきわめて優れた犬が贈られてきた。妻の「姫君」（もとは狐）と侍従（同）の中納言は、思いがけない大変な事だ、屋敷には居られなくなると怖れた。「不思議」は日常ではこのようにも使われたが、もとをたどると、神仏の偉大なおこない（神力《しんりき》）を指すことに始まった。(5) 転じて、常識はずれ、審《つまび》らかならざるさまも表す。それを、現代では若い女性はカワイイといったりする。変わっていて惹《ひ》かれる、おもしろい、幻想的《ファンタスティック》だとの意味で、古語「をかし」の「魅力ある、興味深い」に当たる。

いつの世も、人は不思議に魅せられる。畏《おそ》れ多いと思うと、念頭から離れない。お伽草子はその話題に満ちている。非現実の、超自然を語るファンタジーはいうまでもなく、現実世界の苦難、悲哀の人生をものがたるときにも奇跡、霊験、奇特、神変、妖気、怪異《けい》、奇異、災厄など、この世ならぬことが影を落としている。かつての人びとはあり得ることだとリアルに受けとめていた。お伽草子研究の先達の一人、故岡見正雄氏は、お伽草子には「神が顔をのぞかせている」といわれたが、(6) まさに神変奇特《しんぺんきどく》があふれている世界なのである。

ついては、室町時代末期の公卿、山科言経《やましなのときつね》の日記に次のようにある（『言経卿記』天正十七年〈一五八九〉十二月廿四日条）。読み下した。

下間侍従（頼純）へ平治物語ノ末六丁書之遣《これをかき》ハシ了《おは》ンヌ、先日誂《あつら》フル也《なり》。又、濫觴抄、不思議集ヲ返シ了《おは》ンヌ。

「不思議集」とみえる。そう称する書籍は、おそらく仏にかかわる霊験集の類ではなかろうか。あるいは、直前に「濫觴抄」と書いてミセケチにしているのは「不思議集」と混同したということか。濫觴とは、始まり、起源のこと。「濫觴抄《らんしょうしょう》」は物ごとの故事由来集と目される。中国、日本のしきたりや寺社の縁起に取材した書籍かと推《お》され、そこに神仏の霊威《れいい》や霊異《りょうい》を讃嘆するくだりも引かれているのであろう。事の始原を神仏に結びつけて説いて「不思議集」と呼び習わしていたとも考えられる。

ここで想起するのは、室町時代後期の十五～十六世紀に成った『化物草子絵巻』（ボストン美術館蔵）である。その箱書に「変化草紙《へんげそうし》」とある。形態は物語草子に時々みる小絵《こえ》で（天地幅《はば》の小さな絵巻）、動物妖怪、付喪神《つくもがみ》、遊離魂《ゆうりこん》、異類婚《いるいこん》（異類婚姻）をめぐる小編が五話ならんでいる。(7) 説話集とみてもよい。注目すべきは、全編を通じて、超自然の事態に七回も「ふしき（＝ふしぎ・不思議）」を用いている。実際、時代人は日常において不思議を思い、感じることがよくあった（『看聞日記』応永二十五年〈一四一八〉三月二四日条、同三十二年〈一四二五〉五月六日条、他）[8]。軍記物語の『太平記』も「不思議」とたびたび使うが（「希代《きたい》の不思議」〈巻五「中堂新常燈消事《しんじやうとうきゆること》」〉、他）、人智では計り知れないことをその語で表すのが常態であった。『化物草子絵巻』は歴《れつき》とした不思議集なのである。

そこで、お伽草子の興趣を楽しむのに、まずは「不思議」を入口としてその物語を取りあげることにしよう。人間は時代を超えて不思議な話に惹《ひ》かれるのであり、そこに宗教、文学、演劇、芸能、美術が揺籃している。それはまた絵画、工芸などのビジュアルカルチャーに発現しており、現代の娯楽メディアとも様ざまに層を重ねている。さても皮切りは、『玉水物語』と『鉢かづき』である。

『玉水物語《たまみずものがたり》』人気《ブーム》

折しも一年が経《た》った。平成三十一年（二〇一九年五月一日「令和」改元）一月の、大学入試センター試験の「国語」は、お伽草子にとって画期的であった。だいたいにお伽草子作品が高校教科書「国語総合」や「古典」「古文」に載ることはほとんどない。そこに、全国的な入学試験に『玉水物語』が採択され、一般社会に登場した。別名『紅葉合《もみじあわせ》』という、埋もれていた物語草子がにわかに脚光をあびたのである。

それまでセンター入試の古文問題となったお伽草子は、公家物語の『しぐれ』（二〇〇一年度）寺社物語の本地物《ほんじもの》（神仏の由来物語）の『日光山縁起（二荒山縁起）』（二〇〇五年度）と、公家物語の継《まま》子物《こもの》『一本菊《ひともとぎく》』（二〇〇九年度）である。ちなみに、十八世紀に活躍した女性文学者宮部万女《みやべまんじょ》が異類物語風《ふう》に創作した『木草物語《きくさものがたり》』(9)も出題されている（二〇一七年度）。対して、高等学校、予備校側の反応はこれといってなかった。受験生もとくに話題とすることはなかったようだ。『しぐれ』は王朝風の悲恋譚で哀愁をもよおし、『日光山縁起』は神話のように想像に富んだ物語であり、『一本菊』は継子の苦難を抒情をもって語り、『木草物語』は自然界を機智でとらえていて、どれも構成や叙述に破綻はない。しかし、問題文は限られた一場面であり、男女のやりとりなどの心理描写は従来の古典と変わらず、新鮮味を感じなかったのである。

ところが、『玉水物語』の場合は違った。作品の内容に踏みこんでの談論風発となった。それも受験生がまっ先に反応したから社会の反響は大きかった。問題文にいわく、「次の文章は『玉水物語』の一節である。高柳《たかやなぎ》の宰相には十四、五歳になる美しい姫君がいた。本文は、花園に遊ぶ姫君とその乳母子《めのとご》の月冴《つきさえ》を一匹の狐が目にしたところからはじまる。これを読んで、後の問いに答えよ」と。受験生は色めきたった。伊勢物語や源氏物語のような貴族の恋物語ではないと。

試験が終わって、若者たちはただちにツイッターやブログを駆使した。ネット空間に、次のような言いぐさが飛び交《か》った。「『玉水物語』ってどんな作品?」、「狐が姫君を恋するって?」、「古典にそんな変わった物語があったの? 通して読んでみたい」などと。SNSはさらに、ストーリィを詳しく引く者、絵巻の図を掲げる者でにぎわった。高校や予備校の国語教員は受験生の報告から〝騒ぎ〟に気づいたという(10)。

若者が情報機器で見知らぬ他者と会話する。現代では当たり前のことである。それが、普段とは違う。現実に反する話題であり、超自然を共有しあって、不思議な出来事に興じたのである。狐の変化《へんげ》などありえない、それは妄想、迷信だと理解しながら、話を楽しんでいる。いうならば、許容している。そして、古いむかしに人びとが慎んで信じていたことに興味を寄せている。これ自体が非日常であったから、メディアも『玉水物語』に関心を向けた。

『玉水物語』は若者の柔軟な関心によって復活した。では、他のお伽草子はいかに？ ようやく、あるやも知れずと仮想し、また畏怖して創作する室町人の想像力に光が当たるようになってきた。思い起こすと、お伽草子には思想がない、類型的だ、文体がないなどと、思い込みでいう御仁《ごじん》がかつていた。応えるならば、その物語類にはテーマが豊かにあり、あれこれを体系化するのが思想好きの責務ではないか。室町時代は眼の文芸（絵巻、絵解《えと》き）、耳の文芸（草子読み、勧進聖の縁起語り、幸若舞、説経）が発達し、能・狂言の語り・歌謡といった多様な表象文化や、集団の創作・伝承営為も盛んにおこなわれた。音声に依る物語行為は叙述に形式を造る。伝承物語はテーマに応じてモティーフが寄り集まってくる。室町の物語草子の錬成や形成にはそうした諸々がはたらいている。ついでに、お伽草子を御伽文庫（渋川版）の二十三編だけをもって評価してはならない、また年少者向けの童話をいう「お伽話《とぎばなし》」に引きずられると、本来の面白さを見失ってしまう。

物語は、人をして心を慰《なぐさ》め、励ますための応需である。そうでなければ、人は創りも伝えもしなかっただろう。お伽草子は特別な事態の始終を明快端的にものがたる。同時代の能、幸若舞曲《こうわかぶきょく》、説経節《せっきょうぶし》（説経浄瑠璃）などの語り物も同様に事件を通して人間とは何かを迫る。そうした叙述スタイルとなる必然を考えたい。物語論《ナラトロジー》は、先に触れた場面の絵画化などのように、物語の基本形態（＝様式）を捉えた上で、なぜそうなるのかを分析する。そこで参考とすべきは、集団によって保持されてきた伝承物語である。とくに神仏の由来物語は好個の世界だ。本地物《ほんじもの》（＝神仏の由来物語）の物語群は見のがせない。どれも構成（＝構造）が類似している。そうした本地物は、釈迦の前生譚《ぜんしょうたん》（ジャータカ）と様式を同じくしている。

前生譚とは、仏陀《ぶっだ》や諸尊・菩薩は前生《ぜんしょう》（前世《ぜんせ》）では人間あるいは動物であった、それが善い行いをしたので、今生《こんじょう》（この世）に生まれ変わって、人間を導く仏陀となったと説く物語をいう。

ついては、神を祀る信仰儀礼は基本的に、神を至上の国から招き、もてなして霊験を約し、もとの国に送り返すという、神降し・神遊び・神送りの構造にある。これを物語に置き換えると、神はかつて人間であった、威光を和らげて人間の流離・苦難を体験し（＝和光同塵《わこうどうじん》）、それを経たことで神になると讃嘆する。この、神の本地（本来の姿）を明らかにする物語は、中世では神仏習合思想のもと、日本では仏が神として垂迹《すいじゃく》したと語る。十四世紀の『神道集《しんとうしゅう》』はそうした物語を多く載せている。神仏と人間との交流をものがたる敬虔な物語は、感動を期すと組み立てや叙述スタイルはいよいよ様式化していく。類型は最高に達した状態で、安定しているのである。

お伽草子は、その継子物語の主人公が苦難を経て幸福を獲得するのと似て、ようやく周知されるようになった。二十世紀の末期には、室町人の物語愛玩の様相や、物語の新生面が注目されるようになる。『お伽草子事典』はそれに応えて刊行された（東京堂出版、二〇〇二年）。平成時代の後半はそのエンターテイメント性（＝娯楽文化性）が浮かび上がった。娯楽が生活に潤いをもたらし、心を奮い立たせると評価するようになった社会は、情報のデジタル化とともに、ビジュアルなサブカルチャーが発展し、競い合ったことで文化に新風を通わせたことと連動している。お伽草子はそこに息を吹き返した。『玉水物語』フィーバーはそれを象徴している。

およそ物語は、固有の題材とそれに適《かな》った表現がマッチすると、その親戚が次から次へと誕生する。説話・伝承には、派生、増幅などの変容がよくみられる。お伽草子はそうした文芸営為においても注目されるようになった。そして自然、旅、動物、異界、妖怪、試練、英雄、女性の活躍といったモティーフによってファンタジーを練り上げている。(11) それをビビッドに描き出している。そこに若者の文化が呼応し、光を当てたのである。学界でもお伽草子を論じる学究がいちだんと増えた。日本のアニメは、その技術が世界に広がっても、なおもリードしているのは物語性に優れているからだという。その根っこをたどると、お伽草子の豊穣な物語世界に行きつく。

狐の悲恋

動物それも野生の狐が人に恋愛感情をもつという、信じがたい、否、あるやも知れぬ物語はどのように展開するのだろうか。その叙述はしっかりしており、なかなかの佳作である。姫君を恋い慕う狐の心情はこまやかに描写され、かなえられない恋には「あはれ」(情趣、哀感)を覚えずにはいられない。あらすじを掲げておこう。(12)

なか頃のこと。鳥羽のあたりに住む高柳宰相《たかやなぎのさいしょう》は三十歳を過ぎて女子を授かった。姫は美しく成長した。

ある夕暮れ、辺りに棲《す》む狐が、花園を愛でる姫に見ほれた。狐は姫に近づこうと思案して、十四、五歳の娘に化け、とある在家に養女として入った。やがて、そこで伝手《つて》を得た狐は、姫のそばに仕えることとなり、玉水の前と名づけられた。

三年が経《た》った十月、姫と親しい人々との間で紅葉《もみじ》合わせが催されることとなった。玉水は狐の兄弟の援けを得て、姫のために五色の葉に法華経の文字を刷った紅葉を用意したところ、姫は紅葉合わせに勝つ。その紅葉の素晴らしさがきっかけとなり、姫は入内《じゅだい》することになる。また玉水にも所領が下される。

いっぽう、玉水の養母は物の気(物の怪)が憑《つ》き、病気がちとなる。それは、養母の親に子狐を射殺された、玉水のおじの古狐のしわざであった。玉水はおじと問答をし、結果、おじは去り、養母の病も癒えた。

そして、姫の入内のおり、玉水はこれまでのいきさつを文に綴り、それを収めた箱を姫に預けて、姿を消した。姫は玉水がいなくなったのを心配し、箱を開けると、中の巻物には長歌と短歌がしたためられていた[13]。

つかの間も 去り難《がた》かりし 我がすみか 君を逢ひみて その後《のち》は 静心《しづこころ》なく あこがれて 上《うは》の空に
も 迷ひつつ はかなき物は 数ならぬ …朝夕《あさゆふ》君を 見ることも 身の類《たぐひ》ぞと 慰めて 夢現《ゆめうつつ》とも 別《わ》き
難く 明かし暮らしつ 面影《おもかげ》を 何時《いつ》の世までも 変わらじと… 心あらば 後の世までの 架け橋と
なりても君を 守りてん また例《ためし》なき たぐひをも 思ひ出《い》でよの 心にて ただ書きすさむ 水茎《みづぐき》の
岩根《いはね》を出《い》づる 山川の 谷水よりも ところ狭《せ》き 袂のつゆを 君は知らじな
色に出《い》でて言はぬ思ひの哀れをも この言の葉に思ひ知らじな
色に出《い》でて言はぬ思ひの哀れをも 濁りなき世に君を守らん

この長歌は、姫君を想う狐の孤愁《こしゅう》（一人でいる寂しい想い）を込めている。しかも、箱を開けてみてもよいが、他人にはけっして見せるなと書かれていたので、姫は事態のただならぬことに気づき、玉水は狐であったのかと、「浅からずぞ思し召しにな」られた。この書は「畜類ながら、かかるやさしき心の哀れ深きを打ち伝へのために」と書き置くことにしたとしているのである。

お伽草子は時おり、語り手（＝作者の代わり）が顔を出し、出来事を文章にとどめたとアピールする。ここでは姫君の身にもなっている。聞き手（＝読者）は、この物語はなぜ編まれたのか、作品が誕生した経緯《いきさつ》に想いをいたし、類《たぐい》なく珍しい事柄を共有したと感慨にひたる。

＊およそ、人の常の習ひ、夢の内の楽しみに耽《ふけ》り、幻の間の情けを慕ふ人をば、わりなく心づきに思ひ、有為《うゐ》のすみかを厭《いと》ひ、無漏《むろ》の宮を願ふ者をば、浅ましくあへなき事に言ひ合へる。かくばかり愚かなる事は何かは侍《はべ》るべき。

〔大意〕だいたいに人というのは、あてにならないことに走りがちで、虚《むな》しい感情に捉われていると、意味もなく惹かれてしまい、無常の世なのに迷いごとを願うばかりで、みっともなく張り合いもなく言い張っている。そうしたいい加減なことは何になるのだろう。

これによりて中古の物語を書きあらはして、後代《こうだい》の指南にせむと思へりけるとなむ。（『あしびき』）

＊これはただ珍《めづら》かなる夢の妹背《いもせ》（＝夫婦）、あらたなる仏の誓ひを書きあらはし侍《はべ》らんとて、かつは白きを後《のち》にするすさびを残し（＝いっぽうでは気ままに絵に描くようにし）、かつは墨をついやすあざけり（＝文章の拙《つたな》いこと）をとどめ侍《はべ》るべし。（『転寝草紙《うたたねそうし》』）

＊かかる畜類だにも、後生菩提《ごしゃうぼだい》（＝死後に仏果を得ること）の道を願ふ習ひなり。いはんや（＝まして）人間として、などかこの道を歎かざらんや。かやうにやさしきことなれば、書き伝へ申すなり。書き伝へ《（ママ）》申すなり。（『木幡狐《こわたぎつね》』）

＊あまりに不思議なるためしなれば、末の世までの物語に書き置き侍《はんべ》るなり。（『かざしの姫君』）

＊あまりにあはれに不思議なりし事なれば、いまだ知らざる人のために筆を染むるなり。後《のち》に見ん人、弥陀念仏十遍《みだねんぶつじっぺん》必ず回向《えかう》して、かの亡者を弔《とぶら》ひ給ふべきなり。（『松姫《まつひめ》物語絵巻』）

＊希代《きたい》不思議の因縁也《いんえんなり》。夫《それ》末代と云共《ゆふとも》、王威も重く、神冥仏陀《しんめいぶつだ》の力も不尽事《つきざること》、此《この》物語を見て

【図 1】「玉水物語」（奈良絵本、江戸前期、石川透氏蔵）

可存知者也《ぞんじしるべきものなり》。（『玉藻前《たまもまえ》物語』絵巻）

このように、多くの物語がその末尾に、じつに奇異なことなので書き記したのだという。『転寝草紙《うたたねそうし》』は冒頭に「さまざまの世のむかし物がたりには、いと不思議《ふしぎ》なる事も侍《はべ》るものかな」と始めている。これは、物語がみずからを「不思議」を提示するものと宣しているのであり、物語とはまさに夢うつつのものといえよう。

立ち戻ってセンター入試の問題文は、右のあらすじでは第二段落に当たる。その前半を引用する（新たに段落、ルビを増やした）[14]。

折節《おりふし》この花園に狐一つ侍《はべ》りしが、姫君を見奉り、「あな美しの御姿《おん》や。せめて時々もかかる御有様《ありさま》を、よそにても見奉らばや」と思ひて、木陰《こかげ》に立ち隠れて、しづ心なく思ひ奉りけるこそ浅ましけれ。姫君、帰らせ給《たま》ひぬれば、狐も、かくてあるべきことならずと思ひて、我が塚へぞ帰りける。

つくづくと座禅して身の有様を観ずるに、「我、前《さき》の世いかなる罪の報いにて、かかる獣《けだもの》と生まれけむ。美しき人を見そめ奉りて、及ばぬ恋路《こいじ》に身をやつし、いたづらに消え失せなむこそ恨《うら》めしけれ」とうち案じ、さめざめとうち泣きて臥し思ひけるほどに、よきに化けてこの姫君に逢ひ奉らばやと思ひけるが、またうち返し思ふやう、「我、姫君に逢ひ奉らば、必ず御身徒《いたづら》になり給ひぬべし。父母の御嘆きといひ、世にたぐひなき御ありさまなるを、いたづらになし奉らむこと御いたはしく」、とやかくやと思ひ乱れて、明かし暮らしけるほどに、餌食《ゑじき》をも服《ぶく》せねば、身も疲れてぞ臥し暮らしける。

もしや見奉ると、かの花園によろぼひ出づれば、人に見られ、あるは飛礫《つぶて》を負ひ、あるは神頭《じんどう》(=鏃《やじり》の一種)を射られ、いとど心を焦がしけるこそあはれなれ。

なかなかに露霜《つゆしも》とも消えやらぬ命、もの憂く思ひけるが、いかにして御そば近く参りて朝夕見奉り、心を慰めばやと思ひめぐらして、ある在家のもとに、男ばかりあまたありて、女子を持たで、多き子どもの中にひとり女ならましかば、朝夕歎くをたよりにて、年十四、五の容貌あざやかなる女に化けて、かの家に行き、「我は西の京辺《あたり》にありし者なり。無縁の身となり、頼む方なきままに、肢《あし》にまかせてこれまで迷ひ出《い》でぬれど、行くべき方もおぼえねば頼み奉らむ」と言ふ。

狐があれこれと逡巡している。みずからの心情を長く吐露する。語り手は狐の立場に立って、姫君に敬語を用いている。つまりは、物語の主人公は狐なのである。牡狐《おぎつね》が人間の女となって高柳家に仕え、姫君のもとで玉水と呼ばれるようになって、姫君、乳母月冴《つきさえ》と歌を交わし、機智をきかせた会話をする。後半では宮中での紅葉合わせ、物の気《け》(物の怪)騒動が展開する。当然のこと、玉水の殊勲譚である。

いったい狐説話は古来たくさん伝わり、物語パターンはほとんどが中国に始まり、人間の立場からことは展開する。(15)お伽草子にその名も『狐の草子』絵巻がある。これは、室町時代後期の作で、狐が美女に化けて僧侶をたぶらかすという、僧侶の破戒・失敗物語である。――歓楽に我を忘れた僧侶は地蔵菩薩に救われ、現実にもどると、骨が散らかった床下にいた。七日間のことと思っていたのが、七年間経《た》っており、街路にさまよい出ると京童《きょうわらわ》に笑われる…。ここでは、狐はなぜ化けて僧侶をだましたのか、どんな気持であったのかは語られていない。不要なのだ。対して、『玉水物語』は狐を人間同様にあつかって、悲恋物語に創るのであり、擬人の物語として秀逸である。

なお、『木幡狐《こわたぎつね》』も作品名にうかがえるように、狐をメインにすえる。――稲荷明神に仕えて年を経た牝狐《めぎつね》に多くの子がいた。「乙姫《おとひめ》」の「きしゆ御前《ごぜん》」が十六歳のとき、人間の三位中将《さんみのちゅうじょう》に惚《ほ》れて、美女に変化《へんげ》して中将のもとに現われる。中将は見初め、五条の館に住まわせた。男子が誕生し、両親は二人の結婚を認めた。三年後、中将の乳母中務《なかつかさ》が若君に犬を贈ると、きしゆ御前はそれを怖がって木幡の里へ帰っていく。のちに、憂いて出家し、嵯峨野に庵《いおり》を結ぶ。中将は御前がいないのを知って歎くばかりであった。御前は我が子の成長を見守り、出世を喜ぶのであった――（御伽文庫本）。

『木幡狐』でも、婚姻はやはり十六歳であり、これは現実の、また古典作品に常套の結婚年齢を映している。ここで看過できないのは、主人公は牝狐であり、それが人間の女となる。古典説話、民間説話にはこうしたケースはよくある。諺にも「狐は美女、狸は入道」というくらいだ。その点で『玉水物語』も常道を踏んでいる。ただし牡狐《おぎつね》か牝狐か不明である。狐であれば雌雄《しゆう》に関係なく化けるとしている。管見のかぎり、文献説話でも、昔話・伝説・世間話の民間伝承でもその辺りはこだわらない。異類婚に仕立てあげればこと足りたのであろう。なお『木幡狐』は、狐自体の心情吐露は単調で、情趣は淡《うす》い。

ともかくも、狐の恋はかなえられた。しかし幸せな生活は犬の出現によって別離となる。ちなみに、犬の件は触れたように『玉水物語』も用意している。

＊名をば玉水の前と付け給《たま》ふ。なにかにつけても優にやさしき風情《ふぜい》して、姫君の御《おん》遊び、御そばに朝夕馴れ仕《つか》うまつり、御手水《てうづ》参らせ、供御《くご》参らせ、月冴《つきさえ》と同じく御衣《きぬ》の下に臥《ふ》し、立ち去る

ことなく候《さうら》ひける。御庭に犬など参りければ、この人、顔の色違《たが》い、身の毛一つ立《だ》ちになるやうにて、物も食ひ得ず、けしからぬ風情《ふぜい》なれば、御心苦しく思《おぼ》されて、御所中に犬を置かせ給はず。あまりにけしからぬもの怖《お》じぢかな、この人の御覚えの程の御うらやましさよ」など、かたはらに嫉《そね》む人もあるべし。

＊（玉水）「さては、明日一大事の用ありて、紅葉尋ね来たりたり。おのおのいかにもして尋ねて給《た》べ」と言ひければ、（兄弟）「所やある。易きことかな」といふ。「嬉しくもあるかな。さらば高柳の御所、南の対《たい》の縁に差し置き給へ」といへば、「易《やす》きことなり。さりながら犬やある」と問ふ。「犬は侍《はべ》らず。心安く思せ」など言ひおきて帰りぬ。

このように、両作品は狐の物語として、苦手《にがて》とする犬をもち出していて共通する。何らかの関係が想定される。『木幡狐』は異類婚姻譚の筋運びを優先していて、説話性を露わにしている。それだけに事柄の展開が明快である。反面、きしゆ御前と中将の悲哀の別離場面は簡略に終わって、惜しまれる。対して『玉水物語』は文体がきめ細かく、抒情性と心理描写に優れている。とはいえ、もって『玉水物語』が先行して、『木幡狐』はその影響下に成立したと単純にはいえない。むしろ、両者は読者層を異にして、交渉することはなかったのではないか。ちなみに、狐であることが露見して消え去っていく物語に、説経浄瑠璃『信太妻《しのだづま》』や昔話「狐女房」がある。これが狐と人間の物語の本来とするならば、『玉水物語』は別離で終えていても、異類婚姻譚とは別の物語と見るのが順当であろう。(16) いうならば、異類交感譚である。

『玉水物語』に分け入る

狐は「よきに化けて」「女に化けて」玉水の前と呼ばれた。このようにかつては狐は変化《へんげ》の動物とされていた。では、あらためて、狐はなぜ化けるのか。およそこうである。古代インドでは悪鬼神の荼吉尼天《だきにてん》(荼枳尼天)の本体とされ、その図像は狐に荼吉尼天が乗る姿形となっている。荼吉尼天信仰は東漸し、日本では稲荷神《いなりしん》と習合し、飯綱権現《いいづなごんげん》と同一視された。ここから狐は不思議な力をもつとされた。これには、狐は世界的に狩りの名手とされ、知恵ある動物と見なされたことがはたらいている。そうした思潮の一系の帰着に『玉水物語』『木幡狐』がある。『木幡狐』は異類婚姻譚を軸とした。『玉水物語』はそこまでは語らず、牡狐(と思われるそれ)が女人に化けるところが独自で、哀調の物語となっている。中心テーマは動物と人間との交際である。現代の文学、物語研究では、人間が自然環境をどのようにとらえているか、自然とのかかわりをいかに表現しているかが問われる(=自然観、「環境文学」)。『玉水物語』はじつに要を得た作品である。擬人化の発想や表現はそこに形成されている。また説話伝承の生成は、文化人類学や民俗学がいう精霊崇拝(=精霊信仰)が作用していることを押さえておきたい。

さらに、狐は男に化けてもよかった、しかし深慮して女に化けたのである。そのようにしたのは、作者は男女の入れ替え、すり替えも思い付いていたのかもしれない。物語文学には性の偽装(=異《い》性装《せいそう》）の系譜がある。すでに鎌倉時代物語に『有明《ありあけ》の別れ』や『とりかへばや物語』があり、室町時代なかばの物語草子『新蔵人物語《しんくらんどものがたり》』も女性が男装をする。白拍子《しらびょうし》は、女性芸能者が男装している。いっぽう、男性の女装は宗教者の持者《じしゃ》（『七十一番職人歌合《しょくにんうたあわせ》』61番）がそれであるが、お伽草子の『稚児いま参り』では稚児が女装しており、だいたいに男女の異性装は古今にいくらで見られる。そうした物語趣向や社会様相が、『玉水物語』の着想、享受に響いているだろう。

ところで、この作品はいつに創作されたのか。作者はどのような人物なのか。

ついては、お伽草子は通常、一作品が複数のテキストを伝えている。『玉水物語』の現存テキストは写本が数本ある。江戸時代前期から中期にかけての書写と目される。内《うち》、とくに京都大学図書館蔵の淡彩絵巻と横長の奈良絵本、石川透氏蔵の同型の奈良絵本二本が比較的知られている。中京大学図書館蔵本は絵巻の詞書《ことばがき》を転写したものと推測されている。[17] 諸本は大きな異同はなく、本文は固定している。各本は小さな誤写、誤記のため文意が不明な箇所があるが、他本に拠って補える。

作品の成立は、題材、テーマ、語彙、書形から判断して、十六世紀末期から十七世紀初期であろう。桃山時代の終りから江戸時代の初めである。ちなみに、先に取りあげたお伽草子の分類は、作品の成立期に照らしてもおこないたい。物語の内容（＝題材、テーマ）は時代を映して先後しており、それは伝本の奥書《おくがき》や公家日記の記事などから裏づけられる。およそ、南北朝末期から室町時代前期の十四〜十五世紀のものを初期お伽草子、室町時代後期、桃山時代の十六世紀のものを前期お伽草子、以降、江戸時代初期の十七世紀半ばほどのものを後期お伽草子とするのが妥当である。[18]『玉水物語』

は前期お伽草子の一編としてよい。

　そして、鎌倉時代物語やお伽草子はほとんど作者が不明である。物語は、個人のかかる営みをむしろ隠しておくことにその特質があるとしても過言ではない。お伽草子は作者がほぼ確定できる作品は四、五点にすぎず、今後も作者の特定に勤《いそ》しむべきである。『玉水物語』は語彙や、一文が長い文章、作中の和歌（計十九首。内連歌一首）から判じると、王朝、鎌倉時代の物語に親しんだ者と察せられる。また物語のまとめとして巧みな長歌を配してあり、これを鑑《かんが》みると、長歌で締める作品の秀作『隆房集』（艶詞系）に馴染《なじ》んでいたであろう。

　なお、『玉水物語』は紅葉合わせが物語展開の重要な転機となっている。作者は、宮中や貴族社会のそうした遊びに詳しい立場にある。そこで想い起すのはお伽草子『かざしの姫君』である。この作品は別名を「菊の精物語」という。菊の精が男に化けて現われるという異類婚姻譚《たん》で、女主人公は宮中の菊合わせを契機に別離の憂き目に会う。かつての読者には、『かざしの姫君』を思い浮かべて読む者もいたのではなかろうか。

　加えると、「玉水の前」は然るべき命名《ネーミング》であった。「玉」は美称で、(19)宝玉が輝き煌《きら》めくような美しい水のごとき女性としている。読者は、これに納得したであろう。それは物語史上、「玉」の女は大勢いて、玉水の前はそれに擬したと考えられる。そうとするなら、「水」を付けたのも謂われあることであった。

　古代神話では「玉依姫《たまよりびめ》」が挙げられる。彼女は海の神綿津見《わたつみ》の女《むすめ》、神武天皇の母とされる。また

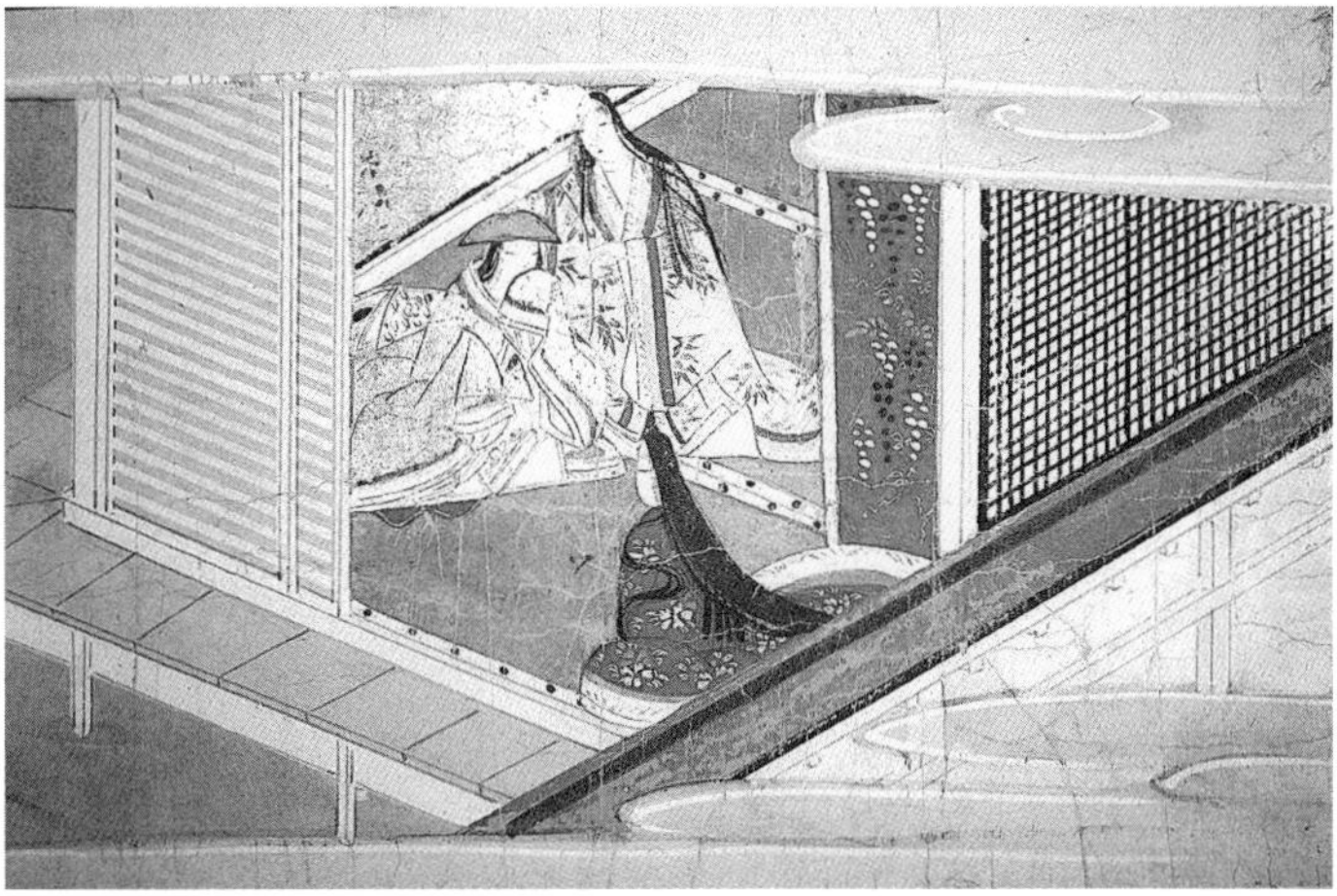

【図2】「鉢かづき絵巻」断簡（部分、江戸前期、徳田和夫蔵）
実母が姫君の頭に鉢を載せる。

『山城国風土記逸文《やましろのくにふどきいつぶん》』では火雷神《ほのいかずちのみこと》の妻で、賀茂別雷神《かもわけいかづちのかみ》（＝賀茂神社の主神）を生んだ。そして、玉依《たまより》は神霊（魂《たま》）の寄り付く女の通称とされている。さらに、豊玉姫《とよたまひめ》がいて、やはり海神の娘にして彦火火出見尊《ひこほほでみのみこと》（＝山幸彦）の妻であり、八尋《やひろ》の鰐《わに》の姿で鸕鷀草葺不合尊《うがやふきあえずのみこと》を生んだ。水にちなむ神の娘であり、異類婚姻譚の女主人公である。玉水の前には、こうした霊妙なる神女伝承のイメージが付帯している。

そして王朝物語では、『源氏物語』の玉鬘《たまかづら》は母夕顔の美しさを継いでいる。お伽草子には美しい皇子の玉若《たまわか》殿がいるが（『梵天国《ぼんでんごく》』）、玉虫姫のように（『玉虫の草子』）、玉（珠）は通常、女性名に用いられている。「玉姫（天大玉姫《てんだいたまひめ》）」（『毘沙門の本地』）、「玉日御前《たまひごぜん》」（『鶴の翁』）、「玉鶴姫（『鶴の草子』）「たまよ姫」（『のせ猿の草子』）

がいる。いずれも選ばれし聡明な美女である。玉日御前には、説教浄瑠璃や民間の語り物の主人公小栗判官《おぐりはんがん》を援ける照手姫《てるてひめ》のように、太陽神の巫女の姿が投影されている。照手姫は罪を犯したかどで、うつぼ船に閉じこめられて海に流され、六浦にたどり着く。一種、漂着神の趣きである。寺社縁起では笠寺縁起の女主人公は江戸時代の伝承では「玉照姫」といい（『笠寺由緒 玉照姫の由来』、『当山由来之笠之図』）(20)、肥後琵琶系の語り物は玉代姫《たまよひめ》の苦難と幸福をものがたる（『玉代姫筑紫下り』）。玉水の前は、こうした玉女の一族である。

そして、三国に名をとどろかせた妖女が「玉藻前《たまものまえ》」である（お伽草子『玉藻前〈玉藻の草紙〉』他）。これは妖怪の九尾の狐伝承と結びつく絶世の美女であり、天竺《てんじく》、震旦《しんたん》、本朝《ほんちょう》の王を手玉に取った。この「不思議」の女には「藻」（水草類）が付いている。水とかかわっているのだ（後述）。

妖怪にされた鉢かづき

さて、お伽草子の有名人は数いるが、公家物語と民間伝承の主人公を勤め、世界のあちこちによく似た仲間がいるは、鉢かづき姫（以下、鉢かづき）に尽きる。鉢かづきは日本版シンデレラとされてきたが、もはや、中国唐代の葉限《しょうげん》らと東アジアのそれというべきで、世界大《ワールド・ワイド》の物語に名をとどめている。

お伽草子の継子物語は、平安時代の『落窪物語《おちくぼものがたり》』、古本《こほん》『住吉物語』を受け継いだ作品が十種類ほどがあるが、『鉢かづき』がもっともポピュラーである。(21)十六世紀の絵巻を始めとして伝本が多く、

【図3】「鉢かづき絵巻」断簡
（元冊子本、室町末期〜江戸極初期写、個人蔵〈廿日楼旧蔵〉）
鉢かづき姫が大川に身投げをして、漁師に救われたところ。

大きく五つに分類されるほど広く読まれ、本文の変容を伴って書写され続け、江戸時代には読本《よみほん》や草双紙《くさぞうし》、赤本《あかほん》に、明治時代前期にはちりめん本に仕立てられ、以降は子ども向け絵本になって久しい。

なぜそれほどに人気を得たのだろうか。たとえば次の、他の継子物語には見いだせない場面である。実母が病で亡くなる前に、長谷寺観音の加護のしるしとして、姫の頭に大きな鉢をかぶせ、姫は異形と化す。やがて姫は、継母によって四つ辻に捨てられ、さまよい歩き、大川に身を投げる。漁師に救いあげられ、山蔭中納言《やまかげのちゅうなごん》の屋敷で風呂焚《た》きとして働く。三男の中将が姫の気立てに惚れると、屋敷の女性たちは、二人の仲を知り、貶《おとし》めようと嫁比《よめくら》べを催す。その直前に鉢は外れ落ち、姫はこぼれ出た美しい衣装をまとって登場し、才芸を披露する、といった展開は独自であり、読者は鉢かづきの薄幸に、霊験と奇跡に涙するのである。

そして『鉢かづき』は、やはり不思議の物語と捉えるべき面がある。ただし長谷寺観音の加護をいうのではない。神仏の霊験は他作品にいくらでも見る。注目すべきは、鉢をかぶったその異相であり、また豊かな知恵である。本文をおもに御伽文庫本《おとぎぶんこ》（渋川版《しぶかわばん》）から引き、必要に応じて他本も用いる。御伽文庫本二十三編は十八世紀前期の刊行だが、その内の九編に十七世紀なかごろに刊行されたと思しい丹緑絵本《たんろく》（挿絵に淡彩の黄、緑、朱を施した本）があり、『鉢かづき』にもそれが在したと考えられる。本文は寛永年間（一六二四～四四）刊行の「鉢かづきの草子」[22]を受け継いでいる。

母親は、娘の将来を気づかって、長谷の観音菩薩の庇護を頼んで、娘の頭に鉢を載せた。（日本古典文学全集『御伽草子集』）

そばなる手箱を取り出だし、中には何をか入れられけん、世に重げなるを姫君の御髪《おんぐし》にいただかせ、その上に肩の隠るほどの鉢をきせ参らせて、母上、かくこそ詠じ給ひける。

さしも草《ぐさ》深くぞ頼む観世音《くわんぜおん》 誓ひのままにいただかせぬる

（衆生《しゅうじょう》の一人として観音様を深くお頼みし、お救いのとおりに頭に鉢をいただかせました。）

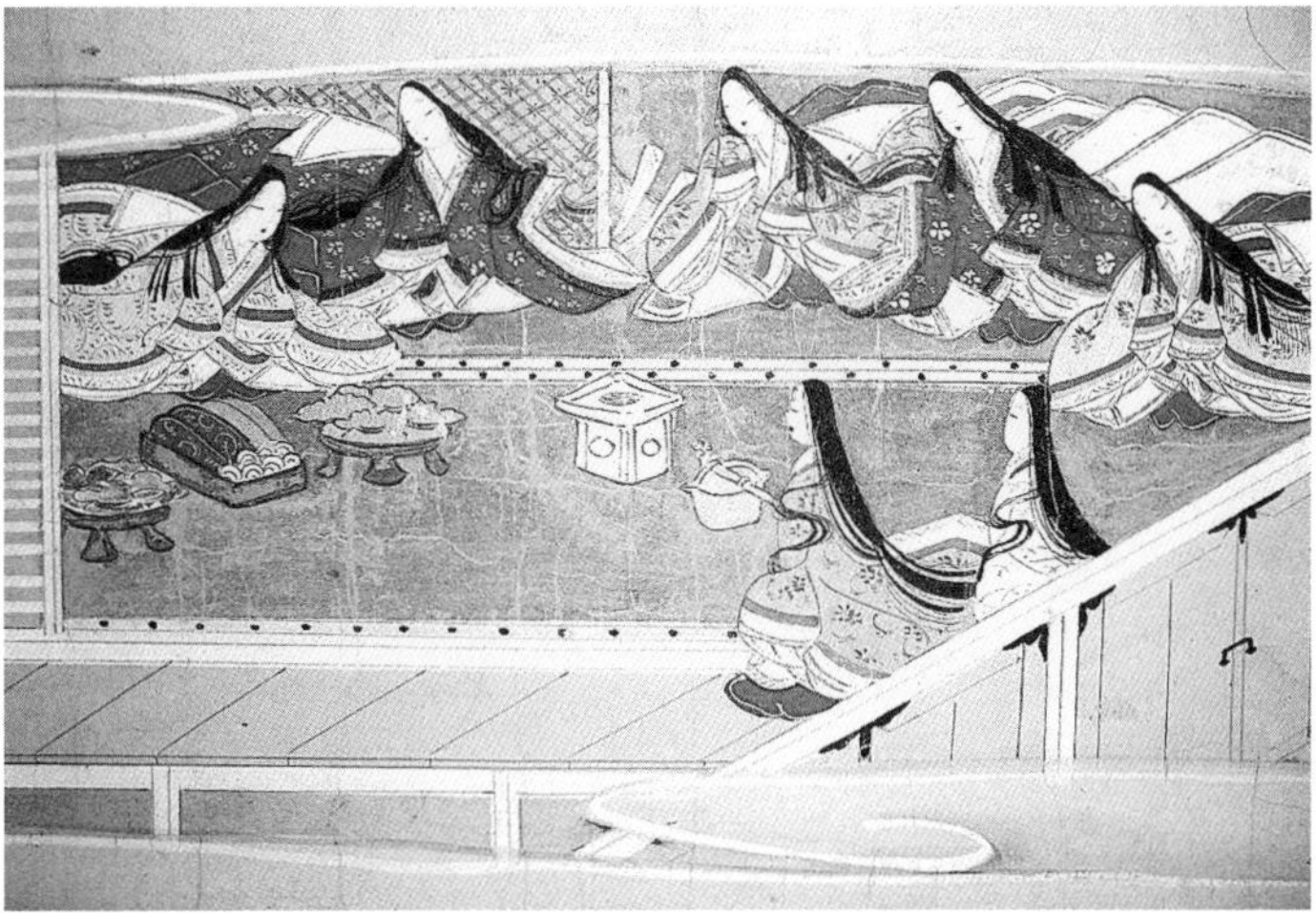

【図4】「鉢かづき絵巻」（小絵）断簡（部分、江戸前期、徳田和夫蔵）
嫁比べの場面。左端が鉢かづき姫。

これ以降、姫君の頭の鉢は外れることはなく、鉢かづきと呼ばれるようになる。継母はこれを嫌って、また実子が生まれたこともあり、鉢かづきを家から追いだした。姫はあてどもなくさ迷い、我が身をはかなんで、いっそ死のうと大川に身を投げるが、頭の鉢にささえられて浮かびあがり、漁師に助けられる。

（漁師）「ここに鉢の流れける、何ものぞ」と言ひて上げ見れば、頭《かしら》は鉢にて、下は人なり。舟人《ふなびと》、これを見て、「あらおもしろや、いかなるものやらん」とて、河の岸へ投げ上ぐる。ややしばらくありて、起き直る。つくづくと案じ、かくばかり、

河波《かわなみ》の底にこの身のとまれかし　などふたたびは浮き上がりけん

などとうちながめ、あるにあられぬ風情《ふぜい》して、たどりかねてぞ立ち給ふ。

さて、あるべきにあらざれば、足に任せて行くほどに、ある人里《ひとざと》に出で給ふ。里人《さとびと》、これを見て、「これはいかなるものやらん、頭は鉢、下は人なり。いかなる山の奥よりか、久しき鉢が変化して、鉢かづいて化けけるぞ。いかさま人間にてはなし」とて、指を指して、恐ろしがりて笑ひける。ある人申しけるやうは、「たとへ化け物にてもあれ、手足のはづれの美しさよ」と、とりどりにこそ申しける。

さるほどに、その所の国司にてまします人の御名をば、山蔭《やまかげ》の三位中将《さんみちゆうじやう》とこそ申しける。…


継母は鉢かづきの異相を「あらぬ片端《かたは》」という。また父や、姫みずからも「かかる片端」というほどだから、後に国司の家来が「いかなるくせものぞや」というのも無理なからぬことであった。この「曲者《くせもの》」とは普通の者ではないこと、姿をとくにいう場合は、見た目の恐ろしい者、すなわち「怪物」（右書注）である。右の場面で舟人は「あら、おもしろやな」といっているが、万治二年版では「おそろしや」となっている由。なお中将は、初めは鉢かづきを「不思議」なる者としている。男主人公の御曹子の宰相は、夜更けて湯殿（風呂場）に入ると、行水をどうぞと女の声がし、湯を「差し出《い》だす手足の美しさ、尋常げ（＝目だたず品の良いさま）に見えければ、世に不思議におぼしめし」、それからは恋するようになった。

ちなみに、右に引いた辺りは、石川透氏蔵の横型奈良絵本(23)の叙述は見逃せない。いえたかの津《つ》の守《かみ》夫妻が子を授けてもらおうと清水寺に籠って祈願したところ、百日目の暁の夢に老僧が現われ、守《かみ》は前世では牛で前栽の花を角で折った罪で、母は蛇で鳥の卵をついばんだゆえに子はない、さらに長谷寺で願をかけよと告げる。また、継母が鉢かづきは自分を呪っていると悪口して、ついに鉢かづきを都の四条に捨てたとものがたるのであり、新たな鉢かづき伝を創っている。その鉢かづきを見た京童部《きょうわらんべ》は、「汝がいただきたる物は何ものぞ。いでみて、化け物ならば表《あらは》さん」という。鉢かづきは抗《あらが》って「化け物にはあらず」と応じている。

立ちもどって、右の傍線部を直訳すると「どんな山の奥で長いこと経った鉢が変化《へんげ》して頭に鉢をかぶって化けたことだ」となる。文の続きがやや明確ではなく、誤写（誤記）があったようだ。「鉢かづきの草子」のこの箇所には「あしかついて」とある。「足（肢、脚）が付いて」と解せる。すると、足が生えて化けているとなり、明快である。慶應義塾図書館の室町末期〜江戸初期写本には「あしてかつゐてはけゝるそ」（「足手が付ゐて化けけるぞ」）とある。[24] だからこそ、里人たちは「たとえ化け物でも手足の先が美しいことよ」というのである。彼らは、鉢かづきをつくも神と見紛《みまご》うたのである。

鉢かづきは姿が異形のあまり、化け物あつかいされている。鉢のお化けである。里人の感慨は極めて普通のものであった。鉢かづきを妖怪とみなしたのだ。それも道具や器物が変化《へんげ》したつくも神（付喪神）である。「山」は山奥の想像の異界を重ねている。「久し」は時間が長く経《た》っていること、それを百に一つ足りないほどの九十九《つくも》歳としたのである。[25] これは、万物には精霊《スピリット》がひそむという精霊崇拝（＝信仰）にねざした発想であり、かつての人びとは、精霊は年《とし》長《た》けると霊力が増幅し化け

【図5】「玉藻前絵巻」（部分、江戸初期写、サントリー美術館所蔵）

ると観想ししていた。

鉢かづきは玉藻前《たまものまえ》か

鉢かづきは、孝養《きょうよう》（親孝行）のこころざしが高かった。嫁比べの席では才知と教養を発揮した。観世音の加護があってのことで、物語の冒頭で、観世音の申し子（＝神の子）とされたことに通じる。鉢を被《かず》くのはそれを示し、ゆえにつくも神に譬えられた。鉢かづきは曲者《くせもの》（変り者、異能人）とされるのであり、山から現れたといわれ、いうならば異界からの妖怪とみなされた。

そして、『鉢かづき』が不思議の物語たる所以《ゆえん》はまだある。鉢かづきの頭抜けた能力に最高の賛嘆の辞が付き、最強の妖怪に譬えられたのである。いったいどんな化け物だというのか。

物語の終わり近く、北の方や兄の嫁たちは、宰相が魅せられた今参り（＝新参）の鉢かづきに興味津々である。北の方は、宰相の乳母冷泉《れんぜい》にこぼす。

母上仰せけるやうは、「さもあれ、鉢かづきは、いかさま変化《へんげ》の者にて（＝きっとあやしい化物で）、若君を失《うしな》はんと思ふやらん、いかがせん。

と。冷泉はそれでは「公達《きんだち》の嫁比《よめくら》べをするのはどうでしょう」と答えた。子息の新妻たちを一座に集めて、鉢かづきを辱《はずかし》めようしたのである。嫁比べは嫁合わせともいう。嫁たちに音楽や和歌の教養を競わせた。『岩屋の草子』では、主人公の対《たい》の屋《や》姫は居並ぶ女性たちの前で、風流《ふりゅう》の作り物を蓬莱山を模したものだと説いて、いわれを語って聞かせて衆目《しゅうもく》を集めた。

鉢かづきは、鉢からこぼれ出た衣装で着飾り、「気《け》高くいつしく」「天人の影向《ようがう》」のごとくに登場し、「あたりも輝《かかや》くほどの美人」であった。中将、北の方に用意した引出物は極上のものであった。管弦、和琴のわざは皆をうならせた。

そこで、兄嫁たちは談合して歌の難題を課す。「桜が枝に藤の花、春と夏とは隣なり、秋はことさら菊の花、これにつき姫君、一首あそばし候《さうら》へ」と。姫は遠慮して辞退するが、御前たちは「姫君は、今日の御客もじ（＝お客様〈女房詞〉）にてましませば、まづまづ一首あそばし候へ」となおも責める。御伽文庫本を引用する。

その時、姫君、一首とりあへず、

春は花　夏は橘《たちばな》　秋は菊　いづれの露に置くものぞ憂き

（春は桜、夏は橘、秋は菊が咲く。どれに露を置いてもつらいことだ。私は涙で萎《しお》れています）

と、かやうにあそばしける。御筆のすさび、道風《たうふう》（＝小野道風）がふるひ筆（＝揮筆《きひつ》）もかくやらんと、目を驚かすばかりなり。人々、これを見て、「いかさま、この人は古《いにしへ》の玉藻前《たまものまへ》か、恐ろしや」などと申す。

鉢かづきは秀歌をものにし、人びとは玉藻前（の変化《へんげ》）ではなかろうか、恐ろしいことだといった。北の方が「いかさま変化《へんげ》の者にて…」と心配したとおりである。この場面は当然ながら「小野《をのの》道風《たうふう》」と並んで引き出された「玉藻前」を知っていてこそ面白くなる。

日本妖怪史において、狐の美女変化譚《へんげたん》における最強の妖怪は玉藻前《たまものまえ》を措いてはいない。もとは「西域では斑足王の夫人（＝褒似《ほうじ》）となり、中国で周の幽王の妃（＝妲己《だっき》）となり、日本で鳥羽院の寵をうけて、三国の帝王を惑わせたという。鳥羽院の重病の折に、安倍泰成の占いによってその素姓が割れ、下野国《しもつけのくに》那須野に逃げて狐にもどり、ついに討たれて殺生石《せっしょうせき》に化したと伝えられている」[26]。

『玉藻の草紙』によると、日本ではこの「化女《けぢょ》」は始めは「化《け》生《しやう》の前《まえ》」と呼ばれていた。鳥羽院は、化生の前が「身より匂《にほ》ひを出《い》だし、沈檀《ぢんたん》、蘭麝《らんじゃ》（＝ともに良い香り）の顔《かう》ばせ天然《てんぜん》たることを、此れほど不思議の中の不思議と思《おぼ》し召」された。それはまた、様ざまなものごとの由来に精通しているのであり、もってこの物語は故事説話集、学芸教養事典となっている。化生の前はやがて、身より光りを輝やき発するようになったので玉藻前と呼ばれるようになった。それも、ついには那須野《なすの》で武士の上総介《かずさのすけ》、三浦介《みうらのすけ》に討たれた。その文明写本は末尾に「希代《きたい》(「きだい」とも)不思議の化け物の所行なり」とし、承応二年(一六五三)刊本は「希代不思議なることかな」と収めている。(27)

ひるがえって『鉢かづき』である。作者は、鉢かづきを玉藻前のごとき最高の物知りとした。室町時代の読者には、玉藻前は討たれず、殺生石に化すこともなく逃げ出し、鉢かづきに生まれ変わったと信じる者もいたかもしれない。作品は随所に興趣ある場面を用意しているが、その一つは、鉢かづき姫を玉藻前に比していることである。鉢かづきも、本性を明らかにした。一時はつくも神かとされたが、いたっては動物妖怪の最高位にたとえられた。そうした趣向は江戸時代初期にはテキストにとどめられた。鉢かづきをそのようにいい表わし始めたのは桃山時代あたりからであろう。寛永年間(一六二四〜四五)頃刊行の絵入り整版本の当該箇所は、右の御伽文庫本と同文である。

本稿は、玉水の前から鉢かづきを経由して玉藻前にいたった。妖狐の不思議の物語をたどったわけである。それにしても、玉のごとく光り輝くものは他にもあるのに、なぜ「藻」としたのか。念のため、「玉藻」はたとえば次のように使う。『鉢かづき』の男主人公宰将《さいしょう》の容貌、人柄を紹介する場面である。

さるほどに、(略)宰相殿御曹子《さいしやうどのおんざうし》と申すは、みめかたち世にすぐれ、優にやさしき御姿、昔を申さば、源氏の大将《だいしやう》、在原業平《ありはらのなりひら》かとぞ申すばかりなり。春は花の下《もと》に日を暮し、散りなんことを悲しみ、夏は涼しき泉の底、玉藻《たまも》に心を入れ、秋は紅葉落葉《こうえふおちば》の散りしく庭の紅葉《もみぢ》をながめ、月の前にて夜《よ》を明かし、冬は蘆間《あしま》の薄氷《うすごほり》、池の端《はた》に羽《は》を閉ぢて、鴛鴦《をし》の浮寝《うきね》(=「憂キ」ヲ掛ケル)もものさびし。重ぬる褄《つま》(=「妻」ヲ掛ケル)もあらばこそ、ひとりすさみて立ち給ふ。

ここにみる「玉藻」は「藻」の美称で、夏は涼しい泉の底に生えている美しい藻に思いを寄せてとの意味となる。つまりは「藻」は美しいものの一つとして挙げられている。写本の一本、故永井義憲氏蔵本は、宰相が初めて鉢かづきを近くでみたときの感慨をこう記す。あまたの美女と並んで玉藻前が登場している。(引用に際し漢字を新たに宛て、もとの読みをカッコ内に記した)[28]

さて、かの姫君の御顔をよく〱見たまへば、日頃、鉢をいただき給《(たま)》ふさへ美《いつく》しきに、かの鉢は除《(の)》きぬ。さてこそ、かたちは弥益《(いやまさ)》りにけり。翡翠《ひすい》の簪《かんざし》はなめらかにして、濃き墨を流せるがごとし。丈《たけ》とひとしき御髪《ぐし》の有《あ》り様《さま》、楊柳《やうりう》の春《はる》の風《かぜ》に乱《(みだ)》れたるがごとし。まことに立ち姿を見れば、女三の宮の立ち姿もかくぞと思ひ知られたり。

まことにいつくしき御有《あ》り様《さま》、漢《かん》の李夫人《りふじん》、衣通姫《そとおりひめ》、玄宗皇帝《げんそうくわうてい》の妃楊貴妃《きさきやうきひ》、虞氏君《ぐしきみ》か、仏《ほとけ》の御母摩耶夫人《まやぶにん》、越王《えつわう》の西施《せいし》か、さて我《わ》が朝《てう》には小野小町《おのゝこまち》のわか□かざかり、和泉式部《いづみしきぶ》か、玉《たま》

藻《も》の前《まへ》、伊勢《いせ》、中務《なかづかさ》、式子内親王《しよくしないしんわう》、さて玉鬘《たまかづら》、花《はな》の宴《えん》、紫《むらさき》の上《うへ》、榊葉《さかきば》の末摘花の御かほばせも、
これにはいかで優《（まさ）》るべき。

豪勢な美人尽しに玉藻前が出ている。しかしこれをもって、室町、江戸の人が鉢かづきを玉藻前とする、鉢かづきに玉藻前を当てたとするのは速断にすぎよう。「狐を馬に乗せたよう」（＝ぐらぐらとして落ち着かない、いうことが確かでない）である。もっとも順当な解は次であろう。

狐にとって藻はきわめて重要なアイテムであった。民間伝承、古文献の両方で、狐は化けるときに、池沼の藻をすくい取り、頭に被ると伝えている。[29] 絵巻にもそれは描かれ、室町時代後期の『狐の草子』[30]、江戸時代初期の『木幡狐』（ローマ国立東洋美術館本、くもん子ども研究所本）、幕末の浮《うき》田《た》一《いっ》蕙《けい》が描く『婚《こん》怪《かい》草子《そうし》絵巻』などがある。錦絵では歌川国芳《くによし》の『道外《（どうけ）》狐へん化《（げ）》の稽古』『狐に化かされる図』が知られる。文献では狂言台本の『釣狐』など多数がある。狐にとって玉藻は必須のものであった。そこで、妖女の名として玉藻前に優るものはない。玉水の前には美しい水草、藻の意味がはたらいているとしてよいだろう。言い換えると、姫君は、出仕してきた女房を狐の変化《へんげ》のごとく美しく、知恵教養に秀でていると察し、玉水の前と名づけたのである。

鉢かづきはそれと近しく異形であり、人並み外れた教養は化け物のようだとの造作がなされた。つくも神とされ、玉藻前といわれるのであった。さらにいえば、姫が頭に鉢を載せるのを、狐が藻をかぶるのに重ねる戯れもなされたかと思われる。鉢かづきは鉢で本体を隠し、狐は藻で化けて本

性を隠した。

ところで、鉢かづきの様態に、久隅守景《くすみもりかげ》が描く「鍋冠祭《なべかむりまつり》図《ず》押絵《おしえ》貼《はり》屏風」（二幅）の鍋かむりの女を想起するのは私独りではないだろう。滋賀県米原町筑摩神社に伝わる鍋冠祭《なべかんむりまつり》の儀礼を描いており、一幅は、女人が男と交わった数の土鍋を頭に載せて歩んでいる。顔はほとんど隠れている。もう一幅は、腹を膨らませた女が歩む体《てい》である。子を宿しているのだろう。ちなむと、鎌倉市御《ご》霊神社《りょうじんじゃ》の「面かぶり」行列には、おかめ面の「孕み女」が出て、見物人はこれに福を授けてもらおうと腹をなでる。因《ちな》むと、鉢かづきの鉢からは種々の宝がこぼれ落ちる。彼女は福女でもあった。「さてまた、宰相殿は、伊賀国に御所を造らせ、子孫繁昌《はんじやう》に住ませ給ひける。これはただ長谷《はせ》の観《くわん》音《おん》の御利生《ごりしやう》とぞ聞《きこ》えける」。

さても、お伽草子の不思議の物語はまだまだ探索が続く。

注

（1）徳田和夫編『お伽草子事典』（二〇〇二年初版、二〇〇六年九月三版）、同編『お伽草子 百花繚乱』（笠間書院、二〇〇八年）等、参照。『お伽草子――この国は物語にあふれている』（特別展図録、サントリー美術館、二〇一二年）。

（2）市古貞次『中世小説の研究』（東京大学出版会、一九五五年）。なお、島津久基「御伽草子論考」（『国語と国文学』一九三一年。『国文学の新考察』至文堂、一九四一年、徳田和夫編『お伽草子』（日本文学研究資料叢書、有精堂出版、一九八五年）の分類も有効である。

ちなみに、公家の恋愛物語、武家・英雄の物語、説話集所載話を草子化した物語を読み比べてみると、それぞれは固有の文体にある。題材、享受者層の違いからの様態である。たとえば『横笛草子』は、原拠は『平家物語』『源平盛衰記』だが、公家物語の悲恋をうかがわせる抒情的な文体であり、『弁慶物語』は『義経記』巻五と内容を同じくし、和漢混交文を取り入れた生硬な語り口である。両者を続けて読んでみると、異質感がある。

（3）『鴉鷺物語』は現在では絵巻テキストは見出せないが、江戸時代十八世紀後期～十九世紀初期には存していた（松平定信編『集古十種』〈古画類聚〉）。お伽草子絵巻に同様な例は他にもある。注（7）、（25）、（30）参照。詳しくは稿を改めたい。

（4）物語内容にそくして季語、時節、行事の用語や、「中世神話」「擬人」なども必要であろう。徳田和夫「中世神話論の可能性」「中世神話 再論」（『お伽草子研究』三弥井書店、一九八八年）。沢井耐三『室町物語研究』（三弥井書店、二〇一二年）。齋藤真麻理『異類の歌合――室町の機智と学芸』（吉川弘文館、二〇一四年）。伊藤慎吾編『妖怪・憑依・擬人化の文化史』（笠間書院、二〇一六年）、同著『擬人化と異類合戦の文芸史』（三弥井書店、二〇一七年）。

（5）経典・仏書に「不思議」と銘打つものが多く（『不思議功徳経《ふしぎくどくきょう》』、了誉《りょうよ》聖冏《しょうけい》『不思議抄《ふしぎしょう》』〈仏書解説大辞典〔大東出版社〕〉等）、文芸では今様《いまよう》に「娑婆《しゃば》に不思議の薬あり、法華経なりとぞ説《と》ひ給ふ、不老不死の薬王《やくわう》は聞く人普《あまね》く賜《たば》るなり」（『梁塵秘抄《りょうじんひしょう》』法文歌《ほうもんか》154）と歌い、上野国《こうずけのくに》（群馬県）一宮《いちのみや》の由来物語を「そもそも不思議のことあり。東天竺にくるゑひ国《こく》と申す国あり、…」（『諏訪《すわ》の本地《ほんじ》』）と語っている。

また、「不思議」の意味、使用例は徳田和夫「『七不思議』の中世伝承――巷説、そして諏訪と天王寺」

（福田晃・徳田和夫・二本松康宏編『諏訪信仰の中世—神話・伝承・歴史』三弥井書店、二〇一五年）も参照されたい。

（6）岡見正雄「室町ごころ」（『国語国文』二〇—一一、一九五一年。『室町ごころ——中世文学資料集』角川書店、一九七八年）。再録、『室町文学の世界——面白の花の都や』（岩波書店、一九九六年）。

（7）徳田和夫「お伽草子と妖怪」（角川選書、小松和彦編『妖怪学の基礎知識』KADOKAWA、初版二〇一一年、二〇一八年四版）一三五頁。新修日本絵巻物全集 別巻二（角川書店、一九八一年）。なお、この絵巻は『古画類聚』には「徒然草絵《ママ》」「徒然の画」とある。

ちなみに、つくも神が和歌を詠みあう『調度歌合《ちょうどのうたあわせ》』では「不思議」が二回使われ、「声々、いと不《ふ》思議《しぎ》に恐《おそ》ろし。」、「いと不思議にこそ覚へしか。」とある。

なお右の論考では、お伽草子に取りあげられる（現れる？）化け物、変化《へんげ》（変化のモノ）、化生などを掲げてそこに作品を配してみた。大きく「妖怪」にまとめ、「つくも神」も設けて、細かく「牛鬼《うしおに》」「がごぜ」「蟹」「狐」「蜘蛛・土蜘蛛」「猿神」「狸・狢」「天狗」「蛇・大蛇」「モノの気」「雪女」「災い」…と並べた。なお「鬼」は「妖怪・化け物」の上位の概念であり、作品本文に明らかに記載されるケースに限って採択し、「鬼神」「鬼女」は小項目とした。「山姥」については、『古画類聚』に「山姥草帋《そうし》絵」『増補考古画譜』に「山姥雙紙」と見える。

また、伊藤慎吾「説話文学の中の妖怪」（右書所収）は鬼、天狗、狐、狸、未確認生物、鵺、土蜘蛛、蛇、虫、野槌の説話に分けている。

（8）注（5）徳田「『七不思議』の中世伝承——巷説、そして諏訪と天王寺」。

（9）徳田進『宮部万女の人と文学』（高文堂出版社、一九七四年）、『木草物語』（古典文庫四二七、古典文庫、一九八二年)。

(10) 受験生、高校生のSNSでのフィバーぶりは恋田知子、石川透氏、さらに高等学校の国語科教員の田中美絵、飯野佳美氏から御教示をいただいた。

(11) お伽草子の異界訪問などの冒険・英雄物語は、古代神話や民間説話の神々の物語との照し合わせや、アメリカの神話学者ジョーゼフ・キャンベル著『千の顔をもつ英雄』上・下(倉田真木・他訳、二〇一五年、ハヤカワ・ノンフィクション文庫)がいう神話の構成理論も参考にしたい。なお、『怪と幽』一(二〇一九年〈平成三十一年〉四月、KADOKAWA)のグラビアに、Izumi画「玉水の前」が載る。ポップなアートで妖艶な女となっている。

(12) 柴田芳成「『たまみづ物語』解題」(『京都大学蔵 むろまちものがたり』一二、臨川書店、二〇〇三年)掲載の梗概に拠り、一部改め、また補った。

(13) 本文引用は京都大学図書館本(翻刻、注(12)『室町時代物語大成』八)に拠り、読点、濁点をほどこし、漢字を宛てた。また一部箇所を他本で補い、有朋堂文庫本(『御伽草紙 全』有朋堂書店、一九二六年)を参考にした。

(14) 引用は読売新聞二〇一九年(平成三十一年)一月二十日(日曜日)朝刊、特別面に拠る。

(15) 狐をめぐる説話・伝承の論考は多く、以下は一部である。鈴木棠三編『日本俗信辞典——動・植物編』「狐①~⑧」(角川書店、一九八二年)。中村禎里『狐の日本史——古代・中世編』(日本エディタースクール、二〇〇一年)、『(同)近世・近代編』(同、二〇〇三年)。野村純一「眷属列伝の意図」(初出、『日本の世間話』。『野村純一著作集七 世間話と怪異』二〇一二年、清文堂出版)。徳田注(7)論文、「いつの世とても狐の話——近世における中世」(『国文学 解釈と教材の研究』四九—五、二〇〇四年)。

『婚怪草紙絵巻』、その綾なす妖かし――狐の嫁入り物語」（妖怪文化叢書、小松和彦編『妖怪文化と伝統と創造――絵巻・草紙からマンガ・ラノベまで』二〇一〇年、せりか書房）。小峯和明「『狐媚記』考――漢文学と巷説のはざまで」（『院政期文学論』笠間書院、二〇一八年）。直近では久留島元「狐火伝承と俳諧」（『朱』六二、二〇一九年）がある。

（16）『玉水物語』の考究には、沢井耐三「狐と狸、中世的相貌の一面――『玉水物語』『筆結の物語』」（『説話論集』八、清文堂、一九九八年）、川村絵美「中世小説『玉水物語』の研究――狐の純愛物語として読む」（『古典文学研究』六、一九九八年）等がある。

（17）注（13）京都大学図書館蔵本。石川透「『玉水』翻刻」（『古典資料研究』一二、古典資料研究会、二〇〇五年）、同編『室町物語影印叢刊』一八（三弥井書店、二〇〇四年）。鈴村友子「中京大学図書館蔵『玉水物語』解題・翻刻」（『中京大学図書館学紀要』三〇、二〇〇九年）。

（18）徳田和夫「『西行の歌問答』説話に寄せて」（シンポジウム「中世文学にみえる近世、近世文学における中世」『中世文学』五〇、二〇〇五年）、「百花繚乱の物語草子――お伽草子学の可能性」（徳田編『お伽草子百花繚乱』笠間書院、二〇〇八年）。

（19）染谷裕子「御伽草子の美人描写――古来の美人にたとえる表現」（『調布日本文化』七、一九九七年）、「御伽草子の美人描写（二）――「光る」「輝く」「玉」をめぐって」（『調布日本文化』八、一九九八年）。

（20）徳田和夫「笠寺観音縁起の展開」（『國學院雑誌』一一四―一一、二〇一三年）。

（21）お伽草子の継子物語の研究は浩瀚である。主な単行書を掲出する。注（2）市古貞次『中世小説の研究』。山室靜『世界のシンデレラ物語』（新潮選書、新潮社、一九七九年）。岡田啓助『鉢かづき研究』(おうふう、二〇〇二年)。松本隆信「擬古物語系統の室町時代物語(続)――『伏屋』『岩屋』『一本菊』外」(『斯道文庫論叢』五、一九六七年七月)、「民間説話型の室町時代物語『鉢かづき』『伊豆箱根の本地』」(『(同)』七、一九六八年一月)、黄地百合子『日本の継子話の深層――御伽草子と昔話』(三弥井書店、二〇〇六年)。福田晃「御伽草子『鉢かづき』の成立」、「『鉢かづき』伝承と在地」、「昔話「鉢かづき」の伝承」(『昔話から御伽草子へ――室町物語と民間伝承』三弥井書店、二〇一五年)。他に、寝屋川市史編纂委員会編『寝屋川市史』九(福田晃・赤松万里・坂口弘之・小林健二編、二〇〇七年)がある。

(22) 横山重・松本隆信編『室町時代物語大成』一〇(角川書店、一九八二年)。この本は挿絵が片面の九図(上五、下四)があったが、切り取られている。引用に際し、同系統の天理図書館蔵古活字版(丹緑絵入り本)と対校し、異同がある場合、傍記した。また一部の漢字について旧仮名遣いにて読みを補い、カッコ内に示した。

なお、『鉢かづき』には室町末期ごろ書写の絵巻があるが(注(21)『寝屋川市史』九)、当該場面は欠失している。

(23) 注(21)『寝屋川市史』九所収。

(24) 松本隆信編『影印室町物語集成』一(汲古書院、一九七一年)。注(21)『寝屋川市史』九。

(25) 当該場面の注は、つくも神(付喪神)の信仰伝承を説明する。大島建彦編『御伽草子集』(日本古典文学全集注(8))八三頁。

なお、つくも神の思想や説話、絵巻については、徳田和夫「【総論】怪異と驚異の東西――妖怪とモンスター」(徳田和夫編『東の妖怪・西のモンスター――想像力の文化比較』勉誠出版、二〇一八年)

にて論じた。ちなみに、『付喪神記』絵巻は『古画類聚』には「付喪神縁起」とある。

（26）　引用は、『御伽草子集』（日本古典文学全集、一〇五頁、注（10））。玉藻前説話は美濃部重克「鎮魂と家の伝説――御伽草子『玉藻前』謡曲『殺生石』の原話の成立」（『中世伝承文学の諸相』和泉書院、一九八八年）、大島由紀夫「『玉藻前』諸本をめぐって」（『中世衆庶の文芸文化――縁起・説話・物語の縁変』三弥井書店、二〇一四年）、中村禎里「鳥羽上皇の寵妾」（注（15）『狐の日本史――古代・中世編』）が論じる。また他に、能（謡曲）『殺生石』の観点からの論考もあるが省略する。

なお、同説話には楊貴妃が変じたとの室町時代の伝承もある注（25）『東の妖怪・西のモンスター――想像力の文化比較』一五八ページ（岡部明日香氏発表）。いわゆる九尾の狐説話は日本では古代には記録され（『延喜式』二二、九二七年）、室町時代後期に『太平広記』の記載が転記され（『建内記』嘉吉元年二月七日、二二日条）、玉藻前（説話）と結びついたのは江戸時代に入ってからである。仮名草子や読本、実録などの読み物や、浄瑠璃、歌舞伎などの芸能の営為であろう。安永七年（一七七八）刊の鳥山石燕『今昔画図続百鬼』の「玉藻前」は、お伽草子『玉藻の前』に語られていることを「（略）帝王《ていわう》のおそばをけがせしとなん。すべて淫声美色《いんせいびしよく》の人を惑《まどは》す事、狐狸《きつねたぬき》よりもはなはだし。」とまとめている。文言には九尾の狐はないが、絵では貴女が座す後方から光が発せられ、九本の尻尾が御簾を通してうかがえる。『玉藻前』での、那須野に化現した妖狐は本文・絵ともに九尾ではなく、二尾である。なおまた、『浄瑠璃十二段草子』において、浄瑠璃姫に仕える女房の一人に「玉藻前」がいる。御曹司義経の「衣裳尽し」の語り手となっている（五段）。

（27）　国会図書館蔵奈良絵本、承応二年刊本。文明写本とともに『室町時代物語大成』一〇（角川書店、一九八一年）所収。

（28）注（21）『寝屋川市史』九。引用文中の「□」は判読不明箇所。
（29）注（15）徳田「『婚怪草紙絵巻』、その綾なす妖かし――狐の嫁入り物語」にて、事例を掲げた。なお、狐の変化説話では北斗七星に祈るとも、方術書を頭に載せるともされ、また狸と混同されて枯葉を載せるとの伝承がある。
（30）横山重・松本隆信編『室町時代物語大成』四（角川書店、一九七六年）、奥平英雄編『御伽草子絵巻』（角川書店、一九八二年）所収。なおこの絵巻は、『古画類聚』には「狐物語画」「狐絵」とある。

［附録篇］

お伽草子の基礎知識

お伽草子の様々な魅力については本書の冒頭をご覧いただくとして、ここでは基本的な事柄について説明しよう。

■呼称

まず、お伽草子は別の呼び方として、室町物語・室町時代物語・中世小説・近古小説などがある。呼称は異なるけれども、指し示すジャンルは同じだ。

■時代範囲

およそ南北朝期から江戸初期にかけて成立した短編物語の総称だ。つまりジャンル名ということである。近世中期に渋川清右衛門《しぶかわせいえもん》という大坂の本屋が二三編のお伽草子をまとめて『御伽草子』と名付けて出版したものがある（渋川版*とも）。狭義にはこれをお伽草子と呼び、ジャンル名としては室町物語などを用いて区別することもあるが、しかし、今日は渋川版やそれ以外の類似する短編物語群も包括してお伽草子と呼ぶことが一般化している。

＊渋川版＝『文正草子』『鉢かづき』『小町の草紙』『御曹子島渡り』『唐糸草子』『木幡狐』『七草草紙』『猿源氏草子』『物くさ太郎』『さざれ石』『蛤の草紙』『小敦盛』『二十四孝』『梵天国』『のせ猿草紙』『猫の草紙』『浜出草紙』『和泉式部』『一寸法師』『さいき』『浦島太郎』『横笛草紙』『酒呑童子』

■本のかたち

冊子ないし絵巻の形式で製作された。

■内容

内容上の分類案はこれまでいくつか試みられてきたが、今日は次の分類が一般的だ。特徴とともに簡単に示しておこう。

1　公家物　『鉢かづき』『**花子もの狂ひ**』『**花鳥風月**』など

・主なテーマ…恋愛・発心遁世

・『源氏物語』『伊勢物語』『住吉物語』『狭衣物語』『落窪物語』などの影響が強い

・和歌の引用が概して多い

2　僧侶／宗教物　『**賢学の草子**』『**弘法大師御本地**』『泣不動縁起絵巻』など

・主なテーマ…発心遁世（含恋愛）・寺社の由来・説教

・寺社縁起、高僧伝、説話集などの影響が強い

・観世音菩薩や法華経の霊験を示す作品が少なくない

3 **武家物** 『御曹子島渡り』『鉢の木』『花の縁物語』など

・主なテーマ…武勇・合戦・お家騒動・恋愛・発心遁世

・『平家物語』『太平記』などの軍記物語や幸若舞曲をはじめとする語り物の影響が強い

・仏神の守護に裏打ちされた英雄の活躍を示す作品が少なくない

4 **庶民物** 『一寸法師』『文正草子』『物くさ太郎』など

・主なテーマ…恋愛・立身出世

・民間説話などの影響が強い

・祝儀性に富み、笑話的要素も多い

5 **異国物** 『七草草紙』『二十四孝』『梵天国』など

・主なテーマ…発心遁世（含恋愛）・仏神（寺社）の由来

・仏典や仏教説話集などの影響が強い

・異国を舞台とした公家・僧侶・武家・庶民物

6 **異類物** 『**是害坊絵**』『**藤袋の草子**』『**鼠の草子**』など

・主なテーマ…恋愛・発心遁世・合戦・問答

・公家物語、軍記物語などの影響が強い

・異類を主人公とする公家・僧侶・武家・庶民物

この分類は目安として示したに過ぎない。たとえば『藤袋の草子』は人間と猿の婚姻譚《こんいんたん》であるから、異類物という面をもつが、農民の父子の物語という面からすれば庶民物でもある。このように、お伽草子のジャンル分けを絶対的なものと捉えないことが大切だ。

■周辺ジャンル・作品

お伽草子は総数が約三〇〇種に及ぶほど多い。完全なオリジナルといっても先行する文芸の影響を受けていないものはない。そしてほとんどの作品にはネタ元がある。また、今日のメディアミックスのように、同じ物語が読み物、つまりお伽草子になる一方で舞台で演じられたり、語りの芸になったりした。

1　先行するもの

鎌倉時代物語…鎌倉時代に作られた王朝物語で、お伽草子の公家物のルーツの一つだが、お伽草子にはあまり影響は与えていない。改作『住吉物語』がお伽草子との関係では重要。

寺社縁起…各寺社の縁起。『北野天神縁起』『道成寺縁起』『八幡宮縁起』など。↓『**賢学の草子**』

高僧伝…『弘法大師伝』『法然上人伝記』『布袋和尚伝』など。↓『**弘法大師御本地**』

説話集…『沙石集』『元亨釈書』『三国伝記』など。↓『**是害坊絵**』

軍記物語…『平家物語』『太平記』『義経記』

歌書…『古今和歌集』や『伊勢物語』の注釈書など。→『**花鳥風月**』

2　並行するもの

お伽草子…異本の発生。同じ作品でも書き継がれる中で内容がどんどん変わっていった。

寺社縁起…各寺社の縁起。『熱田の神秘』『摂州東成郡安倍権現縁起』など。

能（謡曲）・狂言…幅広く受容。その一方でお伽草子の方が先行する場合も少なくない。→『**花子もの狂ひ**』

幸若舞曲《こうわかぶきょく》…室町期に流行した舞であり、語り物文芸である。クセ舞とも呼ぶ。能との相互関係も大きい。武家物の作品にお伽草子と密接なものが多い。『経が島縁起絵巻』など。

歌謡…『閑吟集』『隆達小歌』など流行歌集が作られた。お伽草子作品にも『**藤袋の草子**』『猿の草子』など歌謡の取り込まれているものがある。

3　後続するもの

仮名草子…江戸前期の短編物語を仮名草子と呼ぶ。およそ西鶴以前のものを指すが、お伽草子の後期作品と時期が重なり、その区別は曖昧だ。『女郎花物語』『鶏鼠物語』など。

古浄瑠璃《こじょうるり》…江戸前期の語り物芸で、近松門左衛門の『出世景清』（一六八五）以前を特にそう呼ぶ。古浄瑠璃を読み物化したお伽草子は比較的多い。『大橋の中将』『村松』など。

赤本…江戸前期以降出版された子ども絵本。お伽草子（『文正草子』）やそれと同じ題材の作品（『浦島太郎』）も作られた。

■民間説話

お伽草子は右に示したように隣接するさまざまな文芸と関係を持ちながら創作され、受容されてきた。その一方で、昔話や伝説といった口承文芸との関わりの深いものも少なくない。

1　昔話

【作　品】	【昔　話】＊間接的・部分的に関連するものを含む
蛤の草紙	蛤女房（異類）　←説法
天稚彦物語	蛇聟入・水乞型（異類）　←『古今集注』
雀の夕顔	腰折れ雀（異類）　←『宇治拾遺物語』
藤袋の草子	猿聟入・猟師と猿・狸の占い（異類）
むらくも	鶴女房（異類）
鶴の草子	鶴女房、竜宮女房（異類）
観音の本地	絵姿女房（異類）
貴船の本地	絵姿女房（異類）

興福寺の由来物語　絵姿女房（異類）
木幡狐　狐女房（異類）
羽衣物語絵巻　天人女房（異類）
横座坊物語　物言う牛・賭け型（異類）
戒言　蚕神と馬（異類）
をこぜ　山の神とおこぜ（異類）
変化あらそひ　化け較べ（異類）
化物草紙　夢と蜂、夢買い長者、蛇聟入・苧環型（異類）
祇園牛頭天王縁起　大歳の客　←縁起
浦島太郎　浦島太郎　←縁起
諏訪の本地　甲賀三郎　←縁起
大山寺縁起絵巻　鷲の育て児　←縁起
みしま　鷲の育て児　←縁起
磯崎　肉付面　←説法
ささやき竹　嫁の輿に牛　←説法
蛙の草紙　嘘八卦　←説法か
一寸法師　小さ子譚　←『小男の草子』か

小敦盛　都はつ丸　↑物語・語り物
瓜姫物語　瓜子織姫
物くさ太郎　三年寝太郎・難題聟
福富草紙　鳥呑み爺
毘沙門の本地　天の庭
梵天国　笛吹聟
火桶の草子　蟹の甲
姥皮　姥皮（継子譚*）
鉢かづき　鉢かづき（継子譚）
伊豆箱根の本地　お銀小銀（継子譚）　↑縁起
さくらゐ物語　灰坊太郎（継子譚）
岩屋の草子　（継子譚）
一本菊　（継子譚）
美人くらべ　（継子譚）
ふせや物語　（継子譚）
花世の姫　（継子譚）
朝顔の露　（継子譚）

秋月物語　（継子譚）
あしびき　（継子譚）
千手女の草子　（継子譚）
月日の本地　（継子譚）
＊継子譚の要素は他のお伽草子作品にもみられる。

以上はあくまで題材面での共通・類似例である。このうち、『浦島太郎』や『諏訪の本地』『みしま』などは昔話と同一題材ではあるが、直接的には伝説化した上でお伽草子と関係をもつものである。『天稚彦物語』や『雀の夕顔』は古典作品を直接に題材にしたものであり、『小敦盛』も『平家物語』の後日譚として作られた物語であり、いずれもお伽草子と昔話との直接関係を示すものではない。

2　伝説

伝説は寺社縁起、説話集をはじめとする文献に収録されている。記録の動機はさまざまだが、寺社の伝説は寺社堂塔の由来、神仏の霊験、高僧の伝記が主である。歌書には名所の説明、歌人の伝記が記されており、それらも伝説としての側面が強い。

お伽草子には寺社縁起や霊験譚、高僧伝が主題になるものが多い。西行や小野小町の伝記物語もある。ほかに具体的には北海道の義経伝承と『御曹司島渡』、葛城山の『土蜘蛛』、長野県南安曇郡穂高町穂高神社の若宮明神と『物くさ太郎』、福井県鯖江市水落の地名と『みぞち物語』など、特定の在地伝承と関わるお伽草子も作られた。

■文体

お伽草子の文体はおおむね〈平易な文語体の和文〉であり、表記的には〈漢字仮名まじり文〉であり、修辞的には〈散文〉である。それゆえに『源氏物語』や『伊勢物語』のように学校の古文授業で教わる教材に比べてとても簡単で、古典文学の入門としても適している。とはいえ、たくさんあるお伽草子作品の中には例外もみられる。

■お伽草子を原文で読むために

1 『お伽草子事典』を活用しよう

お伽草子は三〇〇編あまりの作品がある。『物くさ太郎』や『酒呑童子』『鉢かづき』のほかにどんな作品があるのか、読みたいと思う作品はこの中にあるのだろうか。いざ読もうとしても、どこから手を付けたらいいか分からない。こうした入口の段階で戸惑うことも多いと思う。その際には徳田和夫編『お伽草子事典』(東京堂出版)を活用してみるといいだろう。この事典が刊行されたのは二〇〇二年なので、ずいぶん前のように思うかもしれないが、今なお、第一線で研究者たちに活用されている優れた参考書だ。

この事典には、ほとんどのお伽草子作品が項目化されている。それぞれの作品項目にはすべて「あらすじ」が記されている。それを読んで、本格的に読んでみるかどうかの判断をするといいだろう。作品のテーマやモティーフから作品を見付けたければ、巻末付録の「主要テーマ・モチーフ稿」を使うといい。また、巻末の索引も充実している。人物や場所（地名・寺社名）で検索すれば、特定の人物が登場する作品や特定の場所が場面や舞台として描かれている作品を見付けることができる。

2　国立国会図書館サーチを活用しよう

もちろん、当該事典刊行以降にもお伽草子作品の翻刻（いわゆる活字化）が行われている。それらを確認するには、国立国会図書館のホームページ中の「国会図書館サーチ」（https://iss.ndl.go.jp/）で検索するといいだろう。なお、探す時には立項されている作品名だけでなく、別名も含めたほうがよい（たとえば『青葉の笛の物語』には『仁明天皇物語』、『秋月物語』には『京極大納言物語』という別名がある）。

3　たとえば『弘法大師御本地』を原文で読むにはどうすればいいの?

まずは『お伽草子事典』を開いてみよう。すると、「弘法大師御本地」としてではなく、「弘法大師の御本地」として立項されている（お伽草子の作品名では、こうした微妙なタイトルの違いはしばしばあることなので気にしてはいけない）。で、その中の「翻刻」を確認してみる。すると次のように記されている。

『大成』4、『物語集』4。

これは何かの略称だ。巻頭の「凡例」の略称一覧を見ると、『大成』4は『室町時代物語大成』4、『物語集』4は『室町時代物語集』4のことだと分かる。他にはないのだろうか。国立国会図書館サーチを開いて、「弘法大師御本地」で検索してみる。すると、『大成』4は出てこないが、『物語集』4はヒットした。加えて、『お伽草子事典』には記載されていないが、『弘法大師伝全集』9（ピタカ、一九七七年）にも収録されていることが確認できる。『大成』『物語集』『弘法大師伝全集』いずれも古典文学研究の基礎資料なので、人文系の学部のある大学図書館の多くには収蔵されているが、残念ながら公共図書館で所蔵しているところは少ない。図書館のレファレンス担当者に読み方、取り寄せ方などを相談してみるといいだろう。

注意しなくてはならないのは、右に示したように、『お伽草子事典』の各作品項目中の「翻刻」は網羅的に記しているわけではないということである。解説の字数制限の都合や多くの翻刻がある場合などは、主要なものを幾つか選んで記している（『弘法大師御本地』の場合は、いずれも同一版本の翻刻である上、『弘法大師伝全集』の翻刻の質が『大成』や『物語集』よりも劣るため、資料性を鑑みて除外した）。

また、記述内容から情報を拾いにくい場合もある。国立国会図書館サーチで「花子もの狂ひ」で検索しても、「「花子もの狂ひ」に一致する資料は見つかりませんでした。」という結果になる。代わりに別名の「花子こひ物ぐるひ」「班女物語」ではヒットする。次に「花子もの」では『大成』一〇が検出される。さらに「花子物」では「花子物語」と題する作品名が出てくる。『お伽草子事典』巻末の「索引」で検索すれば、これが『花子もの狂ひ』の類似作品『梅若丸伝記』の伝本の一つだということを確認することができる。本サイトの検索では藤井隆編『御伽草子新集』などに収録されていることが確認できる。こういう例もあるから、検索ワードを工夫して調べることも忘れないでおこう。また、国文学研究資料館ホームページ内の「電子図書館［データベース］」も併せて使うといいだろう。

ただしかし、これらから漏れる翻刻資料もあるから厄介だ。『花子物語』は藤井隆『中世古典の書誌学的研究　御伽草子編』（和泉書院、一九九六年）にも収録されているが、これらの検索エンジンではヒットしないし、出版社ＨＰの図書紹介にも記されていない。『梅若丸伝記』の関連文献を読んだり、調べたりするうちに、この本の中にも翻刻資料が収録されているということに気付くのだ。学術書などの単行本に掲載される翻刻資料は意外に多い。しかし、データベースの対象外となっているために知られない場合があることに留意しておこう。

4　参考にする古語辞典

お伽草子の文章表現は、『源氏物語』や『今昔物語集』のような中学校や高校の古文で教わるものよりも簡単だ。また、お伽草子よりも時代が下り、近世を代表する井原西鶴や近松門左衛門、上田秋成の『雨月物語』、曲亭馬琴の『南総里見八犬伝』などの名作と呼ばれるものよりも遥かに平易で分かりやすい。そういう意味で、古典文学に親しむ入り口として相応しい。

それでもやはり、五〇〇年も昔の文章なので、現代の作品を読むよりはむつかしいと思う人も多いだろう。読み進めながら、意味の分からない語句に出くわした時は、学校で使うような普通の古語辞典で大体片が付く。より丁寧に調べたいなら、『日本国語大辞典』がお薦めだ。もっと厳密に調べたいなら、『時代別国語大辞典　室町時代篇』や『邦訳　日葡辞書』を紐解いてみるのもいいだろう。

お伽草子ガイド

＊現在入手しやすい版を優先的に掲示する。初版、初出掲載情報等は（※〇〇〇〇年）で示す。
＊四種以上の作品を収録する掲載書名は『略称』で示す。
＊マンガ作品の前には▽を付け、文芸作品と区別する。
＊お伽草子を踏まえた作品をまとめた。昔話「浦島太郎」などの絵本、マンガは対象外とする。また昔話・伝説や説教タネ本と同一題材の作品もおおむね省略する。

■入門書

・市古貞次・野間光辰編『日本古典鑑賞講座　お伽草子　仮名草子』角川書店、一九六三年
・市古貞次・高崎富士彦・豊田武『図説日本の古典　御伽草子』集英社、一九八〇年
『絵で楽しむ日本むかし話　お伽草子と絵本の世界』徳川美術館、二〇〇六年
・高崎富士彦『日本の美術　お伽草子』至文堂、一九七〇年
・徳田和夫『セミナーブック・セレクション　古典講読シリーズ　お伽草子』岩波書店、二〇一四年（※一九九三年）
・徳田和夫・矢代静一『新潮古典文学アルバム　お伽草子・伊曾保物語』新潮社、一九九一年

・徳田和夫編『お伽草子事典』東京堂出版、二〇〇二年
・富士正晴『古典を読む　御伽草子』岩波書店、一九八三年
・藤掛和美『お伽草子入門』和泉書院、一九八一年

■現代語訳・小説・童話・マンガ

・『**本書**』伊藤慎吾編『お伽草子超入門』勉誠出版、二〇二〇年
・『巌谷』巌谷小波『小波お伽全集　一二』本の友社、一九八八（※一九三〇年）
・『植田』植田敏郎・白木茂・福田清人編『少年少女世界文学全集　日本編二』講談社、一九五九年
・『臼井』臼井吉見編『日本短篇文学全集 第三巻』筑摩書房、一九六九年
・『梅原』梅原猛『中世小説集』新潮社、一九九三年
・『円地世界』円地文子『世界名作物語　おとぎ草子』ポプラ社、一九五二年
・『円地日本』円地文子訳『グラフィック版特選日本の古典　御伽草子』世界文化社、一九八六年（※一九七六年）
・『大岡』大岡信『岩波少年文庫　おとぎ草子』岩波書店、一九九五年（※『平凡社名作文庫　鬼と姫君物語　お伽草子』一九七九年。改題『かたりべ草子　大岡信が語る「お伽草子」』平凡社、一九八三年）
・『大島日本』大島建彦『日本古典文学全集　御伽草子集』小学館、一九七四年
・『大島完訳』大島建彦『完訳日本の古典　御伽草子集』小学館、一九八三年
・『オール』『オールカラー版世界の童話　日本おとぎ草子』小学館、一九七二年
・『北畠』北畠八穂『古典文学全集　御伽草子』ポプラ社、一九六五年

・『楠山上・下』　楠山正雄編『日本童話宝玉集　上・下』冨山房、一九二一～二二年
・『桑原』　桑原博史『講談社学術文庫　おとぎ草子』講談社、一九八五年
・『島津』　島津久基訳『物語日本文学　お伽草子』至文堂、一九五四年
・『清水』　清水義範・ねじめ正一『少年少女古典文学館　おとぎ草子・山椒太夫』講談社、一九九二年
・『太陽』　『太陽古典と絵巻シリーズ　お伽草子』平凡社、一九七九年
・高木卓『少年少女のための国民文学　お伽草子』福村書店、一九五七年
・『高島1』　高島正恵『世界童話文庫　日本童話集別巻1　おもしろい話の巻』潮文閣、一九五二年
・『高島2』　高島正恵『世界童話文庫　日本童話集別巻2　美しい話の巻』潮文閣、一九五二年
・『高野』　高野正巳『児童世界文学全集　日本古典名作集』偕成社、一九六一年
・『超訳』　『超訳日本の古典　御伽草子・仮名草子』学研、二〇〇八年
・『ちくま』　『ちくま文庫　お伽草子』筑摩書房、一九九一年
・『土屋』　土家由岐雄『世界名作童話全集　ものぐさ太郎』ポプラ社、一九六四年
・『坪田』　坪田譲治監修『日本古典全集　はちかづき』小峰書店、一九五六年
・『西本』　西本鶏介『21世紀によむ日本の古典　御伽草子』ポプラ社、二〇〇二年
・『二反』　二反長半『はじめてであう日本の古典　御伽草子　はちかづきほか』小峰書店、一九九八年（※一九六六年）
・『日本』　『日本古典文学全集　宇治拾遺物語・お伽草子』筑摩書房、一九六一年
・『福田』　福田清人『ジュニア版日本の古典文学　お伽草子』偕成社、一九七四年
・『堀尾』　堀尾勉『少年少女日本名作選　おとぎ草子』誠文堂新光社、一九五二年

・『松村』　松村武雄編『世界童話大系　日本童話集　上』誠文堂、一九三一年
・『三浦』　三浦藤作『少年日本お伽噺読本』大同館書店、一九三四年
・『森』　森銑三『中納言の笛　御伽草子から取材した新童話七篇』青雲書店、一九五八年
・矢田勊士『ジュニア版古典文学　御伽草子』ポプラ社、一九七六年

▽マンガ

・『晃月』　晃月秋実『くもんのまんが古典文学館　お伽草子』くもん出版、一九九三年
・『原田』　原田千代子画・辻真先構成『コミグラフィック日本の古典　御伽草子』暁教育図書、一九八八年
・『水木』　水木しげる『水木しげる漫画大全集　〇九〇』講談社、二〇一八年
・『やまだ』　やまだ紫『マンガ日本の古典　御伽草子』中央公論社、一九九七年

……………………………………………………

秋の夜の長物語
『臼井』『ちくま』『日本』

あきみち
『ちくま』『日本』

朝顔の露（露の宮）
『高島2』
天稚彦物語（七夕）
田辺聖子『御伽草子　たなばた物語』集英社、一九八二年
『植田』『オール』『楠山下』『坪田』『三反』『福田』『堀尾』『松村』『森』
鴉鷺合戦物語
『高島1』
和泉式部
『大島完訳』『大島日本』
磯崎
『太陽』
一寸法師
一瀬直行編『日本の寓話　下』宝文館、一九六〇年
楠山正雄編『画とお話の本　サルとカニ』冨山房、一九二五年

コドモオトギ会編『蝶のお嫁さん』春江堂、一九三〇年
斉藤洋『京の絵本　一寸法師』「京の絵本」刊行委員会、一九九九年
豊田芳子『つるの恩がえし・おとぎぞうし』講談社、一九六七年
新田寛編『小学国語読本原拠集成　詳註口訳　尋一・二篇』厚生閣、一九三七年
日本児童文学者協会編『日本ユーモア文学全集　古典編1』ポプラ社、一九六八年
村岡花子『世界童話文庫　鉢かずき姫』日本書房、一九五二年
三浦藤作『少年日本昔噺読本』大同館書店、一九三四年
『円地日本』『大岡』『大島完訳』『大島日本』『楠山下』『桑原』『島津』『清水』『高島1』『超訳』『坪田』『西本』▽『やまだ』

梅津長者物語

『二反』『福田』『松村』『森』

浦島太郎

円地文子訳『週刊見やすく分かりやすい日本の古典を見る　お伽草子』世界文化社、二〇〇二年
日和聡子『〈現代版〉絵本御伽草子　うらしま』講談社、二〇一五年
『円地日本』『大岡』『大島完訳』『大島日本』『北畠』『島津』『ちくま』『超訳』『西本』『二反』『日本』『福田』『三浦』▽『原田』

瓜姫物語

松谷みよ子『おとぎばなし　うりこひめ』盛光社、一九六七年

『大島日本』『松村』▽『水木』

おこぜ

『大島日本』

おようの尼

『梅原』『太陽』

御曹子島渡り

『巌谷』『大島完訳』『大島日本』『北畠』『楠山下』『島津』『清水』『高島１』『松村』▽『水木』

隠れ里

円地文子『少国民日本文学　おとぎ草子物語』小学館、一九四三年

『円地世界』『円地日本』『高島１』

花鳥風月

『本書』『太陽』

唐糸の草子

巌谷小波『模範童話文庫　唐糸草紙』文武堂、一九二六年

岡本綺堂『江戸子の死』改造社、一九二七年

梶原安臣『私の全訳「唐糸草子」　古典御伽草子の内「唐糸草子」現代語訳』私家版、二〇一七年

信州大学教育学部附属長野中学校創立記念事業編集委員会編『現代口語訳信濃古典読み物叢書　唐糸草子』信濃教育会出版部、一九八六年

『世界少年少女文学全集　日本編2』創元社、一九五五年

新田寛編『小学国語読本原拠集成　詳註口訳　尋三・四篇』厚生閣、一九三七年

宮脇紀雄『少年少女文学全集　おとぎ草子』学燈社、一九七九年

『植田』『円地世界』『大岡』『大島日本』『北畠』『島津』『西本』『福田』『堀尾』

熊野の本地

松下千恵『紀州寺社縁起絵本　ごすいでん おとぎ草子『熊野のご本地のそうし』よりインドからやって来た熊野の神々のはなし』わかやま絵本の会、一九九一年

『梅原』『北畠』『ちくま』『日本』▽『晃月』

賢学の草子

『本書』

小敦盛
『大島日本』『太陽』

弘法大師御本地
『本書』

小町の草紙
『大島日本』

木幡狐
藤野可織『〈現代版〉絵本御伽草子　木幡狐』講談社、二〇一五年
『円地世界』『大島日本』『北畠』『島津』『西本』『福田』▽『晃月』

さいき
『臼井』『大島日本』『ちくま』『日本』

さざれ石
『大島日本』『高島2』

さよひめ
『森』

猿源氏草紙
『大島完訳』『大島日本』

三人法師
谷崎潤一郎『谷崎潤一郎全集　一四』中央公論社、二〇一六年（※『中央公論』一九二九年一〇、一一月号）
『臼井』『島津』『松村』

酒呑童子（**大江山**）
石黒吉次郎『親子で楽しむ歴史と古典　鉢かづき・酒呑童子』勉誠社、一九九六年
『カラー名作少年少女世界の文学　日本編1』小学館、一九七〇年
川村たかし『日本の物語絵本　酒呑童子』ポプラ社、二〇〇三年
木島始『リブロの絵本　しゅてんどうじ　曼殊院所蔵「酒呑童子絵巻」より』リブロポート、一九九三年
土家由岐雄『日本おとぎ話』偕成社、一九六八年
新田寛編『小学国語読本原拠集成　詳註口訳　尋一・二篇』厚生閣、一九三七年
野坂昭如『御伽草子　酒呑童子』集英社、一九八二年

福田清人『子どものための日本の古典文学　土曜日物語』東光出版社、一九五七年
三浦藤作『少年日本昔噺読本』大同館書店、一九三四年
宮脇紀雄『少年少女文学全集　おとぎ草子』学燈社、一九七九年
▽山中恒監修『ミニまんが日本絵巻　一』ティビーエス・ブリタニカ、一九七八年
▽大塚英志監修・山本忠宏編『まんが訳酒呑童子絵巻』筑摩書房、二〇二〇年
『大岡』『大島完訳』『大島日本』『オール』『北畠』『楠山上』『島津』『清水』『太陽』『高島1』『高野』
『超訳』『土屋』『西本』『二反』『福田』『松村』▽『晃月』『原田』『やまだ』

精進魚類物語（魚鳥平家）

『楠山下』

浄瑠璃物語

信多純一『現代語訳　完本浄瑠璃物語』和泉書院、二〇一三年
『太陽』

新蔵人物語

阿部泰郎監修『室町時代の少女革命　『新蔵人』絵巻の世界』笠間書院、二〇一四年

雀の発心
『太陽』

墨染桜（草木太平記）
『楠山下』

諏訪の本地（甲賀三郎）
『松村』

是害坊絵
『本書』

玉水物語
『高島1』

玉虫の草子
『堀尾』

田村の草子（鈴鹿の草子）

▽とし『鈴鹿の草子～平安浪漫お伽絵巻～』Amazon Services International, Inc.、二〇一七年

俵藤太物語

円地文子訳『週刊見やすく分かりやすい日本の古典を見る　お伽草子』世界文化社、二〇〇二年

木手暁『OnDeckブックス　田原藤太奇談』インプレスR&D、二〇一三年

水藤春夫ほか編『日本のこころ　四年生』小峰書店、一九五五年

『円地世界』『円地日本』『北畠』『楠山上』『高島1』『坪田』『高野』『福田』『松村』『三浦』

稚児之草子

堂本正樹「『稚児之草子』本文紹介　訳文付」『夜想』一五、一九八五年

福田和彦編『浮世絵グラフィック6　艶色説話絵巻』KKベストセラーズ、一九九二年

中将姫の本地

『植田』

長宝寺よみがへりの草紙

『超訳』

付喪神記
町田康『〈現代版〉絵本御伽草子　付喪神』講談社、二〇一五年

土蜘蛛
▽大塚英志監修・山本忠宏編『まんが訳酒呑童子絵巻』筑摩書房、二〇二〇年

鶴の草子
豊田芳子『つるの恩がえし・おとぎぞうし』講談社、一九六七年
西山敏夫編『日本名作ものがたり　解説と読書指導つき　三年生』偕成社、一九六〇年
『円地日本』『北畠』『坪田』『堀尾』

道成寺縁起
小野成寛『道成寺絵とき本』道成寺護持会
松谷みよ子『日本の物語絵本　道成寺　安珍と清姫の物語』ポプラ社、二〇〇四年
▽大塚英志監修・山本忠宏編『まんが訳酒呑童子絵巻』筑摩書房、二〇二〇年
『桑原』

七草草紙
『大島日本』『北畠』

二十四孝
『大島日本』『北畠』『清水』

猫の草紙
一瀬直行編『日本の寓話　下』宝文館、一九六〇年
梅田寛他編『学校家庭学年別模範児童文庫　二年生の童話』大阪宝文館、一九二八年
奥野庄太郎『東西幼年童話選　菊の巻』中文館書店、一九二八年
楠山正雄編『画とお話の本　サルとカニ』冨山房、一九二五年
楠山正雄『フロンティア文庫　風呂で読める昔話・童話選集　日本の昔話1』フロンティアニセン、二〇〇五年
日本童話研究会編『カナオトギ文庫　チヒサイオムスビ』九段書房、一九二八年
三浦藤作『少年日本昔噺読本』大同館書店、一九三四年
『大島日本』『北畠』『楠山下』『桑原』『高島1』『福田』『堀尾』『松村』▽『水木』『やまだ』

鼠の草子
『鼠草子絵本』サントリー美術館、二〇〇七年
吉行淳之介『御伽草子　鼠の草子』集英社、一九八二年
『大島日本』『太陽』
▽近藤ようこ「ねずみの草子」『本書』

のせざる草紙
『大島日本』『島津』

化物草紙
『清水』『高島1』『堀尾』

長谷雄草紙
夢枕獏『文春文庫　おにのさうし』文藝春秋、二〇一四年（※『朝日文庫　鬼譚草紙』二〇〇六年）
『梅原』『桑原』▽『やまだ』

鉢かづき
青山七恵『〈現代版〉絵本御伽草子　鉢かづき』講談社、二〇一五年
あまんきみこ『日本の物語絵本　鉢かづき』ポプラ社、二〇〇四年
石黒吉次郎『親子で楽しむ歴史と古典　鉢かづき・酒呑童子』勉誠社、一九九六年
『親子の名作よみきかせ絵本　おひめさまばなし きらきらかわいい30話』大泉書店、二〇一二年
河井幸三郎『少年世界文学　はちかつぎ姫』冨山房、一九〇二年
『古今東西あこがれのお姫さま物語』講談社、二〇一一年
酒井朝彦・笹間良彦『日本少年少女童話全集　やまぶきいろの童話集』創元社、一九六〇年
立原えりか『ナツメ社こどもブックス　女の子の心をはぐくむ名作　母と子の読み聞かせえほん』ナ

ツメ社、二〇一一年
土家由岐雄『日本おとぎ話』偕成社、一九六八年
坪内逍遥『逍遥選集　三　復刻版』第一書房、一九七七年（※一九〇七年）
時海結以『講談社青い鳥文庫　竹取物語　蒼き月のかぐや姫』講談社、二〇一二年
日本児童劇作家協会編『日本名作学校劇集　三年生』ポプラ社、一九五七年
長谷川摂子『こどものとも絵本　はちかづきひめ』福音館書店、二〇一四年
萩谷朴『ボクおじさんの昔話』笠間書院、一九八六年
宮脇紀雄『少年少女文学全集　おとぎ草子』学燈社、一九七九年
村岡花子『世界童話文庫　鉢かずき姫』日本書房、一九五二年
村岡花子『学年別名作ものがたり　三年生　あしながおじさん』ポプラ社、一九五七年
与田準一ほか編『日本のこころ　三年生』小峰書店、一九五八年
『巌谷』『植田』『臼井』『大岡』『大島完訳』『大島日本』『北畠』『楠山下』『桑原』『島津』『清水』『ちくま』
『土家』『坪田』『西本』『二反』『日本』『福田』▽『晃月』『やまだ』

花子もの狂ひ
『本書』

花世の姫
円地文子『少国民日本文学　おとぎ草子物語』小学館、一九四三年

『円地世界』『円地日本』『オール』▽『原田』

花みつ月みつ
『円地世界』『二反』

浜出草紙
『大島日本』

蛤の草紙
河井幸三郎『少年世界文学　はまぐりの草紙』冨山房、一九〇三年
滝沢みち子『小学四年生付録　はまぐり姫　かけだしブンちゃん』小学館、一九五八年六月
千葉省三『講談社の絵本　はまぐり姫』講談社、一九五二年
土家由岐雄『日本おとぎ話』偕成社、一九六八年
坪田譲治・太田大八『日本少年少女童話全集　すみれいろの童話集』創元社、一九六〇年
西山敏夫『なかよし絵文庫　日本おとぎばなし』偕成社、一九五九年
萩谷朴『ボクおじさんの昔話』笠間書院、一九八六年
橋本治『〈現代版〉絵本御伽草子　はまぐりの草紙』講談社、二〇一五年
平井芳夫『講談社の絵本ゴールド版　はまぐり姫』講談社、一九六〇年
『植田』『円地世界』『大島日本』『楠山下』『高野』『土屋』『日本』『福田』『三浦』

ひな鶴
『円地世界』
福富草紙
『世界少年少女文学全集　日本編2』創元社、一九五五年
『植田』『梅原』『大岡』『北畠』『楠山下』『ちくま』『日本』『堀尾』『松村』▽『水木』
ふくろう
『太陽』
藤袋草子
『本書』『高島1』『松村』
文正草子
『巌谷』『大島完訳』『大島日本』『北畠』『島津』『太陽』『高島2』『ちくま』『西本』『日本』▽『原田』
梵天国
円地文子『少国民日本文学　おとぎ草子物語』小学館、一九四三年
河井幸三郎『少年世界文学　はまぐりの草紙』冨山房、一九〇三年

武田雪夫『講談社の絵本　梵天国物語』講談社、一九九八年（※一九五四年）
萩谷朴『ボクおじさんの昔話』笠間書院、一九八六年
『巌谷』『円地世界』『円地日本』『大岡』『大島完訳』『大島日本』『北畠』『楠山下』『ちくま』『日本』『福田』▽『原田』

万寿の前

太田黒克彦『少女倶楽部三月号附録　万寿姫』大日本雄弁会講談社、一九三七年
『オールカラー版世界の童話　まんじゅひめ』小学館、一九八一年
おの・ちゅうこう『少年少女世界名作全集　竹取物語』鶴書房、刊年不詳
幸田露伴『幸田露伴全集　一二』岩波書店、一九七八年（※『露伴集　二』一九一〇年）
『小学館の絵本　万寿姫』小学館、一九六二年
千葉省三『講談社の絵本　孝女万寿姫』講談社、一九三八年
土家由岐雄『日本おとぎ話』偕成社、一九六八年
徳永寿美子『講談社の絵本ゴールド版　万寿の姫』講談社、一九六六年
豊田芳子『つるの恩がえし・おとぎぞうし』講談社、一九六七年
新田寛編『小学国語読本原拠集成　詳註口訳　尋三・四篇』厚生閣、一九三七年
林勇『歴史童話叢書　万寿姫』盛林堂書店、一九二六年
久松潜一監修『日本古典文学ものがたり　四年生』実業之日本社、一九六二年
三谷晴美『少年少女物語文庫　竹取物語』集英社、一九五八年

宮脇紀雄『少年少女文学全集　おとぎ草子』学燈社、一九七九年
『植田』
▽斎藤くにお『小学四年生特別大長編まんが　万寿姫』集英社、一九五七年
▽寺尾知文『おもしろ漫画文庫　万寿姫』集英社、一九五五年

物くさ太郎

岡田潤『京の絵本　ものくさ太郎』「京の絵本」刊行委員会、一九九九年
奥野庄太郎『東西幼年童話選　菊の巻』中文館書店、一九二八年
『講談社の絵本　ものぐさ太郎』講談社、一九五四年
コドモオトギ会編『蝶のお嫁さん』春江堂、一九三〇年
『世界少年少女文学全集　日本編2』創元社、一九五五年
肥田美代子『日本の物語絵本　ものぐさ太郎』ポプラ社、二〇〇五年
福川裕司『講談社の幼年文庫　ものぐさ太郎ほか』講談社、一九七八年
福田清人『旺文社ジュニア図書館　ものぐさ太郎』旺文社、一九七一年
結城昌治『新潮少年文庫　ものぐさ太郎の恋と冒険』新潮社、一九七三年
『臼井』『梅原』『円地日本』『大島完訳』『大島日本』『オール』『北畠』『楠山上』『島津』『清水』『太陽』『ちくま』『超訳』『土家』『坪田』『西本』『日本』『福田』『堀尾』『松村』『三浦』▽『晃月』『原田』『水木』『やまだ』

横笛草紙

『大島日本』『桑原』

年表風作品ガイド

一体、何から読んでみればいいいか。取っ掛かりがない人は、とりあえず有名な登場人物が出てくる作品を手にしてみてはどうだろうか。お伽草子はキャラクター中心のものが多く、しばしばその人生を語る内容となっている。聞いたことのない架空の人物もいるが、誰もが知っている人物の物語も多い。脇役や挿入エピソード、名前だけ（美人の例えとして小野小町や楊貴妃を出すなど）といったものは除き、メインキャラクターとして描かれるものをここでは掲げておこう。

平安時代以前

・日本《やまと》武尊《たけるのみこと》の東征
日本《やまと》武尊《たけるのみこと》『熱田の深秘』『住吉の本地』『武家繁昌』

・神功皇后の出陣
仲哀天皇『八幡宮縁起』
神功皇后『八幡宮縁起』『武家繁昌』

・用明天皇の旅
用明天皇『京太郎物語』

・聖徳太子の生涯
物部守屋《もののべのもりや》『元興寺縁起』『善光寺本地』『太子開城記』
聖徳太子『元興寺縁起』『善光寺本地』『太子開城記』
蘇我馬子『元興寺縁起』

・壬申の乱（六七二年）
天武天皇『舟の威徳』

・**修験道の開祖役行者《えんのぎょうじゃ》の生涯**
役行者　『役の行者』
・**歌聖柿本人麻呂の子孫**
柿本人麻呂　『柿本氏系図』
・**養老の滝の発見（七一七年）**
元正天皇　『養老の縁起』
藤原不比等《ふひと》　『養老の縁起』
・**藤原広嗣の乱（七四〇年）**
藤原広嗣　『松浦明神縁起絵巻』
玄昉　『松浦明神縁起絵巻』
・**奈良仏教の興隆**
聖武天皇　『大仏の御縁起』『松浦明神縁起絵巻』
良弁《ろうべん》　『石山物語』『大山《おおやま》縁起絵巻』
吉備真備《きびのまきび》　『戸隠山《とがくしやま》絵巻』
・**道鏡事件（七六九年）**
和気清麻呂　『八幡宮縁起』
・**当麻曼荼羅の由来**
中将姫　『中将姫の本地』

・**その他**
蘇民将来　『祇園牛頭天王縁起』『祇園の本地』
衣通姫《そとおりひめ》　『玉造《たまつくり》物語』
浦島太郎　『浦島太郎』『舟の威徳』
甲賀三郎　『諏訪の本地』

平安

・**初代征夷大将軍の活躍**
坂上田村麻呂　『田村の草子』
鈴鹿　『立烏帽子《たてえぼし》』『田村の草子』
・**仏教界の出来事**
空海／弘法大師　『弘法大師御本地』『摂州東成郡阿倍権現縁起』
性空《しょうくう》　『和泉式部縁起』『硯割《すずりわり》』
源信／恵心　『恵心先徳夢想之記』『恵心僧都物語』『多田の満中』
聖覚《しょうがく》　『石山物語』『源氏供養草子』
・**歌人たちの恋と人生**
在原行平　『松風村雨物語』

在原業平　『青葉の笛の物語』『花鳥風月』『かわちかよひ』『衣更着《きさらぎ》物語』『小町業平歌問答』『小町の草紙』『玉造《たまつくり》物語』『業平夢物語』
小野小町　『神代小町』『小町歌あらそひ』『小町業平歌問答』『小町の草紙』『小町物語』『摂州東成郡阿倍権現縁起』『玉だすき』『玉造《たまつくり》物語』
大伴黒主　『小町歌あらそひ』
和泉式部　『和泉式部』『和泉式部縁起』『小式部』
紫式部　『石山物語』『源氏供養草子』『小式部』『琴腹』『玉だすき』
小式部　『小式部』『小式部・別本』

・菅原道真（八四五－九〇三年）の生涯

菅原道真　『天神縁起』『天神の本地』
醍醐天皇　『天神縁起』『天神の本地』
都良香《みやこのよしか》　『天神縁起』
藤原時平　『天神縁起』『天神の本地』
紀長谷雄《きのはせお》　『長谷雄草紙』
浄蔵　『天神縁起』『天神の本地』

・平将門の乱（九四〇年）

平将門　『俵藤太物語』
藤原秀郷　『俵藤太物語』

・妖怪退治

安倍晴明　『かなわ』『摂州東成郡阿倍権現縁起』
多田満仲《まんじゅう》　『多田の満中』『雪女物語』
源頼光《らいこう》　『小式部』『土蜘蛛』『土蜘蛛の草子』
渡辺綱　『土蜘蛛の草子』『羅生門』
藤原保昌　『小式部』『小式部・別本』『羅生門』

・名匠小鍛冶

三条宗近　『雪女物語』

・木母寺《もくぼじ》（梅若寺）の由来

梅若丸　『梅若丸伝記』

院政期

・宮廷文化

鳥羽天皇　『玉藻の草紙』
西行　『小町物語』『西行』『西行物語』
藤原師長　『琵琶の由来』

・源氏

源義家　『まんじゅの前』

源義朝　『常盤物語』『ふなおか山の物語』

常盤御前　『常盤物語』『山中常盤』

源頼政　『あやめのまへ』『玉だすき』

木曾義仲　『木曾義仲物語』『小枝《さえだ》の笛物語』『武家繁昌』

巴御前　『朝ひな』

・平家の盛衰

平清盛　『経ヶ島縁起絵巻』『小督《こごう》物語』『小枝《さえだ》の笛物語』『常盤物語』『長良の草子』『弁慶物語』

平重盛　『小枝《さえだ》の笛物語』『平家公達草紙』

平宗盛　『ゆや物語』

平重衡　『平家公達草紙』

平維盛　『平家公達草紙』『六代』『六代御前物語』

平敦盛　『小敦盛』『小枝《さえだ》の笛物語』

祇王　『祇王』

・源義経（一一五九－一一八九年）とその周辺

源義経　『御曹子島渡り』『小枝《さえだ》の笛物語』『じぞり弁慶』『天狗の内裏』『橋弁慶』『秀衡入』『弁慶物語』『判官《ほうがん》都ばなし』『みなづる』『山中常盤』『義経東下《あずまくだ》り物語』『義経奥州下り物語』『義経地獄破り』『義経北国落絵巻』『羅生門』

弁慶　『じぞり弁慶』『橋弁慶』『弁慶物語』『義経東下《あずまくだ》り物語』『義経奥州下り物語』『義経地獄破り』『義経北国落絵巻』

佐藤継信・忠信　『義経奥州下り物語』『義経北国落絵巻』

浄瑠璃御前　『浄瑠璃物語』『師門物語』

皆鶴　『判官都ばなし』『みなづる』

静御前　『義経北国落絵巻』

藤原秀衡　『秀衡入』『山中常盤』

・滝口入道

斎藤時頼／滝口入道　『横笛草紙』

横笛　『横笛草紙』

・源平合戦後

後白河法皇　『大原御幸の草子』

建礼門院　『大原御幸の草子』

文覚《もんがく》　『恋塚物語』『六代』『六代御前物語』

熊谷直実　『小敦盛』『小枝《さえだ》の笛物語』『為盛発心物語』

鎌倉時代

・鎌倉幕府樹立（一一九二年）

源頼朝　『大橋の中将』『唐糸《からいと》の草子』『相模川』『清水《しみず》物語』『大仏供養物語』『畠山』『浜出草紙』『武家繁昌』『六代』『六代御前物語』

梶原景時　『大橋の中将』『相模川』

梶原景季　『浜出草紙』

仁田忠綱　『富士の人穴草子』

畠山重忠　『相模川』『畠山』

朝比奈義秀　『朝ひな』『朝比奈物語』『富士の人穴草子』『義経地獄破り』

和田義盛　『朝ひな』

北条時政　『六代』『六代御前物語』

北条政子　『清水物語』『浜出草紙』

唐糸　『唐糸《からいと》の草子』

万寿姫　『唐糸《からいと》の草子』『まんじゅの前』

・鎌倉仏教

法然　『小敦盛』『大仏供養物語』『為盛発心物語』『松虫鈴虫讃嘆文』

重源　『大仏供養物語』

・頼朝以降

源頼家　『富士の人穴草子』

源実朝　『江島物語』

北条時頼／最明寺《さいみょうじ》入道　『鉢の木』

南北朝以降

・南朝

楠木正成　『大森彦七』

尊良親王　『中書王物語』

・北朝

塩冶《えんや》高貞／塩冶判官　『さよごろも』

高師直　『さよごろも』
大森彦七　『大森彦七』

・室町

足利持氏　『もちうぢ』

天竺（古代インド）

釈迦　『釈迦の本地』
舎利弗《しゃりほつ》　『祇園精舎絵巻』
目連　『目連の草紙』
須達《しゅだつ》長者　『祇園精舎絵巻』

中国

・三皇五帝

黄帝　『番神絵巻』『武家繁昌』『舟の威徳』『八ツあたのし大《だい》』
唐堯　『堯舜絵巻』
虞舜《ぐしゅん》　『堯舜絵巻』『二十四孝』

・周

周武王　『武家繁昌』『舟の威徳』
太公望　『武家繁昌』『舟の威徳』
西王母　『蓬莱物語』

・春秋戦国

勾践《こうせん》（越王）『呉越』
西施（越）『呉越』『玉だすき』
夫差（呉王）『呉越』
伍子胥《ごししょ》（呉）『呉越』
丹（燕太子）『咸陽宮《かんようきゅう》』

・秦

秦始皇帝　『咸陽宮《かんようきゅう》』『武家繁昌』『蓬莱物語』
徐福　『不老不死』『蓬莱物語』

・漢

武帝　『蓬莱物語』
東方朔　『不老不死』『楊貴妃物語』

・唐

則天武后　『玉だすき』
玄宗　『長恨歌』『蓬莱物語』『楊貴妃物語』
楊貴妃　『玉造《たまつくり》物語』『長恨歌』『蓬莱物語』『楊貴妃物語』

白楽天　『楊貴妃物語』

・五代

布袋（後梁）　『布袋の栄花』

主要モティーフ索引

お伽草子作品それぞれのストーリー展開上、重要なモティーフを挙げる。とはいっても、お伽草子は必ずしも一作品＝一ストーリーではなく、様々なエピソードが挿入されているものも少なくない。ここではメインストーリーにかかわるモティーフを主に取り上げることとする。

人の世界の物語

1　人生

a　人生

④僧侶　恵心先徳夢想之記・恵心僧都物語・役の行者・源海上人伝記・弘法大師御本地・西行・西行物語・じぞり弁慶・能恵法師絵巻・弁慶物語・布袋の栄花・暮露々々の草子

⑤異国人　堯舜絵巻・釈迦の本地・長恨歌・程嬰杵臼物語・楊貴妃物語

b　不思議な出生　一寸法師・浦風・瓜姫物語・賀茂の本地・子やす物語・みぞち物語

c　神童　弘法大師御本地・聖徳太子の本地・天神縁起（菅原道真）

d　動物に育てられる　厳島の本地・熊野の本地

e　サクセスストーリー

①富を得る　梅津長者物語・蛙の草紙・大黒舞・福富草紙・文正草子

②大出世する　そねの長者草子・文正草子・宝満長者・物くさ太郎

③妻を得る　あやめの前・長谷雄草紙

f　逃亡と死　ふなおか山の物語・もちうぢ

g　長寿を得る　酒の泉・さざれ石・鶴亀松竹物語・不老不死・蓬莱物語・養老の縁起

h　蘇生する　恵心僧都物語・平野よみがえりの草紙・浄瑠璃十二段草子・千手女の草子・大仏の御縁起・日光山縁起・能恵法師絵巻・船尾山縁起・まんじゅの前・師門物語

i　悪事を犯すが心を入れ替える　有善女物語・恋塚物語・三人法師・なにわ物語・るし長者物語

j	旅をする	伊豆国奥野翁物語・梅若丸伝記・御曹子島渡り・祇園牛頭天王縁起・祇園の御本地・幻中草打画・車僧・西行・西行物語・燕の草子・秀衡入・宝月童子・義経東下り物語・義経奥州下り絵詞・義経北国落絵巻

2 恋愛

a	恋人を求めて流離う	阿弥陀の本地・おもかげ物語・京太郎物語・浅間御本地・真野の長者物語
b	恋の成就	うたたねの草子・扇流し・小柴垣草紙・浄瑠璃十二段草子・立烏帽子・稚児いま参り・はにゅうの物語
c	来世での恋の成就	海女物語
d	悲恋	雨やどり・天稚彦物語〈公家物語系〉・宇治物語・車僧・恋塚物語・粉河の草子・小督物語・桜の中将・志賀物語・しぐれ・下燃物語・しのびね物語・中宮物語絵巻・初瀬物語・花の縁物語・兵部卿物語・緑弥生・横笛草紙・若草物語
e	身分違いの恋	あやめの前・小男の草子・猿源氏草子・文正草子・物くさ太郎
f	身分違いの恋　悲恋	海女物語・西行・古巣物語・松風村雨
g	年の差の恋	稲村大明神物語・おようの尼
h	道ならぬ恋	和泉式部（母子）・琴腹（母子）・天照大神本地（母子）・袋法師絵詞（僧尼）
i	男同士の恋	秋の夜の長物語・あしびき・幻夢物語・上野君消息・嵯峨物語・青蓮院稚児草紙絵巻・稚児観音縁起・稚児草子絵巻・鳥辺山物語・花一ときの物語・花みつ月みつ・弁の草紙・松帆浦物語

3 家族

a 家族模様

愛宕地蔵物語・小萩がもと・十二人ひめ・十人・たかやなぎ・宝くらべ・常盤の姥・平家公達草紙

①再会
藍染川・和泉式部・稲村大明神物語・姥皮・大橋の中将・大山絵巻・落窪・唐崎物語・朽木桜・西行・西行物語・塩釜大明神の本地・角田川物語・せんみつ丸・為世の草子・中将姫の本地・鶴の翁物語・照日の前・鉢かづき・はなや・百万物語・法蔵比丘・法妙童子・まんじゅの前・みしま・ゆみつぎ・六波羅地蔵物語

b 親子

②母子が死別する
梅若丸伝記・恵心僧都物語

③継母にいじめられる
秋月物語・あしびき・伊豆箱根の本地・厳島の本地・岩屋の草子・姥皮・落窪・落窪〈別本〉・戒言・木曾御嶽権現縁起・児持山縁起・さくらい物語・月日の本地・しやうはう（しょうほう）・千手女の草子・総持寺縁起絵巻・中将姫の本地・天照大神本地・七草ひめ・鉢かづき・花世の姫・花みつ月みつ・花世の姫・一本菊・伏屋の物語・富士山の本地・伏屋の物語・むぐらの中将

④兄弟が継母に家を追われる
観世音菩薩往生浄土本縁経・月日の本地・登曽津物語

⑤孝行を尽くす
堯舜絵巻・酒の泉・七草草紙・二十四孝・養老の縁起

c 夫婦

①再会
あしやの草子・雨やどり・勧修寺縁起・狭衣の草子・塩釜大明神の本地・花子もの狂い・伏屋の物語・師門物語・文殊姫

②愛憎と事件
藍染川・赤城山御本地・磯崎・鏡破翁絵詞・かなわ・初瀬物語

d 兄弟の確執

③不実なパートナー　音なし草紙・かわちかよい・さいき
祇園牛頭天王縁起・祇園の御本地・群馬高井岩屋縁起・諏訪の本地・花みつ月みつ

4 社会

a 国家間の確執

①日本と外国の争い　住吉の本地・八幡宮縁起・武家繁
②異国の争い　咸陽宮・還城楽・くはうせんしゆ（こうせんしゅ）・呉越・長恨歌・はんれい
①戦闘　赤城山御本地・秋の夜の長物語（寺と寺）・あしびき（寺と寺）・江島物語・男衾三郎絵詞・太子開城記・もちうぢ

b 家と家の確執

②お家騒動　明石物語・おときり・桜川物語・短冊の縁・照日の前・ともなが・橋姫・堀江物語・鉢の木・はなや・はもち中将・村松の物語・まんじゅの前・師門物語・山鹿物語・よしうぢ・よしのぶ
③苦難の末に仇討を果たす　秋道・高野物語・さよごろも・せんみつ丸・宝月童子・堀江物語・村松の物語

c 隣人関係

雀の夕顔・福富草紙
①人身御供になる　さよひめ・経ヶ島縁起絵巻・長良の草子

d 事件

②身代わりとなって死傷する。　あじろの草子・穴太寺縁起・経ヶ島縁起絵巻・恋塚物語・硯破・多田の満中・泣不動縁起絵巻・花みつ月みつ・頬焼阿弥陀縁起絵巻・松虫鈴虫讃嘆文

③人身売買……あじろの草子・梅若丸伝記・さよひめ・角田川物語・せんみつ丸・登曽津物語・はもち中将・法妙童子・まんじゅの前・やよひの草子・ゆみつぎ

④誘拐……秋の夜の長物語・唐崎物語・金剛女の草子・稚児いま参り・鶴の翁物語・七草ひめ・船尾山縁起

5 教養・知識

a 談義

①仏の道を説く……石山物語・和泉式部縁起・為人比丘尼・大原御幸の草子・花情物語・勧学院物語・源氏供養草子・小敦盛・高野物語・胡蝶物語・猿鹿懺悔物語・善教房物語絵巻・大仏供養物語・為世の草子・猫の草紙

②様々な知識を説く……いざよい・神代小町・愚痴中将・十番の物あらそい・玉藻の草紙・なにわ物語・はいかい絵巻・筆結物語・乳母の草紙

b 問答……車僧草子・小町業平歌問答・玉藻の草紙・筆結物語・横座坊物語

c 論争……花鳥風月・酒茶論・酒茶論〈別本〉・酒飯論・酒餅論・若気嘲哢物語・火桶の草子

d 霊との対話……花鳥風月・幻夢物語・小敦盛・小町物語・相模川・山中常盤

6 武芸・文芸・芸能

a 武芸

①優れた武芸……朝ひな・あやめの前・いしもち・橋弁慶・榛名山御本地・番神絵巻

②武芸伝授……御曹子島渡り・天狗の内裏・判官都ばなし・みなづる

b	和歌	①歌が身を助ける	小式部・小式部〈別本〉・琴腹・小町歌あらそい
		②歌会を催す	長生のみかど物語
		③歌合を催す	尹大納言絵巻・小町歌あらそい・四十二の物争い・餅酒歌合
c	ラブレター		上野君消息・浄瑠璃十二段草子・はにふ（はにゅう）の物語
d	謎解き		蟻通明神の縁起・一尼公・小男の草子・猿源氏草子・浄瑠璃十二段草子
e	管絃		青葉の笛の物語・小督物語・小枝の笛物語・琵琶の由来・若みどり
f	芸能		あしやの草子・猿の草子・是害坊絵・大黒舞・浜出草紙・百万物語・破来頓等絵
g	女性芸能者	①芸能	唐糸の草子（白拍子）・祇王（白拍子）・古巣物語（傀儡）・まんじゅの前（白拍子）・李娃物語（白拍子）
		②遊女	十本扇・花子もの狂い・藤の衣物語絵巻・ゆや物語
h	放屁		福富草紙・放屁合戦絵巻

7 特殊

a	変装する	①被り物などで変装する	姥皮・さくらい物語・花世の姫
		②女装する	稚児いま参り・清水物語・文殊姫

③男装する
新蔵人物語

b　入れ替わる
およう の尼（老女／若い女）・ささやき竹（女／牛）

c　姿を変えられる
宝月童子・法蔵比丘

d　難題を解決する
蟻通明神の縁起・伊香物語・一尼公・観音の本地・横座房物語

異世界と交流する物語

8　異世界への旅

a　異郷訪問

①龍宮城や仙郷に赴く
青葉の笛の物語・一寸法師・浦島太郎・おもかげ物語・鏡男絵巻・隠れ里別本・きまん国物語・興福寺の由来物語・地蔵堂草紙・玉造物語・俵藤太物語・燕の草子・天狗の内裏・業平夢物語・畠山・彦火々出見尊絵詞・毘沙門の本地・富士の人穴草子・梵天国・八ツあしのし大

②地獄に行って帰ってくる
朝ひな・朝比奈物語・諏訪の本地・平野よみがえりの草紙・富士の人穴草子・目連の草紙・義経地獄破り

b　日本に渡来する
厳島の本地・熊野の本地・上野国一宮御縁起・是害坊絵・善光寺本地・天照大神本地・破仏物語絵巻・ひな鶴・不老不死・蓬莱物語

9　人と異類の恋愛

①人間（男）と異類との恋
桜梅草子（梅）・地蔵堂草紙（蛇）・七人童子絵詞（蛇）・田村の草子（蛇）・鶴の草子（鶴）・白身房（虱）・蛤の草紙（蛤）・藤袋の草子（猿）

②人間（女）と異類との恋
かざしの姫君（菊）・雁の草子（雁）・狐の草子（狐）・木幡狐（狐）・玉水物語（狐）・壺の碑（石）・鼠草子（鼠）・鼠の草子（鼠）・化物草紙（案山子）

③神や天女との恋
賀茂の本地・羽衣物語絵巻（天女）・橋姫物語・むらくも（十羅刹女）

10 人と異類の絆

a 報恩
犬寺縁起絵巻（犬）・浦島太郎（亀）・雀の夕顔（雀）・総持寺縁起絵巻（亀）・鶴の草子（鶴）

b 教え諭す
花情物語・胡蝶物語・猫の草紙・はいかい絵巻

11 妖怪との戦い

a 妖怪誕生

①人間が怨霊になる
阿漕の草子・天神縁起・天神の本地・藤の衣物語絵巻・松浦明神縁起絵巻

②人間が妖怪になる
磯崎・伊吹童子・賢学草子・道成寺縁起・掃墨物語絵巻（パロディ）・榛名山御本地

b 妖怪退治
安達原・熱田の深秘・一寸法師・岩竹・大森彦七・元興寺縁起・さよごろも・酒呑童子〈伊吹山系〉・酒呑童子〈大江山系〉・申陽侯絵巻・是害坊・立烏帽子・玉藻の草子・田村の草子・俵藤太物語・付喪神記・土蜘蛛・土蜘蛛草子・戸隠山絵巻・ともなが・橋弁慶・榛名山御本地・番神絵巻・むぐらの中将・雪女物語・羅生門

物事の起こりの物語

12 神になる

13 事物起源

④扇を創る
すえひろ物語

14 寺社建立

a 寺社建立

①仏教が日本に伝来する
猿鹿懺悔物語・聖徳太子の本地・太子開城記

②寺院を建立する
穴太寺縁起・石山物語（石山寺）・犬寺縁起絵巻・大山縁起（大山寺）・勧修寺縁起・祇園精舎絵巻・群馬高井岩屋縁起・水沢寺縁起・摂州東成郡阿倍権現縁起・浅間御本地・善光寺本地・総持寺縁起絵巻・太子開城記（六角堂頂法寺）・天狗草紙（興福寺・東大寺・延暦寺・園城寺・東寺）・道成寺縁起

③神社を建立する
熱田の深秘・稲村大明神物語・賀茂の本地（上賀茂神社）・祇園の御本地・木曾御嶽権現縁起・熊野の本地・上野国一宮御縁起（貫前神社）・児持山縁起・塩釜大明神の本地・住吉の本地・諏訪の本地・天神縁起・天神の本地・日光山縁起・八幡宮縁起・榛名山御本地・みしま（伊予三島神社）

b 仏事の起源
庚申の本地・大仏供養物語（東大寺大仏供養）・中将姫の本地（当麻曼荼羅）・宝蔵絵詞（豆の粉の化粧）・目連の草紙（盂蘭盆）

異類の世界の物語

1-i 悪事を犯すが心を入れ替える
付喪神記・東勝寺鼠物語

6　歌の贈答	あた物語・玉虫の草子・はなひめの物語・ふくろう・虫妹背物語
6-b-②　歌会を催す	御茶物語・花情物語・勧学院物語・きりぎりす物語・胡蝶物語・こおろぎ物語
6-b-③　歌合を催す	魚虫歌合・こおろぎ物語・四生の歌合・十二類絵巻・十番の物あらそい・雀の発心・鳥獣戯歌合物語・調度歌合・鳥歌合〈別本〉・虫の庭訓・餅酒歌合
形式	
a　歌集	扇の草子
b　説話集	女郎花物語・恋路草子絵巻・桜梅草子・仙人づくし・玉だすき・鶴亀物語・天狗草紙・二十四孝・化物草紙・化物草紙〈別本〉・武家繁盛・舟の威徳・不老不死
c　人物評	平家花揃・窓の教

附録　テーマ別一文紹介

人の人生の物語

英雄の生涯

・武勇　→1―a―③、1―j、6―a、11―b

『酒呑童子』…源頼光四天王が京都北の大江山に根城を築く酒呑童子ら鬼たちを退治する。

・漂泊　→1―j、8―a

『御曹子島渡り』…源義経が兵法の巻物を手に入れるべく旅に出て様々な姿の種族に出会う。

・愛　→2―b

『浄瑠璃十二段草子』…源義経が奥州下向の途次に立ち寄った長者屋敷の娘浄瑠璃御前と恋に落ちる。

・女傑　→1―a―③、2―b

『立烏帽子《たてえぼし》』…女盗賊立烏帽子は討伐にきた田村将軍に悪鬼阿黒王の退治をさせてその妻となる。

・悲劇のヒロイン　↓1－a－②、2－d

『横笛草紙』…横笛は親に離別を強要されて出家した時頼に会ってもらえずに入水自殺する。

歴史ファンタジー

・伝記　↓1－a、1－c

『役《えん》の行者』…葛城山をはじめとする各地の霊山を飛び回り修行して様々な奇瑞を起こす。

・戦史　↓1－a－①②③、1－f、4－a

『相模川』…源義経の亡霊から梶原景時の悪事を聴かされた頼朝が梶原一族を処刑する。

『咸陽宮《かんようきゅう》』…燕の太子丹は秦の始皇帝を暗殺しようと企てるが失敗に終わる。

・悲劇の回避　↓1－h、3－b－①、3－c－①、7－d

『六代』…平維盛《たいらのこれもり》の子六代は斬首の直前に源頼朝の処刑中止の命令が伝達されて救われる。

姫君の生活　↓2－b、2－d、3－a、3－b－①②、3－c－①

『岩屋の草子』…継母に殺されかけた姫が海士に救われ恋仲になった中将と上洛して父と再会する。

闘争　↓4－b、6－a－①

『村松の物語』…両親を殺され人に売られた村松の姫と再会した兼家は仇敵祐正らを退治する。

異世界と交流する物語

・異世界訪問　↓8a

『かくれ里〈別本〉』…天台山で美女二人と出会った劉晨《りゅうしん》・阮肇《げんちょう》は宮殿で歓待されて二百年後に帰郷する。

・人ならざる者との恋愛　↓9

『雁の草子』…人間の男の姿で独り暮らしの女のもとに通う雁が春に飛来した旅先で狩人に殺される。

・宝の獲得　↓6－e、8－a－①、13－b

『青葉の笛の物語』…在原業平が仙人の童子に招かれ仙郷に赴き観音菩薩秘蔵の青葉の笛をもらう。

異類たちの世界の物語

・恋愛

『ふくろう』…鳥世界のアイドル鷽姫《うそひめ》は梟《ふくろう》の恋人になるが、これを妬んだ鷲に殺され、梟は出家する。

・闘争

『月林草』…梅を妬んだ竹が仲間を募って合戦を仕掛け、敗れた梅の大将は梅法師（梅干）となる。

・歌劇

『きりぎりす物語』…死期の近づいたキリギリスと別れを惜しんで集まった虫たちが歌を詠み交わす。

はじまりの物語

・神の誕生

『木曾御嶽権現縁起』…継母に追放されて木曾路で死んだ阿古太丸と後追い自殺をした親子を神に祀る。

・事物起源

『戒言《かいこ》』…天竺の金色姫《こんじきひめ》が日本に漂着し、その死体が蚕に変わって養蚕業が起こる。

笑い話

『鏡破翁絵詞《かがみわりおきなえことば》』…鏡を知らない妻は京土産の鏡に映る自分の顔を見て、夫が愛人を連れ帰ったと激怒する。

妖怪小辞典

愛宕山太郎坊《あたごやまのたろうぼう》

日本第一の大天狗。天竺の日羅坊、中国の是害坊と並び称される。是害坊が来日したとき、対応した中心が太郎坊である。『是害坊絵』では日羅坊といという名で登場し、中国から渡来した大天狗是害坊に協力する日本の天狗の代表として描かれている。『車僧草子』では禅僧の車僧を誑かして天狗道に堕とそうとするが失敗する。『十二類絵巻』『獣太平記』では眷属の鳶を助けるべく愛宕山に籠城させるが敵軍に龍たちが加勢したために敗れる。

天探女《あまのさぐめ》

別名あまのじゃく。ある人間に成り代わって悪事を行う邪悪な存在。『瓜姫物語』では瓜姫に成り代わるが、後に正体が露見して殺される。大和国老夫婦が畑で美しい瓜一つを見つける。これが姫君になっていた。姫君は月日を経るに随い才色兼備に育つ。国の守護代のもとに嫁入りすることになったところへ、天探女に騙されて捕らえられる。一方の天探女は姫君になりすます。しかし正体が顕れ、大和国宇陀で殺される。『乳母《めのと》の草紙』では、あまのじゃくという異名をもつ女房が出てくる。

茨木童子《いばらぎどうじ》

酒呑童子第一の眷属の鬼。都の羅生門で源頼光四天王の一人、渡辺綱を襲ったことでよく知られている。『酒呑童子』では眷属として描かれ、活躍の場はほとんどないが、『羅生門』では主人公として描かれる。童子討伐にやってきた綱と戦い、腕を斬り落とされてしまうが、後に奪い返す。

伊吹童子《いぶきどうじ》

伊吹明神の申し子で、大野木殿の姫君との間に産まれた鬼子である。姫の父が近江の伊吹山に捨てるが、童子は仙術を得て不老不死の身となり、多くの鬼神を従えるようになる。伊吹明神に追い出された童子はついに大江山に移って鬼が城を築いた（『伊吹童子』）。別本では延暦寺で酒呑童子と呼ばれる稚児となったともいう。どちらも人間として育てられながら鬼神になる存在として描かれている。なお、『酒呑童子〈伊吹山系〉』は大江山ではなく、伊吹山の酒呑童子の退治の物語である。

岩竹《いわたけ》

吉野山に棲む蟹の妖怪。『岩竹』では、東大寺の大仏建立の時に、柱の下敷きになった蟹の親が年経て妖力を得、復讐のために都の姫君を奪って吉野山の奥地に連れ去った。しかし、派遣された五人の武士によって退治される。

牛《うし》

神功皇后の時代に大牛で、海に棲んでいたらしい。神功皇后の異国征伐の途次、海上に現れた。住吉明神の化身である翁によって退治された（『八幡宮縁起』）。『羅生門』には牛鬼が登場し、渡辺綱に腕を斬り落とされる。

鬼《おに》

異類異形の物の総称だが、お伽草子に描かれる鬼はおおむね角や牙をもつ人間に近い姿をしており、二つ目、三つ目が多い。絵巻や奈良絵本では赤色や青色の肌をもつ鬼もしばしば描かれる。鬼の中には、酒呑童子や茨木童子のように、特に固有名をもつものも出た。また、鬼が城や鬼界が島など、特定の棲み処が描かれることもある。『御曹子島渡り』によると、蝦夷の千島の大王の家来として千人の鬼がいるという。『強盗鬼神』の鬼は地獄に罪人が来なくなったことで飢餓に苦しむ様子がコミカルに描かれていた作品だ。本作をはじめ、『天稚彦物語《あめわかひこ》』『一寸法師』『かなわ』『酒呑童子』『月日の本地』『戸隠山絵巻』『破来頓等絵《やれことんとうえ》』『羅生門』など、数多くの作品に鬼は登場する。

鬼女《きじょ》

女の姿で現れる鬼。鬼女になる経緯として、鬼面をかぶって他人を殺傷した結果、鬼面がはずれずに鬼と化した女を描くものもある（『磯崎』『かなわ』）。『安達原』は奥州安達ヶ原を舞台とした黒塚伝説を題材とした作品だ。主人公主従が宿を借りるべくやってきた時は女の姿であったが、家の中に大量の死体があることで鬼女であることが発覚し、退治される。『大森彦七絵巻』では山中に独りでいる美女として登場する。大森彦七に背負ってもらい、里に下るうちに鬼の姿になる。

狐《きつね》

野干ともいう。人間を誑かす動物。その霊性ゆえに神使として描かれることもあるが、お伽草子では、多く人間との婚姻がテーマとなる。これに対して人間を陥れる妖怪として描かれることは少ない。『玉藻の草紙』では八千年を経た古狐が玉藻の前という才色兼備の美女に化ける。なお、「虎狼野干《ころうやかん》」はお伽草子の常套句である。

狐火《きつねび》

狐の発する火。『付喪神記』（寛文絵巻）の挿絵には、付喪神から変化した狐が胯の間から大きな尻尾を出し、尾の先に火を灯す姿が描かれている。

猿神《さるがみ》

山中に棲む猿の姿をした鬼神。『藤袋の草子』では、人間の女を嫁にして山に戻る途次、狩人に襲われて命を失う。『申陽侯絵巻』は中国を舞台にした物語で、三人の美女を拉致して地底の申陽洞に隠していたが、李生という狩人に退治されてしまう。

三尸《さんし》

体の中にいる虫。『庚申縁起』では庚申の晩に体内から出て、閻魔大王に罪悪を報告する。

酒呑童子《しゅてんどうじ》

丹後国大江山を根城とする鬼。人を攫って食う。『酒呑童子』では、京の池田中納言の姫君失踪の契機に、大江山の鬼が城に頼光四天王が退治に向かう。そこでは酒呑童子とその眷族の鬼たちとは酒宴をしており、山伏姿に変装した頼光らも加わる。そこで童子は身の上を語る。越後で生まれてから大江山に至る経緯を語る。宴の後、寝室で寝付いた童子は頼光らに討ち取られ、家来の鬼たちも数多く殺されてしまう。『伊吹童子』も参照のこと。

塵輪《じんりん》

異国から黒雲に乗って攻めてきた魔物。色は赤く、頭は八つあり、体は鬼神のようなものであるという。人間を数多く殺した。しかし、仲哀天皇によって射殺された（『八幡宮縁起』）。

是害坊《ぜがいぼう》

中国から渡来して日本の仏教を滅ぼそうとした大天狗。『是害坊絵巻』によると、日本にやってきて仏教の邪魔をしようとするも、比叡山の高僧たちの仏力に手も足も出ずに護法童子に痛めつけられてしまう。力の差を見せつけられた是害坊はこれに懲りて、日本の天狗たちの世話で湯治をした後、帰国する。また『破仏物語絵巻』は来日以前の上り調子の時の是害坊を取り上げた作品だ。唐の武宗皇帝の時に中国の仏教を滅ぼし、次は日本だということで、天狗の仲間たちと送別の宴を催す様子が描かれている。

玉藻前《たまものまえ》

才色兼備の女として天皇に取り入り、国を我が物にしようとした妖狐。尻尾は二本。『玉藻の草紙』によると、天竺・中国から渡ってきた八千年の齢の古狐である。陰陽師によって正体を暴かれ、弓の名手によって退治され、下野国那須野の殺生石になる。退治の際に犬を使った訓練をするが、それがきっかけで犬追物という武芸が誕生したという。『筆結物語』の挿話でも犬追物の由来として語られる。

付喪神《つくもがみ》

一〇〇年を経て魂を得て人を誑かす存在となった器物の妖怪。『付喪神記』では変化の能力を得てから、鬼や動物妖怪など様々な姿に変わる。

土蜘蛛《つちぐも》　別名・山蜘蛛《やまぐも》

人間を襲って食べる蜘蛛の妖怪。美女や僧侶に化けることもある。歴博本では僧侶に化け、掌から糸を放つ様子が描かれることもある。源頼光やその仲間によって退治される。『剣の巻』『武家繁昌』も参照。

天狗《てんぐ》

主に山中に棲み、人間を襲う妖怪。多くは僧形か山伏姿であるが、基本的に仏教の敵として位置付けられる。お伽草子の妖怪としては、鬼と並んで頻出する存在だ。愛宕山の太郎坊、比良山の次郎坊、飯縄の三郎など、特定の名を持つ天狗は多く、またそれらは物語世界ばかりでなく、民間伝承として語り継がれてきた。成立の古い大作に『天狗草紙』がある。興福寺・東大寺・延暦寺・園城寺・東寺などを舞台とした天狗のエピソードが絵とともに記されている。『秋の夜の長物語』では比叡山延暦寺から園城寺に向かう稚児を奪い去る。『稚児いま参り』や『角田川物語』でも比叡山から下山する稚児を攫う。『稚児いま参り』では山伏姿の天狗だけでなく、尼天狗も登場する。『船尾縁起』でも稚児をさらう天狗が出てくる。このように、いわゆる神隠しをする天狗が散見される。『車僧草子』では、愛宕山の太郎坊をはじめとるす数々の天狗たちが車僧を慢心ある者と見て魔道に引き入れようとするも、ことごとく失敗する。『天狗の内裏』では天狗の住む内裏が舞台となる。これは山中の異世界だ。鞍馬寺で暮らす源義経が訪問した際には、神通力や兵法を授けている。天狗は必ずしも人間に害悪を与える存在というわけではないのだ。他に『赤城山御本地』などに登場する。→「**愛宕山太郎坊**」「**是害坊**」も見よ。

天魔《てんま》

天狗の一種。天魔破旬に由来する。破旬もほぼ同義。お伽草子では多く比喩的な語句として用いられ、実体が描かれることはない。

灯台鬼《とうだいき》

もともと人間であるが、頭に灯台を付け、薬で声を出せなくされたもの。『法蔵比丘』では、天竺の西城国の武将れんちが、敵対する隣国南海国に囚われ、灯台鬼にされてしまう。後に、息子のれんほが南海国の宮廷を訪れ、灯台鬼を買い取り、仏力によって元の姿に戻す。

毒龍《どくりゅう》

仏典にしばしば出て来る呼称で、そこからお伽草子にも用いられるようになった。→「**龍**」を見よ。

肉付面《にくづきめん》

鬼女の一種。悪しき心を持ったがために、被った鬼の面が離れなくなり、そのまま鬼の姿になってしまう。『磯崎』では後妻を恨む正妻がこの面をかぶる。

鵺《ぬえ》

複数の動物の部位から成る、空飛ぶ合成獣。内裏の上空に黒雲とともにやってきて、天皇を病気で苦しめる。

妖物《ばけもの》**・化物**《ばけもの》

妖怪のこと。「ヘンゲノモノ」「ヨウケノモノ」と同義。『化物草紙』『化物草紙別本』

橋姫《はしひめ》

宇治橋のたもとにいる女体の鬼神。もと人間の女であったが、夫の愛人に対する怨みゆえに、生きながら悪鬼になることを貴船明神に祈願して橋姫となったというが（『かなわ』）、異伝もある。また『橋姫』では宇治橋に住む鬼神として登場し、人間に害をなすことから、賀茂太郎ともなりという武士に退治される。この他、『剣の巻』にも登場し、鬼神ではない伝説上の橋姫については『橋姫物語』に詳述されており、また『相生の松』にも描かれる。

百鬼夜行《ひゃっきやぎょう》

魑魅魍魎の行進。『百鬼夜行絵巻』はこれをテーマとした作品である。また『付喪神記』にも妖怪の行列が描かれている。

蛇《へび》

蛇体の妖怪。退治の対象としては大蛇として登場することが多い。また人間の女が嫉妬の念によって蛇になることがある。人間、とりわけ女の身で、主に嫉妬の念や男に対する妄執に囚われて姿が変わった蛇が多い。『賢学草子』『道成寺縁起』では、我が家に泊まった若い僧と恋仲になったものの、逃げられたことを知った女がその跡を追ううちに大蛇に変容していく様が描かれており、絵巻ではその過程が見所の一つとなっている。『磯崎』古写本中にも同様のエピソードが見られる。『為人比丘尼』では悪念を抱いたまま病死した女が大蛇となった。『さよひめ』では過去の因果で大蛇となったが、昇天した女が描かれる。『群馬高井岩屋縁起』の大蛇も人間の生贄を求める存在だったが、後に妄執から解き放たれて神となる。『興福寺の由来物語』の大蛇も『法華経』の功徳で解脱する。『榛名山御本地』では主人公の武士が荒人神になるべく入水して大蛇と化して虚空を飛んで都に行き、内裏に天災をもたらした。蛇の怪異を語る作品は多く、この他にも『熱田の深秘』『天稚彦物語（大蛇系）』『神道由来の事』『住吉の本地』『田村の草子』など枚挙に遑がない。

変化《へんげ》の物《もの》
反化の物とも。化物のこと。「妖怪《ようけ》の物」と同義。

まるもの
目が一つで手が六本ある、空飛ぶ妖怪。『番神絵巻』には、黒雲とともに内裏上空にやってきて、天皇の心身を苦しめる様子が描かれている。

蜈蚣《むかで》
大きな蜈蚣の妖怪。『俵藤太物語』では三上山に棲むものとして描かれる。近江国瀬田の橋に現れた女（実は大蛇）の依頼により、弓の名手として名高い田原藤太秀郷によって射殺される。

物《もの》の怪《け》
化物や死霊・生霊のこと。『藤の衣物語絵巻』では人間に取り憑き、一族繁栄を予言する物の怪や反対に繁栄を妬んで人間を苦しめる物の怪が出てくる。

野干《やかん》　→「狐《きつね》」を見よ。

山姥《やまうば》
山中に棲む鬼女の一種だが、お伽草子では善良な人間の味方になることがある。『花世の姫』では鬼の妻として登場する。主人公の花世の姫が継母によって山中に棄てられた時、彷徨い歩いて辿り着いた鬼の家に迎え入れるが、鬼に食べられないように姫を隠す。さらに、姥に変身できる不思議な衣や金銀財宝や美しい衣装の入った不思議な小袋などを与える慈悲深い存在として描かれている。

山蜘蛛《やまぐも》　→「土蜘蛛《つちぐも》」を見よ。

妖怪《ようけ》
妖怪《ようかい》とも。怪異の現象を指すのが本義。「変化《へんげ》の物《もの》」と同義。後世、怪異をもたらす存在、すなわち化物を指すようにもなる。

龍《りゅう》

龍《りょう》とも。蛇に似た幻獣。仏教的な影響を色濃く受けている。『弘法大師御本地』では天竺の無熱池《むねっち》にいる善女龍王から無名の龍まで登場する。『十二類絵巻』では十二支の一つとして擬人化された龍（龍大夫）が描かれている。さらに愛宕山の城攻めに際しては龍大夫に招聘された外海の小龍たちが活躍する。

禍《わざわい》

『鶴の草子』に見える獰猛な怪獣で、動物を食べる。

（伊藤慎吾作成）

〈口絵解説〉
お伽草子（室町物語）の絵草紙さまざま

◉徳田和夫

※お伽草子絵の一端を紹介する。紙面の都合上、詞書《ことばがき》（本文）の様態は省き、画中詞《がちゆうし》（絵中の詞章）は釈文を掲げ（踊り字は通常表記とし、句読点、濁点、漢字を宛てる）、長文は略した。掲載絵の料紙《りようし》はすべて鳥の子である。

※「絵巻」は記録類には「〜絵」とあり、「絵詞《えことば》」もままある。「絵草紙《えぞうし》」は永正十年（一五一三）写『しぐれ』絵巻の奥書に見える。「物語絵」は『源氏物語』絵合《えあわせ》にある。「絵物語」は『女訓抄《じよくんしよう》』（十五世紀末〜十六世紀初期、天理図書館蔵）に見え、絵入り写本（いわゆる奈良絵本《ならえほん》等）もいう。

〈参考文献〉

市古貞次『中世文学年表 小説・軍記・幸若舞』（東京大学出版会、一九九八年）、徳田和夫「お伽草子『しぐれ』永正十年絵巻の紹介と翻刻」（石川透編『魅力の奈良絵本・絵巻』三弥井書店、二〇〇六年）、美濃部重克・榊原千鶴編『女訓抄』（伝承文学資料集成17、三弥井書店、二〇〇三年）。

『恋路草子《こいじのそうし》絵巻』のうち一紙

——公家物語、十六世紀、縦二五・〇、横一九・八cm

有名な恋物語の数かずを挙げて一巻とする。悲恋譚《たん》が多く、恋にとらわれるのを戒めている。管見の限り、完本は二本と少ない。掲出図は、寺院の僧侶と稚児《ちご》である。「桂海律師《けいかいりつし》が発心《ほつしん》も、梅《むめ》若君の別《わか》れゆへ、げにや思《おも》ひは深草《ふかくさ》の四位《しい》の少将《しやうしやう》は、小野小《をののこ》町《まち》を忍びつつ」と、お伽草子『秋の夜《よ》の長物語《ながものがたり》』と、能『卒都《そと》婆小町《ばこまち》』の説話を簡略に叙している。次の絵は、深草の少将と小町である。

『玉虫《たまむし》の草子絵巻』のうち一紙

——異類物語、十六世紀、縦一五・九、横二一・八cm

元絵巻は小絵《こえ》（天地幅が一五〜一八cmほどの絵巻）である。美しい玉虫姫に諸虫が恋歌を寄せるが、姫はなびかず出家する。扇《おうぎ》形《かた》や団扇形《うちわがた》に虫と秋草を描き、歌を付けている。「蟋蟀《こうろぎ》 玉虫《たまむし》をいつも心《こころ》にこうろぎの 会《あ》わぬ夜《よ》はただ鳴くばかりなり」。「機織《はたをり》 夜《よ》もすがら月に機織《はたお》る我《わ》が姿《すがた》 玉虫姫《たまむしひめ》のきてもみよかし」（「きて」に「来て」「着て」を掛ける）。「はたをり」はキリギリスの古名。

・徳田「扇絵、二種——『扇の草子』『玉虫の草子』のこと——」（『伝承文学研究』53、二〇〇四年）

『鉢かづき』絵巻　八紙のうち五紙

――公家物語、十七世紀、縦一七・二～四、横四三・二～四七・一㎝

継子《ままこ》物語。小絵《こえ》（天地一六～一八㎝ほどの絵巻）の断簡《だんかん》。姫は実母によって鉢をかぶせられ、入水するも漁師に助けられ、山陰中納言の息に見染められ、嫁比《よめくら》べで賞賛され、一家は繁栄した。十六世紀末期ごろの写本があり、十七世紀初期に絵入りの古活《こかつ》字本《じぼん》が版行され、奈良絵本にも仕立てられ、御伽文庫《おとぎぶんこ》の一編となった。また草双紙《くさぞうし》、赤本《あかほん》に至り、明治二十年（一八八七）にちりめん本が出て、のちに子ども絵本となった。本書、総論を参照。

『酒呑童子《しゅてんどうじ》』扇絵《おうぎえ》　一扇

――武家・英雄物語、十六世紀
上幅三二・〇、下幅一二・九、左右辺一五・三㎝

扇絵のお伽草子は、管見では、他の『酒呑童子』や幸若舞曲『新曲《しんきょく》』の揃いがあり、数が多くて圧巻である。場面は大江山《おおえやま》（伊吹山《いぶきやま》とも）の鬼《おに》が城《じょう》の座敷。左に酒呑童子と、さらわれてきた姫君。右に山伏姿の源《みなもとの》頼光《よりみつ》と、渡辺綱《わたなべのつな》ら五人がおり、あいだに石熊童子《いしくまどうじ》が扇をもって舞っている。

・徳田「悪態の狂歌問答説話――『酒呑童子』の酒宴歌謡を中心に――」（講座日本の伝承文学4、江本・徳田・高橋編『散文文学〈説話の世界〉』三弥井書店、一九九六年）

『住吉物語』絵　一紙

――公家物語、十六世紀、縦三五・三、横二三・〇㎝

住吉物語は源氏物語以前の古本《こほん》、中世前期の改作本、現存本（お伽草子〈室町物語〉）と変遷を重ね、長く享受されてきた。テキストは写本、絵巻、江戸時代初期の大型奈良絵本、前期の小形奈良絵本、版本など、伝本数は極めて多い。掲出絵は大型絵巻の一図であり、継母のたくらみにより六角堂の朽《くち》法師が主人公の寝所に忍んで行く場面。大字は詞書《ことばがき》、小字は画中詞《がちゅうし》である。

・徳田「『住吉物語』絵巻の断簡について――物語切の紹介③」（『学習院女子大学紀要』14、二〇一二年）

『扇の草子』絵　一紙

――十六世紀、縦三三・五、横二三・三㎝

大型の奈良絵本の一図。十六～十七世紀に、かかる作品が絵巻、奈良絵本、屏風絵などに数多く作られた。料紙《りょうし》に扇形《おうぎがた》を配列し、その中に古歌、伝承歌、戯歌などの情景を描きだし、なかには言葉あそびの戯画もあり、かたわらに歌詞を記している。古歌の学習や、謎かけ、物語絵の参考などに用いられた。

「桜《さくら》さく遠山鳥《とをやまどり》のしだり尾《お》の長々《ながなが》し日もあかぬ色《いろ》かな」（『新古今和歌集』春・九九、後鳥羽院）

「蜘蛛《くも》の家《いへ》に荒《あ》れたる駒《こま》をつなぐとも　二道《ふたみち》かくる人《ひと》は頼まじ」

（異本『秋月物語』、能『鉄輪《かなわ》』他）

「百敷《ももしき》の大宮人は暇《いとま》あれや　桜かざして今日《けふ》も暮《く》らしつ」（『新古今和歌集』春・一〇四、山辺赤人）

『岩屋《いわや》の草子』絵巻のうち二紙

――公家物語、十六世紀

①縦二七・三、横　四四・七cm、②縦二七・三、横二三・八cm

継子《ままこ》物語。対《たい》の屋《や》姫が海上の島に棄てられ、岩屋に暮らすのを、明石の漁師夫婦が援ける。室町後期の絵巻、大型奈良絵本、江戸時代初～前期の縦長、横長の奈良絵本など伝本が多い。掲出の二点と同じ天地幅、画調、画中詞《がちゅうし》の様相の断簡《だんかん》（切《きれ》）が八点ほどあり（石川透氏蔵本、京都国立博物館蔵本、東京古典会下見展観出品本、某古書肆《こしょし》蔵本）、ツレと判じられ、元は大部な絵巻であった。

①姫君が帰還する。（右より）「疾疾《とくとく》下《お》り候へて御参《まい》り候へ。」「早々《はやはや》、典侍殿《すけどの》たち、御前《まへ》に御出《い》で候ぞ」。「あら、めでたのことやな」。「関白《くわんぱく》の輔《すけ》」「中将殿《じやうどの》」、「対《たい》の屋《や》姫君《ひめきみ》」。（下部）「兵衛《ひやうへ》の佐《すけ》」、「左衛門《さへもん》の督殿《かみどの》」、「衛門の佐殿《すけどの》」。

②大納言（父）との対面。右より左へ、「若君《わかぎみ》」「姫君《ひめぎみ》」。「帥《そつ》の大納言殿《だいなごんどの》」（語り手が帥殿《そつどの》の台詞《せりふ》を引くかたちで記す）。「対《たい》の屋《や》」。下部に「左衛門《さへもん》の督《かみ》」「兵衛《ひやうへ》の佐《すけ》」「衛門の佐《すけ》」が祝いを述べている。

『四十二《しじゆうに》の物《もの》あらそひ』絵巻　断簡一紙

――公家物語、十六世紀、縦一八・五、横二九・〇cm。極札《きわめふだ》二枚

奈良の帝の御時に、宮《みや》、殿上人《てんじようびと》、女房が集って、春と秋のどちらが優れているかを、物のあらそいを題にして詠進し、四十二首がそろったとする物語。古写本と古活字本の二系統があり、絵は古写本系統のものである（室町時代物語大成6所収本は詠者を「こうきうてんのみくしけとの」とする）。江戸時代の古筆鑑定家の極札が付いており、お伽草子の切《きれ》は勾当内侍《こうとうのないし》の筆とされることが多い。

「同《おな》じ心を詠み給ふ。　こうきてんわう　流《なが》れある富《とみ》の小川《おがは》の
すみなれて苔《こけ》むす宿《やど》をよもに眺《なが》めん」

極札「後土御門院勾当内侍　なかれある　浅井不旧印」、「後土御門院勾当内侍　おなし心を　了音印」

『ねずみ物語』六紙

——異類物語、十七世紀、縦二八・四、横二三・一cm

江戸時代初～前期の大型奈良絵本は、一冊あたりの挿絵は六面ほどである。世界に普遍的な「鼠と猫」説話に、古活字本『伊《い》曾《そ》保《ほ》物語《ものがたり》』の〈猫の首に鈴を付ける〉説話を利用して草子化している。掲出絵の順は上・中・下段、各左・右である。

・徳田「シンポジウム〈説話と意匠〉鼠の談合説話の草子化と絵画化」（『説話文学研究』43、二〇〇八年）

『文正草子《ぶんしょうぞうし》』残存四紙のうち三紙

——庶民物語、十八世紀、縦一五・〇、横二二・五～二二・七cm

十七世紀末期の典型的な横長奈良絵本。絵はやや雑で、上下のすやり霞《がすみ》の青と白はこの頃のものによく見る。常陸国《ひたちのくに》で塩焼きをしていた文太《ぶんた》は、長者となって名を文正と改め、殿上人《てんじょうびと》になるとの物語で、正月の詠み初めに用いられた。文正夫婦は鹿島の神に祈って女子を授かる。次女も誕生して姉妹は美しく成長した。都の貴族の若君はそれを聞いて、商人に変装して下り、楽曲を披露する。

『厳島《いつくしま》の本地《ほんじ》』絵巻　残存十二紙のうち三紙

——仏教物語・本地物《ほんじもの》　十七世紀
縦一三・三、横一九・三～二二・四cm

安芸国《あきのくに》の一宮《いちのみや》の由来物語。天地は一定にして小さく、横幅は長短があり、元は短小の絵巻であっただろう。天竺の東善王の子善哉王《ぜんざいおう》は、足引の宮と結ばれる。宮は美しく、他の妃たちは嫉妬し、武士をつかって山に追いやり斬首させる。その腹には子が宿っていた。誕生後、虎狼が育て山の神が護る。のち、宮は復活し、飛車で日本に渡って厳島の神となった。なお、第二絵の鹿は補筆か。

あとがき

二〇一九年春、とあるテレビ番組でお伽草子『精進魚類物語』が取り上げられました。この物語の中に「磯の和布《わかめ》」というキャラクターが出てくることは、お伽草子研究者の中ではよく知られていることでしたが、番組ではこれを『サザエさん』の登場人物と関連付けて面白く紹介していました。その様子を観て、お伽草子の豊富な世界は、取り上げ方によっては今日の一般的な関心を惹くことのできるものなのだなと思いました。しかし、それにしてはお伽草子の基本的な知識がほとんど知られていないということにも気付きました。

『精進魚類物語』は精進料理やその材料となる野菜類と魚介類との合戦をテーマとした物語です。野菜や魚の名称が列挙されていて、物語を楽しみながら文字や知識の学習にも使えるという性格を持っています。右の番組内で、本作品について、中世史を専門とする有名大学の先生が、公家が武士をせせら笑うために作ったのだという趣旨のことを解説していました。これには驚かされました。というのも、これまで蓄積されてきた作品研究を全く無視して何の根拠もない持論を説いていたからです。この一件は、私にとって、中世文学と中世史という隣接する分野での認識の違いの大きさを痛感する出来事でした。恐らくこの歴史研究者は、幕末期に出版された精進魚類物の錦絵に幕府風刺の嫌疑がかけられたものがあるので、そこからの類推で『精進魚類物語』もまた幕府風刺の作品だと想像したのだと思います。ともあれ、このように少し専門が違うだけで、これほどにお伽草子に理解のない見解がまかり通ってしまう現状に驚きました。

お伽草子は、明治時代以降、日本の古典文学として軽く見られてきました。しかしその代わりに児童文学との親和性が発見され、また絵巻や絵本は美術的価値が見出されるなどした結果、日本の近代文化に一定の貢献をしてきました。けれども、それらは氷山の一角で、まだまだ一部の研究者だけの知る面白い物語世界が世に知られずに放置されています。本書はその面白さの一端を知ってもらうために作りました。そして、お伽草子の世界に入っていく手引きとして使ってもらえればと思います。絵本・絵巻、ファンタジー、児童文学などの方面から入っていくこともできますし、創作に関心のある人にとっては、題材的にヒントになることも多いはずです。いろいろな関心から接点を見付けることができるでしょう。

また、学校教育において古典文学の必要性が疑問視される今日は、国語科教育の転換期に当たると言えましょう。新たな題材やアプローチ方法を模索する上で本書を参考にしていただければ幸いです。

本書を編むきっかけになったのは、執筆者の一人木村慧子先生のお勧めがあったからです。今日に至るまでお伽草子研究を牽引されてきた徳田和夫先生が学習院女子大学を定年退職されるにあたり、本学でお世話になったお伽草子研究の関係者が集まり本を作りませんかというお話でした。その後、木村先生からアドバイスをいただきながら、直接には伊藤が編集に携わりました。漫画家近藤ようこ先生も以前から徳田先生とお知り合いで、そのご縁で作品の再録と新たなイラストの創作をお願いしましたが、これも木村先生のご助力の賜物です。

本書を出版するにあたり、貴重な画像資料の掲載を許可された所蔵者や所蔵機関にお礼申し上げます。また編集に尽力された武内可夏子さんにお礼申し上げます。

伊藤慎吾

執筆者一覧

【編者】

伊藤慎吾（いとう・しんご）

國學院大學栃木短期大学日本文化学科准教授。専門はお伽草子研究。

主な著書に『中世物語資料と近世社会』（三弥井書店、二〇一七年）、『擬人化と異類合戦の文芸史』（三弥井書店、二〇一七年）、『「もしも？」の図鑑　ドラゴンの飼い方』（実業之日本社、二〇一八年）、『南方熊楠と日本文学』（勉誠出版、二〇二〇年）などがある。


〜・〜・〜・〜・〜・〜・〜・〜・〜・〜・〜・〜・〜・〜・〜・〜・〜・〜・

木村慧子（きむら・けいこ）

神戸女子大学文学部英語英米文学科教授。専門は比較文学、英米文学、日本中世文学。

主な著書に『シルヴィア・プラス――父の娘、母の娘』（水声社、二〇〇五年）、共著に *The Holocaust and the Contemporary World* (Widzialu Filologicznego Uniwersytetu Gdanskiego, 2014)、『東の妖怪・西のモンスター』（勉誠出版、二〇一八年）などがある。

近藤ようこ（こんどう・ようこ）
漫画家。折口民俗学への関心から國學院大學に進学、在学中に漫画家としてデビュー。主な作品に『死者の書』（原作：折口信夫、KADOKAWA、二〇一五年）、『水鏡綺譚』（ちくま文庫、二〇一五年）、『夢十夜』（原作：夏目漱石、岩波現代文庫、二〇二〇年）など多数。

式町眞紀子（しきまち・まきこ）
法政大学兼任講師、学習院女子大学非常勤講師。専門は比較文学（能楽、イギリス文学・演劇）、日英比較文化。
主な著書・論文に『新版　能・狂言事典』（分担執筆、平凡社、二〇一一年）、"*Sessho-seki, or the Death-Stone: A Mosaic of Biblical Quotations.*"*The Gakushuin Journal of International Studies* (GJIS)*Vol.5* (2018. 3)、「尽きせぬ執心――『鉄輪』の鬼、『道成寺』の蛇」（『学習院女子大学紀要』第21号、二〇一九年三月）、「古い人を脱ぎ捨て、新しい人を身に着ける――チェンバレンと能『殺生石』」（『学習院女子大学紀要』第22号、二〇二〇年三月）などがある。

菅原正子（すがわら・まさこ）
学習院女子大学等非常勤講師。専門は日本中世史、文化史、服飾史など。
主な著書・論文に『占いと中世人――政治・学問・合戦』（講談社現代新書）（講談社、二〇一一年）、『日本中世の学問と教育』（同成社中世史選書15）（同成社、二〇一四年）、「『蒙古襲来絵詞』にみえる蒙古軍の服装と旗」（『風俗史学』六七号、二〇一八年）などがある。

徳田和夫（とくだ・かずお）

学習院女子大学名誉教授、伝承文学研究会代表、中世日本研究所顧問。専門はお伽草子絵巻、説話文学、民間伝承、ナラトロジー、比較文化論、妖怪文化史。

主な著書に『お伽草子研究』（三弥井書店、一九九〇年）、『絵語りと物語り』（平凡社、一九九〇年）、『古典講読お伽草子』（岩波書店、二〇一四年）、『東の妖怪・西のモンスター』（勉誠出版、二〇一八年）などがある。

編者プロフィール

伊藤慎吾（いとう・しんご）

國學院大學栃木短期大学日本文化学科准教授。専門はお伽草子研究。

主な著書に『中世物語資料と近世社会』（三弥井書店、2017年）、『擬人化と異類合戦の文芸史』（三弥井書店、2017年）、『「もしも？」の図鑑 ドラゴンの飼い方』（実業之日本社、2018年）、『南方熊楠と日本文学』（勉誠出版、2020年）などがある。

お伽草子《とぎぞうし》超入門《ちょうにゅうもん》

2020年7月15日　初版発行

編　者　伊藤慎吾

発行者　池嶋洋次

発行所　勉誠出版株式会社

〒101-0051　東京都千代田区神田神保町3-10-2
TEL：(03)5215-9021(代)　FAX：(03)5215-9025

〈出版詳細情報〉http://bensei.jp

印刷・製本　中央精版印刷

ISBN978-4-585-29188-6　C0095